dtv
premium

Luo Lingyuan

Du fliegst jetzt für meinen Sohn aus dem fünften Stock!

Erzählungen

Deutscher Taschenbuch Verlag

Von Luo Lingyuan ist im
Deutschen Taschenbuch Verlag erschienen:
Die chinesische Delegation (24565)

FSC
Mix
Produktgruppe aus vorbildlich
bewirtschafteten Wäldern und
anderen kontrollierten Herkünften

Zert.-Nr. GFA-COC-1298
www.fsc.org
© 1996 Forest Stewardship Council

Der Inhalt dieses Buches wurde auf einem nach den
Richtlinien des Forest Stewardship Council zertifizierten
Papier der Papierfabrik Munkedal gedruckt.

Originalausgabe
April 2005
2. Auflage Februar 2007
Deutscher Taschenbuch Verlag GmbH & Co. KG,
München
www.dtv.de

Umschlagkonzept: Balk & Brumshagen
Umschlaggestaltung: Stephanie Weischer unter Verwendung
eines Fotos von © mauritius images/Nonstock
Satz: Greiner & Reichel, Köln
Gesetzt aus der Sabon 10,5/13
Druck und Bindung: Kösel, Krugzell
Gedruckt auf säurefreiem, chlorfrei gebleichtem Papier
Printed in Germany · ISBN 978-3-423-24451-0

Inhalt

Ein zarter Bambusspross

An einem frühen Morgen geht Bai auf der Landstraße von Yanting nach Santai. Sie hat ihren Ranzen umgehängt und ein bunt kariertes Baumwolltuch um den Kopf geschlungen, so, als wollte sie auf den Markt gehen und danach zur Schule.

Es ist aber kein Markttag heute, und ihre Schule liegt in der entgegengesetzten Richtung. Zwei Bauern kommen Bai entgegen. Sie tragen Brennholz auf ihren Schultern. Bai zieht das Kopftuch bis zu den Augen herunter und wechselt die Straßenseite.

Es ist Januar und eiskalt. Alle Welt bereitet sich zuhause auf das Frühlingsfest vor. Auf der Straße ist kaum ein Mensch zu sehen. Ein starker Wind bläst Bai entgegen. Er scheint sie zurücktreiben zu wollen. Sie hockt sich hin. Sie kann nicht mehr laufen.

Am Nachmittag nehmen sie nacheinander zwei Fahrradfahrer mit. Als es dunkel wird, kommt sie in Santai an.

Nachdem sie sich dreimal verlaufen hat, findet sie endlich die Straße, in der ihre Tante wohnt. Aber durch den Türspalt ist kein Licht zu sehen. Sie klopft sehr lange.

Im Schein des einzigen Straßenlichtes sieht sie einen Mann langsam näher kommen.

»Willst du zur alten Frau Wei?« fragt der Mann.

»Sie ist meine Tante«, sagt Bai. Sie hört, wie ihre Stimme zittert.

»Sie ist vor ein paar Tagen weggefahren. Sie macht doch eine Pilgerfahrt nach Putuo-Berg.«

Bai fröstelt. »Wann kommt –?«

»Keine Ahnung«, schneidet der Mann ihre Frage ab, schon im Weitergehen.

In den Wohnhäusern für das Lehrpersonal der Realschule fragt Bai nach ihrem ehemaligen Lehrer Li. Er ist vor zwei Jahren nach Santai umgezogen. Aber niemand hat je von ihm gehört.

Bai zieht sich wieder in das Dunkel der Nacht zurück. Sie kennt sonst niemanden hier. Sie schaut sich nach einem Platz zum Schlafen um. Im Schulgebäude findet sie eine Ecke, die ihr geeignet scheint. Aber der nackte Betonboden ist so kalt, dass sie nach wenigen Minuten den Platz und die Schule zitternd wieder verlässt.

Mitternacht rückt näher. Die Kälte nimmt zu. Bai kann kaum noch einen Fuß vor den anderen setzen. Plötzlich liegt der Geruch von Fünfdufteiern in der Luft und zieht sie unwiderstehlich an. Sie muss nicht weit gehen, bis sie den Stand, an dem die Eier verkauft werden, findet. Sie kauft zwei davon und schlingt sie gierig hinunter. Sie ist die einzige Kundin. Die Straße und das ganze Stadtzentrum sind menschenleer.

»Kommst du vom Dorf?« fragt die alte Eierverkäuferin. Ihre Stimme ist heiser.

Bai kann den Blick nicht von dem dampfenden Eiertopf wenden. Aber alles, was sie noch besitzt, ist ein Zwei-Yuan-Schein, und den will sie behalten. Dennoch rührt sie sich nicht vom Fleck.

»Du bist nicht von hier.« Ruhig reiht die Frau ihre Eier in einen großen Wok.

»Ich komme aus Yanting«, sagt Bai leise.

Die Frau mustert sie unverblümt. »Ich wette, du gehst noch zur Schule.«

Bai antwortet nicht.

»Du brauchst eine Unterkunft, Mädchen! Du siehst aus wie eine erfrorene Erdbeere! Am besten, du kommst mit uns. Du kannst doch nicht hier in der Kälte stehen bleiben!«

»Auf, Tigerchen«, ruft sie in eine dunkle Ecke, »genug geratzt!«

Ein Kind trottet aus dem Dunkel ins Licht, ein sieben- oder achtjähriger Junge mit zerzaustem Haar und schmutzigem Gesicht. Verschlafen reibt er sich die Augen.

»Das ist mein Sohn. Ein Nichtsnutz! Alles, was er kann, ist, mir die Haare vom Kopf zu fressen.« Sie wendet sich dem Kind zu. »Worauf wartest du noch, du kleiner Teufel?!«

Der Junge nimmt in jede Hand einen Hocker und trabt hinter seiner Mutter her, die sich mit ihrem vierrädrigen Stand schon in Bewegung gesetzt hat. Bai folgt den beiden.

Das Haus der Frau besteht aus einem einzigen Raum, in dem es kaum wärmer ist als draußen. Die Wände sind so schief, als wollten sie jeden Moment zusammenstürzen. Von der Decke her, über die sich direkt das Dach wölbt, hört man ein Trippeln und Kratzen wie von hundert Mäusefüßchen.

Die Frau bringt heiße Sojamilch, getrockneten Tofu, Erdnüsse und eine halbvolle Flasche Schnaps. Tigerchen hockt auf dem Boden und reißt einem toten Sperling die Federn aus.

»Trink, meine Kleine! Ist gut gegen die Kälte!« Sie schiebt Bai eine Schale hin, die halb voll mit Schnaps ist.

Bai lächelt schüchtern. »Ich glaube, das ist zu stark für mich.«

Die Alte lacht. »Als ich so alt war wie du, hab ich das Zeug auch nicht runtergebracht. Damals nannten mich noch alle ›Lilie‹. Die jungen Kerls kamen von sonst wo her, um mich zu sehen.« Sie wirft einen Blick auf das Kind und verzieht das Gesicht. »Diese Zeiten sind dahin. Heute muss ich froh sein, wenn ich halbwegs über die Runden komme. Diese kleine krumme Krabbe hier frisst schneller, als ich ranschaffen kann.« Sie stößt ihre Essstäbchen auf den Kopf des Jungen. Der isst ungerührt weiter. Seine Augen sind die ganze Zeit auf Bai gerichtet, die gierig die Mahlzeit in sich hineinschlingt. Auf einmal wirft er seine Stäbchen weg und zieht so heftig an Bais Zopf, dass sie hinterrücks aufs Bett fällt. Er lacht, und Bai bemerkt, dass er kaum Zähne hat.

»Sieht aus, als würde er dich mögen«, kommentiert seine Mutter trocken. Dann, auffahrend: »Aber außer Quatsch hat er nichts im Kopf! Alles verdirbt er einem!« Unvermittelt reißt sie ihn brutal am Ohr. Er schreit auf und versucht, sich hinter Bai zu retten.

»Sofort hörst du auf zu brüllen!« herrscht ihn die Alte an. Er verstummt schlagartig. »Ich breche dir noch mal den Hals mit deinem ewigen Geplärre!« Eines ihrer Essstäbchen knackt zwischen ihren Fingern und zerbricht.

»Was muss ich eigentlich noch tun, damit du mal was kapierst? Besser als heute Nachmittag kann's doch gar nicht laufen! Ich lenke den Verkäufer ab, du schnappst dir zwei, drei getrocknete Tintenfische. Dann verschwindest du aus dem Laden! Aber noch nicht mal dazu bist du fähig!« Sie nimmt ihre Schale und gießt dem Kind die Sojamilch ins Gesicht. Tigerchen weint.

Bai will weg. Sie nimmt ihre letzten Kräfte zusammen, rappelt sich auf und versucht, die Tür zu erreichen. Tigerchen folgt ihr verwirrt.

»Hei, hei, was ist denn nun los? Hier ist das Bett, ihr beiden! Was wollt ihr denn da draußen? Da streunen jetzt nur noch die Geister herum, die kein Zuhause haben!«

Bai hält sich am Türrahmen fest. »Ich bin kalten Wind gewöhnt.«

»Das sieht man deiner Haut an«, sagt die Alte spöttisch. »Und die Männer, die jetzt draußen herumlungern und auf zartes Fleisch warten, bist du sicher auch gewöhnt. Gerade letzte Woche haben sie wieder ein Mädchen tot im Volkspark gefunden. Niemand kannte sie. Und nun ins Bett mit euch!«

Bai geht zurück zum Tisch, greift nach der Schale mit dem Schnaps und gießt sich rasch den Alkohol in die Kehle.

Bai wacht auf, weil sie mit dem Kopf an irgend etwas stößt. Ihr ganzer Körper scheint in Bewegung zu sein. Sie will nach Tigerchen tasten, kann aber ihre Hände nicht bewegen. Erneut erhält sie einen Stoß. Und mit einem Mal begreift sie, dass sie sich in einem Sack befindet, der von jemandem getragen wird. Der Schrecken, der in diesem Moment über sie hereinbricht, macht sie besinnungslos. Ihr Mund will schreien. Doch sie ist geknebelt. Sie will aufwachen. Doch sie ist wach. Sie spürt, wie der Urin aus ihr herausströmt und ihre Schenkel wärmt. Ihr Kopf ist schwer. Ihr Herz rast. Sie ringt nach Atem. Langsam erinnert sie sich daran, dass sie vor dem Schlafengehen Reisschnaps getrunken hat. Sie ahnt nicht, dass in die Sojamilch, die ihr die Eierfrau angeboten hatte, ein Betäubungsmittel gemischt worden war.

»Ruhig, mein Herzchen, ruhig. Dir wird nichts passieren.« Es ist eine sanfte männliche Stimme. Gleichzeitig tastet eine Hand über ihren Rücken. Plötzlich bohren sich zwei Finger zwischen ihre Schulterblätter. Es ist, als würde sie von zwei Elektroknüppeln getroffen. Sie verliert das Bewusstsein.

Als Bai das nächste Mal aufwacht, spürt sie unter sich eine glatte, kalte Fläche. Sie steckt immer noch in dem Sack. Es riecht nach Blut und Urin. Ihr ganzer Körper juckt. Sie versucht, sich an dem harten Sackleinen zu reiben, aber es gelingt ihr nicht.

Dann hört sie eine Tür aufgehen, und ein Mann sagt: »Warte, ich muss sie noch anschauen!«

Eine andere männliche Stimme antwortet: »Du wirst zufrieden sein. Ein ganz zarter Bambusspross. Du hast wirklich Glück.« Er lässt ein obszönes Lachen vernehmen. »Zünd' schon mal das Feuer zwischen deinen Beinen an und wärm' deine Blume auf!« Wieder lacht er, und dann entfernen sich die Stimmen. Kurz darauf knallt die Tür zu. Ein Geräusch ist zu hören, als ob ein Holzriegel vorgeschoben wird. Dann nähern sich erneut Schritte. Jemand beginnt, sich an der Schnur zu schaffen zu machen, mit der der Sack zugebunden ist. Es wird hell vor Bais Augen. Ein Mann steht vor ihr und grinst. Er hat weit hervorstehende Zähne. Er neigt sich zu ihr herunter, und sie riecht wieder das Blut. Sie muss husten. Der Mann spuckt sich in die Hände und reibt sie gegeneinander. »Du bist jetzt meine Frau, mein Kätzchen.«

Der Mann schiebt einen Vorhang beiseite und geht in einen anderen Raum. Bai sieht, dass er voller zum Trocknen aufgespannter Felle und gehäuteter kleiner Tiere hängt. Es müssen Hasen sein oder Katzen. Der Anblick des rohen Fleisches erschreckt sie.

Der Mann kommt zurück. Er hat ein langes Messer in der Hand. Bai starrt ungläubig auf die schimmernde Klinge. Der Mann kommt zu ihr. Bai hört sich sehr laut schreien. Der Mann drückt mit einer Hand Bais Kopf auf den Boden, mit der anderen führt er die Klinge an ihr Gesicht und macht eine kurze, geschickte Bewegung. An Bais Wange, neben dem linken Ohr, ist ein Schnitt, aus dem jetzt Blut drängt und ihr in Nase, Mund und Augen fließt.

Der Mann steht auf. »Ich heiße Tu. Du heißt Yuer.«

Bais Schreien geht in Schluchzen über.

Tu geht in den anderen Raum und kommt mit einer Handvoll Asche zurück. Er streut sie auf Bais Wunde.

»Deine Haare müssen weg«, sagt Tu. Er hat das Messer schon wieder in der Hand.

Bai schreit erneut auf. Aber schon kniet Tu mit einem Bein auf ihr, zieht mit der Linken ihren langen, zerzausten Zopf, führt mit der Rechten einen silbernen Blitz an ihrem Gesicht vorbei und hält einen Moment später Bais Haar in der Hand. Erneut verschwindet er hinter dem Vorhang.

Nach einer Weile kommt er mit einer Schale heraus, der ein Duft nach Ingwer und Schnittlauch entströmt. Er setzt sie auf den Tisch und löst Bais Fesseln.

»Iss die Lebersuppe. Du brauchst Kraft.«

Bai versucht aufzustehen. Aber ihre Beine wollen sie nicht tragen. Sie tastet nach der Wunde auf ihrer Wange und nach ihren abgeschnittenen Haaren. Sie fühlt nichts. Ihre Finger sind wie abgestorben.

Tu schleppt sie ins Bett, deckt sie mit einer schmutzigen Decke zu und füttert sie. Bai vermeidet es, ihn dabei anzusehen.

Dann steht Tu auf. »Ich habe heute zwei Schweine zu schlachten. Danach gehe ich zum Dorfvorsteher und melde unsere Ehe an. Versuch nicht abzuhauen. Mit dem Ritzer auf der Wange wissen alle, dass du mir gehörst. Sie werden dich zu mir zurückschicken.«

Er geht hinaus und verschließt die Tür von außen.

Ein Geburtstags-Ei

Im Pfefferminzgarten der Realschule Shanggao steht alles still. Die Sonne brennt. Kein Windhauch ist zu spüren. Nur aus der Ferne ist das ewige Sommerlied einer Zikade zu vernehmen.

Am Fuß der Gartenmauer erwacht ein kleines Mädchen. Es blickt sich um: Kein Mensch ist zu sehen. Nur die Blätter der Pfefferminze breiten sich wie ein grünes Meer vor ihm aus. Es springt auf, zupft die hellgrünen Triebe der Pflanzen heraus und steckt sie sich in den Mund. Als es genug davon gegessen hat, fährt es mit den Händen über die Blätter und schaut zu, wie die Sonnenstrahlen zwischen den Pflanzen tanzen. Das macht ihm so viel Spaß, dass es anfängt, in die hüfthohen Pflanzen zu schlagen. Blätter fliegen um das Kind herum, die Luft riecht frisch.

Plötzlich wird die Kleine am Arm gepackt. Ohne sich umzudrehen, versucht das Mädchen sich mit einem Ruck zu befreien. Doch es gelingt ihm nicht.

»Feifei, komm nach Hause! Auf der Stelle!«

Es ist nicht die Stimme des Schulgärtners, sondern die ihrer Mutter, Chen Zhaodi. Das Mädchen erstarrt und lässt sich widerstandslos aus dem Garten ziehen. Erst als sie den Sportplatz erreichen, lässt die Mutter ihr Kind los.

Um fünf Uhr nachmittags ist die Schule beendet. Doch viele Jugendliche spielen noch in der heißen Nachmittagssonne. Am Rande des Fußballfeldes begegnet die Mutter des Mädchens, die als Chemielehrerin arbeitet, einigen ihrer Schüler. »Guten Tag, Lehrerin Chen.«

»Guten Tag«, erwidert diese mit einem aufgesetzten Lächeln.

Kaum ist die Lehrerin vorbeigegangen, schauen die Schüler hinter ihr her. Sie stammt aus Shanghai; ihre straffen Beine in Strumpfhosen wirken hier ungehörig und fremd, denn in dieser Stadt trägt keine andere Frau eine durchsichtige Hose. Es gibt hier auch keinen Laden, in dem so etwas zu kaufen wäre.

Doch heute sind die ihr folgenden Blicke nicht auf ihren stolzen Gang gerichtet, sondern sie wandern zwischen dem Kind und der erwachsenen Gestalt hin und her – das Mädchen ist mager, seine Kleidung ist schmutzig und sein Haar ist zerzaust. Es erweckt den Eindruck, als wäre es ein Straßenkind, das unterernährt ist. Die Erwachsene dagegen ist gut gepflegt. Ihr Minirock lässt ihre weiblichen Konturen zur Geltung kommen, und ihr schulterlanges Haar glänzt wie ein schwarzer Spiegel. Als die Schritte der Kleinen sich verlangsamen, gibt ihr die Mutter einen leichten Schlag auf den Rücken. Ein Schüler flüstert seinem Kameraden zu: »Die mit dem Wackelarsch wird wieder ihr Kind verprügeln.«

Nach zwanzig Minuten erreicht Chen mit Feifei den Lehrerwohnbereich. Zwischen zwei Blocks spielt ihr vierjähriger Sohn Shaohua mit Gleichaltrigen ein Steinchenspiel auf dem Boden. Die Mutter ruft ihn nicht. Sie geht direkt auf den Eingang ihrer Drei-Zimmer-Wohnung zu.

In der Wohnung angekommen, schließt sie das Kinderzimmerfenster und zieht den Baumwollvorhang zu. Ohne ein Wort zu sagen, dreht sie sich zu ihrer Tochter um und gibt ihr eine Ohrfeige.

Feifei hält sich den Arm vor das Gesicht. Die Mutter packt sie mit beiden Händen an den Schultern und schüttelt sie.

»Sag mir sofort, wo du dich gestern die ganze Nacht versteckt hast, du elendes Miststück!«

Als Chen keine Antwort auf ihre Frage bekommt, sondern nur ein Weinen und Jammern hört, schlägt sie wahllos auf den Körper des Mädchens ein. Nach vier, fünf Minuten fällt Feifei zu Boden. Ihre nach oben gerutschte Kinderbluse gibt am Taillenbereich den

Rücken frei. Die dünne Kinderhaut ist von rot und violett schimmernden, kleinen Wundnarben übersät, als wäre sie dem Angriff einer Ameisenarmee zum Opfer gefallen.

»Habe nur vergessen, nach Hause zu kommen. Habe nichts getan«, jammert Feifei.

»Ja, natürlich!« keucht Chen. Sie nimmt einen dünnen Bambusstab in die Hand, setzt sich auf einen kleinen Hocker und zieht Feifei die Hose aus. Die Schenkel des Kindes weisen große blaue Flecken auf. »Dein Vater ist durch die ganze Stadt gelaufen, und ich, deine Mutter, habe vergeblich etliche Familien aufgeweckt. Wir wollten alle nur dich finden! Und du, du hast nichts getan? Natürlich hast du nichts getan!« Sie drückt den Stab auf eine der blauen Stellen und bohrt. Feifei schreit, kriecht auf allen Vieren unter das Bett und versteckt sich dort hinter einem Koffer.

Die Wohnungstür öffnet sich. Gai Shitao betritt mit einem Stapel Schulhefte unter dem Arm das Wohnzimmer. Er lässt den Stapel auf den Esstisch fallen und läuft sofort ins Kinderzimmer. Seine Frau schiebt gerade einen Schilfbesen unters Bett, um die Tochter herauszuscheuchen. »Na endlich! Wie habe ich sie überall gesucht!« ruft der Mann in Shanghai-Dialekt. Er atmet auf.

»Hol sie aus dem Versteck heraus und brich ihr die Beine, sonst läuft sie gleich morgen früh wieder von zu Hause fort!« Chen drückt ihrem Mann den Besen in die Hand, während Feifei ununterbrochen weint.

»Du kriegst kaum noch Luft… Mach jetzt eine Pause.« Der Mann wirft den Besen auf den Boden, holt ein weißes Taschentuch aus der Hosentasche und tupft seiner Frau die Schweißperlen von der Stirn. Dann schiebt er sie ins Wohnzimmer und gießt ihr ein Glas Wasser aus einer Porzellankanne ein. »Hat sie gesagt, wo sie heute Nacht war?«

»Glaubst du, die hat ein Wort für uns übrig? Wir laufen uns die Füße nach ihr wund, aber sie hat uns schon längst vergessen. Für sie sind wir Luft«, klagt die Frau. »Wenn die Schulärztin sie nicht im Pfefferminzgarten gesehen hätte, wäre sie jetzt noch woanders. Und heute Nacht müssten wir dann wieder nach ihr umherirren.«

»Wirklich? Sie wollte heute auch nicht nach Hause kommen? Lass mich mal sehen.« Allein ins Kinderzimmer zurückgekehrt, wirft der Mann mit einer einzigen Handbewegung die dünne Strohmatte gegen die Wand. Sie gibt die Sicht auf eine Holzpritsche frei, die aus drei breiten Holzbrettern in Kniehöhe besteht. Als der Mann zwei Bretter an die Wand gelehnt hat, erscheint hinter einem verstaubten Koffer der zusammengekrümmte Rücken der Tochter. Er greift mit einer Hand nach ihr, zieht sie ein wenig hervor, drückt sie mit dem Gesicht nach unten auf das Bettgestell. Schon versetzt er ihr mit der anderen Hand Hiebe auf den nackten Hintern.

Nach kurzer Zeit hat sich Feifeis Hinterteil in zwei rote Bälle verwandelt. »Sag, wo du geschlafen hast!«

»Unter der Olz… brüü…« schluchzt Feifei.

»Unter der Holzbrücke? Ich lasse dich noch mal lügen!« Die linke Hand des Mannes drückt wieder fest auf den kleinen Körper.

»Ich habe nicht gelogen. Die verrückte Frau war mit mir zusammen!« schreit das Mädchen.

»Was? Du hast bei so einer Obdachlosen geschlafen?« Die Mutter nähert sich der Tür des Kinderzimmers. »Ist das nun der Dank dafür, dass ich dich unter Schmerzen geboren habe? Du bist eine Schande!« Sie wendet sich an ihren Mann: »Schlag sie, bis sie schwört, es nie wieder zu tun!«

Gai Shitao lässt seine rechte Hand erneut mechanisch – wie in Trance – auf das Mädchen herunterschnellen. Das Bettgestell ächzt. Auf dem Boden bildet sich eine kleine, schaumige Pfütze aus Feifeis Nasenschleim und Speichel.

Nach einer Weile fragt der Vater: »Wagst du es noch einmal, von zu Hause wegzulaufen?«

»Nein«, krächzt Feifei.

Der Vater: »Schwörst du, dass du nie wieder zu dieser verrückten Frau gehen wirst?«

»Ja.«

Gai lässt die Tochter los. Sie fällt kraftlos zu Boden und zuckt, als wäre sie elektrisiert. Der Vater geht aus dem Kinderzimmer und zieht die Tür hinter sich zu.

»Hörst du, wie kräftig sie weint?« fragt Chen ihren Mann leise. »Ich glaube, diese Tracht Prügel hat ihr noch nicht gereicht.«

»Es ist unfassbar, was sie gemacht hat. Sie kommt mir von Jahr zu Jahr zurückgebliebener vor. Vielleicht ist sie wirklich verrückt.« Der Mann wischt sich den Schweiß von der Stirn.

»Verrückt? Oh nein! Vor ein paar Monaten hat sie den Behälter mit dem kandierten Sesam halb geleert, obwohl ich ihn ganz oben auf den Kleiderschrank gestellt habe, wo sie ihn eigentlich nicht erreichen konnte. Und dass letzte Woche das Küchenmesser auf meinen Fuß gefallen ist, war kein Zufall. Ich sage dir, sie hat es genau berechnet und die Gelegenheit genutzt, als ich neben ihr stand und Schalen aus dem Geschirrschrank holte.«

»Vielleicht hätten wir sie letztes Jahr doch in die Schule schicken sollen«, überlegt der Mann.

»Wenn du immer noch meinst, dass sie in diesem Jahr unbedingt in die Schule gehen soll, dann schicken wir sie halt hin. Aber spar schon mal Geld. Wahrscheinlich wird ihr Klassenlehrer jede Woche bei uns vorbeikommen und auflisten, was sie alles kaputt gemacht hat.«

»Aber wenn sie dieses Jahr wieder zu Hause bleibt, ist sie im nächsten Jahr schon neun. Dann ist sie wirklich zu alt für die Einschulung.«

Die Frau murmelt etwas Unverständliches. Während sie einen Schluck Wasser trinkt, geht ihr Mann in die Küche und beginnt Gemüse zu waschen. Es ist sechs Uhr abends. Zu dieser Zeit hat die Familie normalerweise schon gegessen. Für heiße Sommertage kocht Feifei eine Bohnensuppe und kauft anschließend ein Gericht aus der Kantine. Das Gemüse putzt sie vorher. Wenn ihr Vater nach Hause kommt, kann er dann in ein paar Minuten ein leckeres Gemüsegericht auf den Tisch zaubern. Da Feifei heute nicht da war, ist alles durcheinander geraten.

Chen kommt in die Küche und wischt sich mit einem feuchten Tuch das Gesicht ab. »Ehrlich gesagt, ich habe schon lange keine Ruhe mehr, wenn Feifei auf Shaohua aufpasst«, beginnt die Frau ein neues Thema. »Wenn man ihr sagt, sie soll in der Siedlung bleiben, dann geht sie mit ihm ausgerechnet zum Teich hinter der Schule. Mir wird angst und bange, wenn ich daran denke, was da passieren kann! Aber wenn nicht sie auf Shaohua aufpasst, wer sollte es dann tun? Für meine Mutter ist das Klima hier nichts.«

»Es bleibt uns nichts anderes übrig, als ein Kindermädchen einzustellen.« Gai ist fertig mit dem Gemüsewaschen. Während er versucht, mit Holz und Papier Feuer im Herd zu machen, wischt die Frau mit dem feuchten Tuch über ihren Minirock, um Staub abzuwischen und den Rock zu straffen. »Immerhin hat Feifei schon vier Jahre lang auf Shaohua aufgepasst«, fährt Gai fort, »wir brauchen das Kindermädchen also nur für ein Jahr. Nächstes Jahr kann Shaohua dann zur Schule gehen.«

Rauchschwaden steigen aus dem Herd empor. Der Mann fängt an zu husten. Die Frau kippt das dunkel gewordene Wasser schnell weg und geht aus der Wohnung, um Shaohua nach Hause zu holen.

Was Chen zuerst sieht, als sie ins Freie tritt, sind ein paar Nachbarskinder, die sich vor Feifeis Fenster versammelt haben. Die Größeren drücken sich die Nasen an der Scheibe platt, um am Vorhang vorbei ins Zimmer hineinzuspähen. Neben ihnen stehen zwei kleinere Kinder, denen das Fenster zu hoch ist. Chen räuspert sich laut. Die Kinder laufen wie verscheuchte Vögel auseinander und suchen das Weite.

Auf dem Gehweg vor dem Wohnblock sind einige Erwachsene unterwegs. Als Chen an ihnen vorbei geht, nicken sie ihr grüßend zu. Niemand fragt, seit wann ihre Tochter wieder zu Hause ist und warum die Kleine immer weint.

Vor dem Abendessen wird Shaohua von seiner Mutter gebadet und gepudert. »Schatz, spiele nicht direkt in der Sonne. Hier ist sie viel giftiger als in Shanghai. Hör auf deine Mama, sonst holst du dir noch einen Sonnenstich.«

»Mama, Mama, ich verstecke mich morgen nur im Schatten! Du suchst dann nach mir, ja?« Die Mutter lächelt. Sie streichelt dem Kleinen mehrmals über das Haar.

Im Kinderzimmer ist es still geworden. Als das Essen fertig ist, ruft niemand Feifei zu Tisch. Während der Mahlzeit plappert der vierjährige Sohn ununterbrochen und bringt seine Eltern zum Lachen. Es dauert nicht lang, da hat Shaohua keine Lust mehr zu sitzen. Er rutscht vom Stuhl herunter und läuft im Zimmer umher.

»Eine Kakerlake!« Der Junge bleibt plötzlich neben dem Vorratsschrank stehen. Im nächsten Moment rennt er in die Küche und holt sich die schwarze Feuerzange vom Herd. Als er zurück ist, ist das braune Insekt nicht mehr da. Er schielt in die kleine Spalte zwischen dem Schrank und der Wand, bevor er mit der Feuerzange darin herumstochert. »Mama, nicht zu mir. Geh auf die andere Seite. Du fängst sie, ja?«

»Schatz, hör' auf damit. Sonst fliegt die Kakerlake in deine Schale und isst dein Essen auf.« Die Mutter nimmt die kleine Hand des Sohnes in die ihre und versucht, ihn zum Tisch zu bewegen.

Die Tür des Kinderzimmers öffnet sich leise. Feifei kommt, die beiden Hände zwischen die Beine geklemmt, halbnackt ins Wohnzimmer.

»Näher dich bloß nicht dem Tisch! Wasch dich erst mal ordentlich, und zwar von Kopf bis Fuß«, herrscht die Mutter das kleine Mädchen an.

Aber Feifei hat nicht vor, zum Tisch zu kommen. Sie eilt durch den Raum und verschwindet in der Toilette. Bald sind Uriniergeräusche zu hören.

»Das ist nicht zu ertragen!« sagt die Frau zu ihrem Mann. »Sie ignoriert uns völlig. Sie geht extra pinkeln, während wir essen. Dabei lässt sie natürlich die Klotür offen stehen, damit wir's auch noch riechen!«

Gai Shitao ist mit dem Essen fertig. »Lass sie nur. So wie sie aussieht, können wir froh sein, dass sie nicht ins Wohnzimmer gemacht hat.« Er steht auf und zieht sich ins Schlafzimmer zurück, das zugleich als Arbeitszimmer genutzt wird. Er will einige Schularbeiten korrigieren.

»Mama, der Teufel, hast du gesagt. Wo ist er denn? In Feifeis Bauch, ja? Mama, ich werde ihn fangen.«

Die Mutter lacht und schaufelt dem Jungen einen Löffel Essen in den Mund.

Feifei taumelt am Esstisch vorbei in Richtung Kinderzimmer. Der Junge tritt seiner Schwester in den Weg und sticht ihr mit der Feuerzange in den Bauch. »Komm raus, du Teufel!« faucht der Junge. Seine Schwester dreht sich nur ein wenig zur Seite, zerrt dem Jungen die Zange aus der Hand und wirft sie auf den Boden. Während Shaohua den Reis mit den gebratenen Eiern ausspeit und schreiend protestiert, setzt sich Feifei wieder in Bewegung. Doch bevor sie die Tür des Kinderzimmers erreicht, wird sie vom Befehl ihrer Mutter eingeholt: »Heb sofort die Zange auf! Und gib sie Shaohua zurück!« Aber das Mädchen scheint nichts gehört zu haben. Sie geht weiter.

»Jetzt werd' ich's dir zeigen!« Die Mutter springt auf und greift zu einer Mopstange, die hinter der Wohnungstür lehnt. Gleich darauf sind Prügelgeräusche und Kinderschreien zu hören. Die Erde scheint zu beben.

Im Schlafzimmer, das direkt ans Kinderzimmer grenzt, arbeitet Gai das aufgeschlagene Heft eines Schülers durch. Er kann sich nicht konzentrieren. Die schlaflose Nacht und die lange Suche nach Feifei haben ihn erschöpft. Er hätte am liebsten ein wenig vor sich hin gedöst, doch die Schreie von nebenan lassen ihm keine Ruhe. Er geht ins Wohnzimmer und sieht, wie Shaohua mit Begeisterung versucht, seine auf dem Boden liegende Schwester zu treten. Der Vater zögert nicht. Er zieht den Sohn von der Tochter weg und schickt ihn zum Spielen nach draußen.

Nachdem Gai sich vergewissert hat, dass Shaohua draußen mit anderen Jungs spielt, verschwindet er in der Dusche. Als er mit nassen Haaren wieder im Wohnzimmer erscheint, beschäftigt sich seine Frau noch immer mit Feifei. Der Ehemann setzt sich auf einen Stuhl und schaut durch die offene Tür nachdenklich zu. Nach einer Weile geht er zu seiner Frau ins Kinderzimmer: »Zhaodi, ich gehe jetzt in die Schule.«

Der Raum sieht verwüstet aus. Holzbretter liegen wie Barrikaden quer auf dem Boden. Das Bettgestell und Stühle sind umgekippt. Das heulende Mädchen hat unter dem massiven Schreibtisch vor dem Fenster Schutz gesucht. Aber das nützt ihr wenig. Mit dem Besenstiel stochert die Mutter nach ihrer Tochter und drangsaliert sie damit. Erst als der Mann seinen Satz wiederholt hat, reagiert die Frau. »Musst du unbedingt in die Schule gehen? Kannst du dich nicht wenigstens einmal vertreten lassen? Du hast in dieser Nacht doch kaum geschlafen.«

Sie steht dicht vor ihrem Mann. Ihr Gesicht ist schweißnass. Selbst die Haarwurzeln an der Stirn sind nass geworden. Aber diesmal zupft der Ehemann kein Taschentuch heraus, um seiner Frau den Schweiß abzuwischen. Er sagt lediglich: »Ich hatte heute schon fünf Stunden Unterrichtsausfall, zwei davon bei meiner eigenen Klasse.«

Um die Schüler auf die staatliche Aufnahmeprüfung an den Universitäten vorzubereiten, hat die Schule bei den zehnten, elften und zwölften Klassen ein abendliches zweistündiges Selbststudium in der Schule angeordnet. Während seine Frau eine siebte Klasse betreut und daher abends zu Hause bleiben kann, muss der Mann, der für die Eliteklasse der zehnten Stufe zuständig ist, als Mathematiklehrer auch abends in die Schule. Um seine Klasse auf Höchstform zu trimmen, entscheidet er sich oft sogar freiwillig für einen zusätzlichen Unterricht in den Abendstunden. Heute will er nachholen, was versäumt worden ist.

»Deine Klasse hat doch gerade bei der Testprüfung sehr gut abgeschnitten. Da kannst du dir doch ein bisschen Pause gönnen.«

»Aber sie war nur die Beste in der Region, nicht die Beste in der Provinz. Außerdem stehen die Jahresprüfungen bevor.«

»Du ermöglichst diesen Bauernkindern den Sprung nach Shanghai. Aber wir sollen hier auf dem Land verdorren«, seufzt seine Frau.

»Na ja, es hat uns auch was gebracht. Wenn ich die Auszeichnung ›Elitelehrer‹ letztes Jahr nicht bekommen hätte, hätten wir weiterhin in der alten Zwei-Zimmer-Wohnung leben müssen«, entgegnet der Mann.

»Hm, einige meiner Schulkameraden haben's schon geschafft, nach Shanghai zurückzukehren und dort Fuß zu fassen. Und was machen wir? Wir hocken immer noch an demselben langweiligen Ort, und dies seit 16 Jahren!«

»Tja, Beziehungen. Die haben wir leider nicht. Darum müssen wir uns eben hocharbeiten.« Der Mann geht ins Schlafzimmer zurück, klemmt sich den Stapel Schulhefte, den er vorhin mit nach Hause gebracht hat, unter den Arm und geht zur Wohnungstür.

»Na gut«, versucht seine Frau zu lächeln. »Wenn du nicht deine schönste Schülerin zu dir ins Büro rufst …«

»Wie oft habe ich es dir schon gesagt! Lass endlich diesen Quatsch!«

»Ja ja, ich meine bloß … Komm nicht zu spät nach Hause. Ich warte auf dich, ja?«

Während er weggeht, lehnt sie sich in den Türrahmen und blickt ihm stumm nach. Vor ihrem inneren Auge sieht sie ein anderes Bild: Vor einem halben Jahr hat sie ihn zufällig an einem späten Nachmittag mit seiner schönsten Schülerin allein im Büro angetroffen. Sie unterhielten sich über Mathematikaufgaben, und zwischen ihnen stand nur der Schreibtisch. Eine Szene, wie sie in der Schule üblich ist. Doch das Verhalten des Mädchens, der leicht geneigte Hals, die süße Stimme, weckten in der Frau des Lehrers einen Verdacht. Bestand zwischen der Schülerin und ihrem Mann mehr als nur eine Lehrer-Schüler-Beziehung?

Als ihr Mann nicht mehr zu sehen ist, steht die Frau noch immer da und blickt in den hellen Himmel. Das Gefühl, von ihrem Mann zurückgelassen worden zu sein, nagt an ihr. Als wäre diese Erinnerung noch nicht genug, wälzt sich plötzlich eine Flut von Bildern durch ihren Kopf. Dass Shitao und sie während der Kulturrevolution als siebzehnjährige Schulabgänger aus Shanghai hierher kommen mussten, dass er und sie nach sechzehn Jahren in der entlegenen Stadt noch immer nicht nach Shanghai zurückdürfen, all dies macht sie wütend. Sie stürmt in die Wohnung zurück und fällt über Feifei her. »Hör sofort auf mit der Jammerei! Du tust es nicht? Gut. Dann wirst du die Bambusrute schmecken.« Sie zerrt das Mädchen unter dem Tisch hervor.

Feifeis Schreie dauern nicht lange, als durch die offene Tür eine Frauenstimme zu hören ist. »Lehrerin Chen! Ärger dich doch nicht so sehr über Feifei!« Die Nachbarin Liu Mian betritt das Kinderzimmer und versucht, sich zwischen Mutter und Tochter zu stellen, ohne verprügelt zu werden. »Lehrerin Chen, beruhige dich doch. Feifei hat heute schon viel geweint. Sie wird es sicher nicht vergessen, wenn sie etwas Falsches gemacht hat.«

Die Nachbarin hat mit Chen sonst wenig zu reden. Doch wenn die Lehrerin ihre Tochter schlägt, kommt sie gelegentlich unaufgefordert in die Wohnung. Das ärgert Chen. Sie schlägt noch wilder um sich. »Geh zur Seite, Lehrerin Liu. Dieses Biest ruiniert uns! Ich muss sie bestrafen!« Sie holt mit dem Arm weit aus und lässt die dünne Bambusrute auf Feifeis Schenkel zischen. Während Liu Mian mit ansehen muss, wie das Mädchen reflexartig zurückzuckt, lässt Chen ihr Werkzeug schon wieder durch die Luft sausen. Ohne nachzudenken, streckt Liu ihren Arm aus, um Chen am Handgelenk zu packen. Doch sie verfehlt ihr Ziel und wird selbst an der Schulter getroffen. »Au! Nun beruhige dich doch endlich!« fordert sie laut.

»Aber ich meine doch nicht dich. Ich würde doch nicht die Frau des Leiters der Unterrichtsverwaltung anrühren!« stammelt Chen. Liu nutzt die Chance und nimmt Chen die Rute aus der Hand. Sie drängt ihre Kollegin ins Wohnzimmer und zieht die Kinderzimmertür hinter sich zu.

Um ihre Verlegenheit zu überspielen, wechselt Chen das Thema: »Hoffentlich hat euch Feifei die Spielkarten vollständig zurückgegeben.«

»Ach ja, die Spielkarten. Die hat sie übrigens nicht gestohlen. Ich hab sie ihr geschenkt. Leider war ich nicht zu Hause, als Feifei uns die Karten zurückbrachte. Meine Kinder wussten nicht Bescheid und haben die Karten einfach angenommen. Aber geschenkt ist geschenkt. Feifei kriegt die Karten wieder.«

»Du musst mir nichts vormachen. Feifei hat mir doch alles gestanden.«

»Lehrerin Chen, ich weiß nicht, was Feifei dir erzählt hat und was nicht. Ich kann dir nur sagen, als Feifei die Karten in der Hand hatte, bin ich ins Zimmer gekommen. Ich habe sie ihr dann geschenkt.«

»Siehst du, jetzt hast du erkannt, was los war: Sie wollte eure Karten heimlich stehlen. Das kann ich als Mutter nicht dulden.«

»Aber wegen einer solchen Kleinigkeit hättest du Feifei nicht verprügeln müssen. Es sind doch nur Spielkarten.«

»Ich werde keine Diebin in meinem Haus aufziehen! Man hat doch mit einem einzigen Blick gesehen, dass das keine üblichen Karten sind. Wenn ich Feifei noch mal damit erwische, breche ich ihr das Bein!«

»Oje, dann lassen wir lieber die Karten. Aber, Lehrerin Chen, du sollst dich an heißen Tagen wie diesen nicht so sehr aufregen. Das ist nicht gut für den Blutkreislauf.«

»Stimmt, beim Thema Hitze können wir Shanghaier die Hinweise von Einheimischen gut gebrauchen«, erwidert Chen spöttisch.

Liu Mian massiert sich die Stelle an der Schulter, die von der

Stange getroffen wurde. »Lass die Kinder erst mal groß werden. Zunächst sind sie alle widerspenstig und eigensinnig. Später werden sie von sich aus anders. Feifei ist kein dummes Kind. Du wirst schon sehen.«

»Wer eine Tracht Prügel verdient, der kriegt sie auch. Deinen Sohn hast du doch auch bestraft, wenn er dich zu sehr geärgert hat.«

»Meinen Sohn? Weil er ein Loch in die Tür trat, als er seinen Wohnungsschlüssel vergessen hatte? Das ist doch schon über ein Jahr her. Aber egal. Lass Feifei heute bitte in Ruhe. Freu dich, dass du sie wiedergefunden hast!« Die Nachbarin verabschiedet sich.

»Wenn sie so brav wie deine Kinder wäre, dann wäre ich zufrieden!« sagt Chen Zhaodi, als sie die Nachbarin zur Tür begleitet. Als Liu Mian verschwunden ist, stellt sich Chen lautlos an die Wand, hinter der Lius Familie wohnt, und horcht. Sie vermutet, dass Liu sich wegen ihrer Schulter sofort bei ihrem Mann beschweren wird. Aber sie hört nur undeutliche Dialoge und das vage Lachen von Lius Kindern. Jetzt fällt Chen ein, dass auch Lius Mann die Abende oft in der Schule verbringt. Sie verzieht das Gesicht, geht ins Schlafzimmer und betrachtet sich lange im Spiegel. Sie hat keine Lust mehr, Feifei weiter zu bestrafen.

Als Gai Shitao wieder vor seiner Wohnung erscheint, ist der Himmel mit Sternen übersät.

Aus dem Kinderzimmer ist kein Ton zu hören. Shaohua schläft, mit dem Gesicht zur Wand, auf dem Ehebett. Unweit davon hat Chen Zhaodi bereits die hölzerne Badeschüssel mit lauwarmem Wasser gefüllt. Sie wartet darauf, gemeinsam mit ihrem Mann zu baden. Gai will aber lieber kalt duschen. Er lässt seine Frau alleine baden und verschwindet in dem schmalen Toilettenraum.

Später setzen sich die beiden Eheleute im Wohnzimmer nebeneinander auf Korbstühle und ruhen sich aus. Die Luft riecht nach Blumentauwasser, eine Art von erfrischendem Parfum, mit dem sich Chen nach dem Bad an verschiedenen Körperstellen eingerieben hat. Es ist angenehm dunkel im Zimmer. Durch das geöffnete Fenster schimmert das dunkle Blau des Himmels. Das Plaudern von Nachbarn, die im Freien sitzen, um sich abzukühlen, dringt gedämpft durch das Fenster.

Als Chen Zhaodi ihrem Mann ein Glas eisgekühltes Süßwasser mit Orangengeschmack überreicht, ist er überrascht: »Wie? Hat Feifei den langen Weg zum Eiswasserladen geschafft?«

»Nein, sie doch nicht. Ich bin in die Stadt gelaufen. Und das Geschirr habe ich auch gespült.«

»So? Hat Feifei heute gar nichts gemacht?«

»Wenn ich auf sie gewartet hätte, wären mir graue Haare auf dem Kopf gewachsen.«

»Ist sie die ganze Zeit nicht aus dem Zimmer gekommen? Das ist aber schon eine Weile her. Hat sie wenigstens was gegessen oder getrunken?«

»Nun, dazu brauchst du sie ja nicht aufzufordern. Sie hat sich bestimmt was reingehauen, während ich unterwegs war.«

Der Mann sagt nichts mehr. Er trinkt sein Glas aus und schnalzt zufrieden mit der Zunge.

Die Frau drückt sich das halbvolle Glas an die Wange, um sich abzukühlen. »Diese Hitze ist unerträglich!« stöhnt sie leise. »Ich habe mich den ganzen Tag wie in einem Backofen gefühlt. Heute Nachmittag dachte ich, ich klappe demnächst zusammen. Spür mal, wie heiß meine Haut ist.« Sie streckt den Arm zu ihrem Mann hinüber.

»Aber deine Haut ist doch kühl.«

»Natürlich nicht da an den Fingern«, entgegnet die Frau kichernd. »Die haben ja das Glas gehalten. Hier oben, meine ich, da brennt es immer noch.« Sie lehnt sich noch ein Stück weiter aus dem Korbstuhl.

Der Mann streicht mit der Hand über den Arm der Frau. »Da ist doch alles kühl wie Seide. Hm, eine angenehme Seidenstraße. Und gut riechen tust du auch«, stellt er fest. Während er seine

Nase auf die Seidenstraße drückt und schnuppert, fällt die Hand seiner Frau auf seinen Schoß. Es wird still im Zimmer. Nur der Atem der beiden wird hörbar tiefer, und die Korbstühle ächzen. Schließlich fängt auch die Frau an zu stöhnen: »Lass uns ins Bett gehen!«

Sie schleichen Arm in Arm ins Schlafzimmer. »Trägst du Shaohua ins Kinderzimmer? Sein Bett habe ich schon gemacht. Ich hole gleich, was du brauchst«, raunt Chen ihrem Mann zu.

Sie knipst die Lampe auf dem Nachttisch an. Im schwachen Lichtschein kleben sie noch eine Weile aneinander, dann löst sich Chen mit Mühe von ihrem Mann. Während Gai Shaohua sanft in den Arm nimmt und mit kleinen Schritten aus dem Zimmer geht, öffnet Chen lautlos die linke Tür des hohen Kleiderschranks. Aus einer Jackentasche holt sie einen kleinen Schlüssel und öffnet damit die rechte Tür des Schrankes. Eine Reihe von Schubladen kommt zum Vorschein. Sie zieht die Schublade auf ihrer Augenhöhe ein wenig heraus und deckt darin ein Seidentaschentuch auf. Sie traut ihren Augen nicht: Das Kondom, das sie letztes Mal nach dem Auswaschen sorgfältig zwischen zwei Seidentaschentücher gelegt hat, ist nicht da. Sie greift weiter hinein. Zwischen dem zweiten Stapel Unterwäsche liegt ein zartblaues Unterhemd. Es sieht so ordentlich aus, als hätte niemand es angerührt, seit es dort abgelegt wurde. Doch das zweite Kondom, das sie in ihm aufbewahrt hat, ist ebenfalls nicht zu finden.

Chen Zhaodi wird misstrauisch. Hat Shitao sie mitgenommen? Doch ihr Mann wird wohl kaum die Kondome aus dem ehelichen Schlafzimmer verwenden, wenn er mit seiner Schülerin schlafen will. Ist jemand anderes ins Zimmer gekommen? Chen schaut sich um. Doch sie entdeckt keine Spuren, die von einem Fremden stammen könnten. Sie macht die große Hängelampe an der Decke an und untersucht das Zimmer.

Ein halb durchsichtiger, schwarz glänzender Strickwarenstreifen im fingerbreiten Spalt zwischen dem Schreibtisch und dem Kleiderschrank macht sie neugierig. Es ist ein Stück aus ihrer

Strumpfhose. Chen ist sich sicher, dass das Stück gestern Nacht noch nicht da war, als sie die Wohnung nach Feifei durchsucht hatte. Sie reißt hastig eine Schublade auf – und tatsächlich: die Strumpfhose mit dem entsprechendem Muster ist nicht da. Sie öffnet eine weitere Schublade, um zu prüfen, ob einer ihrer Seidenschals fehlt. Da stürmt Gai Shitao herein. Er sieht unruhig aus. »Feifei ist verschwunden! Sie ist nicht in ihrem Zimmer. Ich hab alles durchsucht ...«

Chen Zhaodi rennt ins Kinderzimmer, knipst die Hängelampe an und sucht den Raum ab. Feifeis Hose, die die Mutter neben ein Regal geworfen hat, ist nicht mehr da. Auf dem Boden neben dem Schreibtisch, wo Feifei vorhin lag, sind Schleim und Erbrochenes zu sehen. Die Wand neben dem Tisch ist ebenfalls mit Erbrochenem verschmiert. Es stinkt. Chen knipst das Licht aus und geht ins Wohnzimmer. Dort stöbert sie wieder nach Feifei. Doch das Mädchen lässt sich nicht finden.

»Verdammt! Sie hat die Präservative versteckt und meine Strumpfhose zerschnitten. Jetzt ist sie wieder abgehauen!«

Gai folgt seiner Frau. »Sei leise. Wann hast du sie zum letzten Mal gesehen?«

»Direkt nachdem ich aus der Stadt zurückkam. Ich bin ins Zimmer gegangen und habe das Bett hergerichtet. Da lag sie noch ohne Hose unter dem Fenster, als hätte sie sich überhaupt nicht gerührt. Zum Teufel mit ihr! Den Schlaf hat sie wirklich perfekt vorgetäuscht!«

Gai macht überall das Licht an und durchsucht die Wohnung. Feifei ist nirgends zu sehen. Die hintere Küchentür ist nur angelehnt.

»Die war verschlossen, das weiß ich genau. Sie muss die Wohnung verlassen haben, als wir gebadet haben.«

»Oh nein! Jetzt kann ich wieder die Stadt durchsuchen, bis ich zusammenbreche.« Seufzend schaut der Mann auf seine Armbanduhr. Es ist kurz nach zehn.

»Siehst du? Wir sind noch immer zu weich zu ihr! Gerade hat

sie versprochen, nicht wegzulaufen, und schon ist sie wieder verschwunden. Lass nur. Ich will sehen, wie weit sie weglaufen kann.«

»Was ist bloß mit Feifei los? Ich glaube, sie ist wirklich verrückt geworden.« Er holt aus einer Schublade eine Taschenlampe und probiert, ob sie noch funktioniert.

»Feifei und verrückt? Dass ich nicht lache! Sie treibt uns alle in den Wahnsinn, und du hast Mitleid mit ihr und willst sie zurückholen. Schon bei der Geburt hat sie mich fast umgebracht! Und nachdem sie vier Jahre bei der Großmutter gelebt hat, sagt sie bis heute nur zähneknirschend ›Mama‹ zu mir. Ich habe sie gründlich satt. Der Teufel soll sie holen!«

Aus dem Kinderzimmer ist Shaohua zu hören. Er weint leise.

»Beruhige dich«, entgegnet der Mann leise. »Wir können Feifei doch nicht wie ein Waisenkind durch die Stadt laufen lassen. Sonst zeigen alle mit Fingern auf uns. Kümmere dich um Shaohua. Und leg dich schlafen, wenn es zu spät werden sollte.« Er verlässt die Wohnung durch die Hintertür.

Die gesamte Schulanlage wird von einem symmetrisch angelegten Netz von Straßen und Plätzen durchzogen. Auf der Hauptstrasse, die den Unterrichts- und den Wohnbereich miteinander verbindet, sind noch Schüler und Lehrer unterwegs. Ihre Gesichter scheinen verschwommen zu sein, und ihre Scheitel sehen aus, als wären sie von silbernem Pulver überzogen. Sie schlendern vorbei und brechen beim Gespräch immer wieder in Lachen aus. Es ist eine romantische Nacht. Doch Gai steht nicht der Sinn nach nächtlicher Poesie. Seine Augen überprüfen rastlos alle schattigen Stellen, an denen Feifei sich versteckt haben könnte. Als er einem Kollegen begegnet, gibt er vor, sich auf einem Spaziergang abkühlen zu wollen.

Nach ungefähr einer Stunde hat Gai Shitao das Schulgelände durchsucht. Er steht mit dem Rücken zum Pfefferminzgarten und hält inne, als er aus der Stille der Nacht das Plätschern eines laufenden Wasserhahns hört. Unweit vor ihm befindet sich das Wohngebäude für die Schüler aus den umliegenden Dörfern. Es ist still. Das Geräusch muss von einem der Waschbecken herkommen, die einige Meter vor dem Gebäude im Freien erbaut wurden. Es kommt dem Lehrer seltsam vor, dass ein Schüler um diese Zeit noch seine Wäsche wäscht. Er geht näher heran. Über dem Waschbecken ist die Silhouette eines Mädchenkörpers zu sehen. Sein Herz beginnt laut zu schlagen.

Als er dicht vor dem quadratischen Becken steht, hat er keinen Zweifel mehr: Es ist Feifei. Sie sitzt krumm am Beckenrand, ihr Kopf liegt auf dem Knie. Während sie eine Hand unter das laufende Wasser hält, schaukelt sie ihren Körper ein wenig hin und her. Es ist, als wolle sie sich selbst in den Schlaf wiegen.

»Feifei?«

Dem Mädchen läuft ein Schauer über den Rücken.

»Feifei. Es ist spät. Komm da runter.« Gai greift zum Wasserhahn und dreht ihn zu.

Feifei klettert langsam aus dem Betonwaschbecken heraus. Ihr linker Arm scheint nicht zu funktionieren. Als ihre rechte Fußspitze fast den Boden erreicht, gibt der linke Arm plötzlich nach. Feifei fällt hin. Sie rappelt sich auf und humpelt einen Schritt auf ihren Vater zu.

»Feifei, du hast doch versprochen, zu Hause zu bleiben.«

Feifei macht den Mund auf. Aber aus ihrer Kehle kommen nur Zischgeräusche wie aus einem undichten Dampfkessel. Ihre Stimme ist weg.

»Wie bitte?« Der große Mann hockt sich nieder, um seine Tochter besser zu hören.

Sie versucht lauter zu sprechen. Es klingt, als würde sie gewürgt. »Ich wollte hier nur Wasser trinken.«

Der Vater wundert sich. »Aber zu Hause ist doch immer eine Kanne voller Wasser. Warum musst du hierher kommen?«

»Ich weiß nicht. Ich trinke oft hier ...«

»Aber weißt du nicht, wie spät es ist. Alle gehen schlafen, und du kommst nicht nach Hause. Was ist mit dir los? Wenn du so weiter machst, kriegst du noch mehr Ärger mit deiner Mutter.«

»Ich möchte zu Oma gehen.«

»Wie bitte? Oma Leisha ist doch vor einem Jahr schon gestorben.«

»Tote überqueren nachts gern einen Fluss, um zu Verwandten zurückzukommen. Das stimmt, oder?«

»Was …« Der Vater zieht tief die Luft ein, als sähe er plötzlich, wie sich das Tor zum Jenseits vor ihm öffnet. Drei Jugendliche nähern sich, leise plaudernd, dem Wohngebäude. Sie verstummen, als sie vor einer Tür stehen. Die Tür wird geöffnet. Die Jugendlichen verschwinden im dunklen Zimmer.

Gai richtet sich auf. »Komm. Lass uns nach Hause gehen.«

Der Vater verlangsamt seinen Schritt, als er merkt, dass seine Tochter hinkt. »Erwähne vor deiner Mutter bloß nicht Oma Leisha!« schärft er seiner Tochter ein. Dann sagt er nichts mehr.

Um halb zwölf kommen Vater und Tochter schweigend zu Hause an.

Während Gai Shitao Feifei sucht, holt Chen Zhaodi den Sohn ins Elternbett und streichelt ihn so lange, bis er wieder eingeschlafen ist. Dann fängt sie an, das Kinderzimmer durchzuwühlen. Bald entdeckt sie unter einem Schuh einen weiteren Streifen der verschwundenen Strumpfhose. Nur die Kondome bleiben weiterhin unauffindbar.

Wenn sie die nicht wiederfindet, hat sie ein Problem. Denn die anderen Präservative – das Paar kauft in Shanghai immer zehn Stücke als Jahresration – hat sie schon weggeworfen. Sie waren schließlich schon mehrmals gebraucht und gewaschen worden. Hier in Shanggao gibt es zwar auch Verhütungsmittel, doch Chen traut nur Waren, die in Shanghai hergestellt wurden. Und sie wird erst in den Sommerferien wieder nach Shanghai fahren können. Bis dahin muss sie noch drei Wochen in der Kleinstadt verbringen.

Chen Zhaodi untersucht das Kinderzimmer gründlicher. Als sie in die hintere Reihe auf dem Regal greift, findet sie ein vergilbtes Buch: ›Frühlingsaufzeichnungen‹. Es ist ein illustriertes Buch über Sexualtechniken und –positionen. Das Herz der Frau beginnt zu rasen. Dieses Buch war und ist gefährlich. Während der Kulturrevolution wurden alle Bücher über Sex verboten. Wer sie dennoch besaß, konnte zum Konterrevolutionär erklärt werden. Jetzt, sechs Jahre später, werden die entsprechenden Vorschriften zwar nicht mehr ganz so streng angewandt. Doch Sex bleibt auch weiterhin ein Tabu.

Das Buch hatte Chen Zhaodi in Shanghai bei einem Konterrevolutionär entdeckt, als sie und sieben weitere Rotgardisten seine Wohnung auf den Kopf stellten, um sogenannte »Giftkräuter« zu beschlagnahmen. Im allgemeinen Durcheinander hatte sie das Buch unbemerkt an sich genommen. Sie wusste genau, dass sie sich die Finger daran verbrennen konnte, und wollte es daher nach der Lektüre sofort vernichten. Doch das brachte sie nicht über's Herz. Also tarnte sie es mit einer neuen Hülle und brachte es mit nach Shanggao. In ihrer Wohngemeinschaft versteckte sie es jahrelang in einem verschlossenen Koffer unter ihrer Wäsche. Erst nachdem sie geheiratet hatte, holte sie es aus dem Versteck hervor. In stillen Nächten studierte sie es zusammen mit ihrem Mann. Sie machten alles nach, was abgebildet war, und hatten stets großes Vergnügen dabei.

Zwei Jahre nach dem Ende der Kulturrevolution kam Shaohua zur Welt. Chen Zhaodi hatte keine Zeit mehr für das Buch und schloss es in der obersten Schublade in ihrem Kleiderschrank ein. Sie hatte das Buch fast vergessen. Nun sieht sie es plötzlich ganz offen auf dem Regal im Kinderzimmer liegen.

Vorsichtig nimmt sie das Buch in die Hand und schlägt es auf. Bereits das erste Bild lässt sie erstarren: Bei den Illustrationen ist die Frau mit einem Kohlenstift zu einem schwarzen Fleck übermalt worden. Der nackte Körper des Mannes ist unbeschmiert geblieben. Sie blättert weiter. Überall wurde die Frauenfigur unkenntlich gemacht, und überall klebt ein riesiger schmutziger Fleck an dem sauberen Mann. Chen Zhaodi schließt das Buch in den Schrank im Schlafzimmer ein und wartet. Ihre Brust bebt vor Unruhe.

Als Feifei in die Wohnung schwankt, schließt die Mutter wortlos die Tür hinter ihr. Das Mädchen verspürt den Blick ihrer Mutter im Nacken und versteckt sich schnell im Schatten des Vaters. Doch das nützt ihr nichts mehr. Die Mutter krallt ihre Hand in die Schulter der Tochter und stürmt mit dem dünnen Körper ins Kinderzimmer. Bevor sich Feifei unter das Bett retten kann, rammt ihr die Mutter die Beine eines Hockers in den Bauch. Das Kind stolpert nach hinten, schlägt mit dem Kopf gegen das Regal und fällt auf den klitschigen Speichel, den sie vorhin beim Schluchzen und Weinen hinterlassen hat. Sie zieht die Beine an und öffnet den Mund, um zu schreien. Doch sie bringt keinen Ton hervor. Sie röchelt nur. Ein Gegenstand trifft mit voller Wucht ihren Schenkel. Sie kann nicht erkennen, um was für einen Gegenstand es sich handelt. Sie spürt nur den brennenden Schmerz, als würde ihr ein Bein aus dem Leib gerissen. Sie windet sich hin und her. Bald verliert sie das Bewusstsein.

Gegen ein Uhr geht das Licht im Kinderzimmer aus. Es herrscht Totenstille.

Am nächsten Morgen findet Gai Shitao den kalten Körper Feifeis auf dem Boden. Panisch läuft er, sein Kind im Arm, ins Stadtkrankenhaus. Doch Feifei erwacht nicht mehr. Die Ärzte stellen fest, dass das Mädchen seit einigen Stunden tot ist. Gestorben an inneren Blutungen.

Zwei Wochen später, am 8. Juli 1982, wäre Feifei acht Jahre alt geworden.

Sie hatte heimlich davon geträumt, einmal von ihren Eltern ein gekochtes, rot bemaltes Ei zum Geburtstag zu bekommen.

Zu seinem vierten Geburtstag im April hatten die Eltern Shaohua nicht nur mit neuer Kleidung, sondern auch mit einer echten Rarität beschenkt: mit sechs bunt bemalten Taubeneiern. Es waren die schönsten Eier, die Feifei je gesehen hatte. Sie mussten sehr gut geschmeckt haben, denn Shaohua hatte sie eins nach dem anderen verschlungen. »Mit diesen Eiern in deinem Bauch«, erklärte die Mutter voller Liebe und Hoffnung, »wirst du die Kraft bekommen, zu fliegen. Und du wirst in eine wunderbare Zukunft fliegen!«

Feifei wollte auch gerne ein Wunder-Ei verspeisen. Noch nie hatten ihr die Eltern ein Geburtstagsgeschenk gemacht. Es kam ihr so vor, als wäre sie zu einem unbestimmten Zeitpunkt geboren und hätte gar keinen Geburtstag.

Vor einem Monat hat ihr Vater zu ihr gesagt, sie komme dieses Jahr in die Schule. Sie war begeistert. Sie hatte das Gefühl, sie sei ein großes Mädchen geworden. Und sie wollte unbedingt eine gute Schülerin werden. Ihre Eltern waren immer stolz auf die besten Schüler in ihren Klassen und hatten von ihnen am Esstisch stets mit Freude und Begeisterung erzählt.

Feifei träumte sehr von einem Geburtstags-Ei. Dass ihre Mutter nicht auf die Idee kommen würde, ihr eines zu schenken, war ihr klar. Sie hatte allerdings gehofft, dass zumindest ihr Vater an ihren Geburtstag denken und ihr ein bemaltes Hühner-Ei in die Tasche stecken würde. Zwar kann eine Henne nicht so gut fliegen wie eine Taube, doch über eine Mauer würde sie auf jeden Fall hinweg kommen. Ein Hühner-Ei würde die Fliegkraft besitzen, die Feifei gut hätte gebrauchen können. Auch sie wollte ihrer Zukunft entgegenfliegen.

Nun aber liegt sie krumm da, krumm wie ein Tier. Sie wird sich nie wieder ein bemaltes Ei wünschen.

Das ist es doch, was wir wollen

Ding Ding hat das Gefühl, dass Zhang Hang ihr gar nicht mehr zuhört. Sie gibt besser acht auf das, was sie sagt, und spricht wichtige Worte deutlicher aus. Doch auf einmal erhebt sich der junge Polizist, bedeutet ihr mit einer Geste, dass sie eine Pause einlegen soll, und verschwindet aus der Wachstube. Verwirrt wendet sich die zierliche Frau nach hinten. Als er nicht wieder auftaucht, geht sie leise zur Tür und blickt in den langen Korridor. Am anderen Ende des Flurs, vor der Tür des Einwohnermeldeamts, herrscht ein ständiges Kommen und Gehen. Doch der Polizist, bei dem sie ihre Anzeige erstatten wollte, ist nirgends zu sehen.

Sie kehrt zu dem hohen Tresen in der Wachstube zurück. Auf dem Schreibtisch des Polizisten liegt ein Block mit einem halb ausgefüllten Formular. Im Feld »Anzeigeerstatter« hat der Polizist ihren Namen und den Namen ihres Mannes eingetragen. Bei »Grund der Anzeige« steht »Körperverletzung«. Aber bei »Beschuldigter« ist der Polizist hinausgegangen. Noch steht kein Name da. Nur ein von einem Kugelschreiber tief ins Papier gedrückter blauer Punkt zeigt, wie kräftig der Polizist hier angesetzt hat.

Nach einer Weile taucht Zhang wieder auf und stellt sich hinter den Tresen. Er sieht aus, als wäre er nicht mal achtzehn Jahre alt. »Sie sagen, Ihr Mann hat nur eine leichte Gehirnerschütterung davongetragen.«

»Was heißt nur? Seit zwei Tagen liegt er im Bett und kann sich kaum rühren!«

»Nun, wenn weiter nichts ist, können Sie jetzt nach Hause gehen.«

»Wie bitte? Heißt das, Sie wollen meinen Fall nicht aufnehmen?«

»So ist es. Ihr Streit mit der Nachbarsfamilie geht auf den Arbeitskonflikt zwischen Ihrem Mann und Ihrem Nachbarn zurück. Für solche Probleme ist die Polizei nicht zuständig.«

»Sie haben sich gut informiert. Aber darum geht's doch gar nicht. Mein Mann kam aus der Wohnung, und der Sohn des Nachbarn hat ihn einfach die Treppe hinuntergeschubst. Das ist der Grund, weshalb ich zu Ihnen komme.«

»Schon gut. Aber Ihr Mann wird bald wieder auf die Beine kommen.« Während der Polizist spricht, trommelt er mit dem Ende des Kugelschreibers auf den Tresen, als wollte er die Sache beschleunigen. »Pflegen Sie Ihren Mann ein paar Tage, dann ist alles wieder wie vorher.« Er reißt das angefangene Formular vom Block ab und zerknüllt es, bevor er es in hohem Bogen in den Papierkorb wirft.

Ding Ding schluckt. Ihr ist, als hätte sie einen dicken Kloß im Hals. »Der Nachbarsjunge kann sich also alles erlauben?«

Zhang hebt eine Hand und klatscht sich auf den Hals. Doch die Mücke, die er totschlagen wollte, schwirrt nun über seinem Kopf und lässt sich nicht erwischen. Zhang blickt zu der Mücke hoch. »Qi Daseng ist zwar fast achtzehn, aber eben nur fast. Da kann die Polizei kaum was machen.«

»Woher wissen Sie denn, dass er noch nicht achtzehn ist?«

Zhang schlägt um sich. Die Mücke sucht das Weite. »Sie müssen doch wissen, dass Ihre Nachbarn zwei Söhne haben und der ältere Sohn ein Polizist ist. Er hat heute Dienst. Ich habe ihn eben nach seinem jüngeren Bruder gefragt.«

»Ich verstehe. Aber versetzen Sie sich doch in meine Lage! Seit Qi Siming gegenüber von uns wohnt, also seit zwei Jahren, können wir kein normales Leben mehr führen. Seine Mutter ist zwar schon alt, aber jeden zweiten Tag steht sie auf dem Balkon und spuckt Gift und Galle. Und sein jüngerer Sohn hat meinen Mann jetzt schwer verletzt. Wenn ich eine andere Lösung wüsste, wäre ich doch nicht zu Ihnen gekommen.«

Der junge Mann wirft einen schnellen Blick zur offenen Tür. »Frau Ding«, sagt er leise, »ich kenne Sie vom Radio her. Sie haben eine wunderbare Stimme.« Ding Ding, die als Rundfunksprecherin beim Lokalradio arbeitet, lächelt. Daraufhin beugt sich der junge Polizist vor und sagt leise: »Sie werden von der Polizei keine Unterstützung bekommen, selbst wenn ich Ihre Anzeige aufnehme. Der Fall wird einfach liegen bleiben, drei Jahre lang oder auch fünf. Keiner wird sich darum kümmern. Jetzt wissen Sie's.«

Ding Ding ist völlig perplex.

»Der Junge hat sich seit dem Unfall nicht mehr blicken lassen, stimmt's? Sie sehen doch, er hat Schiss bekommen. Also, so was macht der bestimmt nicht noch mal.« Er räumt sein Schreibzeug auf.

Ding Ding rührt sich nicht vom Fleck. »Bitte bringen Sie mich zu Ihrem Kollegen. Ich will mit ihm reden.«

Der Polizist schüttelt langsam den Kopf. Er bereut es bereits, Ding Ding soviel erzählt zu haben. »Ich glaube nicht, dass der Kollege Sie sehen will. Warten Sie hier.«

Er verlässt die Wachstube und geht durch den langen Flur ins Treppenhaus. Eine Etage höher betritt er ein Büro, in dem zwei junge Polizisten sitzen. Einer schlürft genüsslich grünen Tee, wobei seine starken Muskeln an der Wange besonders hervortreten. Der andere starrt gebannt auf die Titelseite der ›Volkszeitung‹. Dort sind die in Peking einrückenden Panzer abgebildet. Die Niederschlagung der Studentendemonstrationen scheint auch drei Tage nach dem vierten Juni noch nicht beendet zu sein. Die Zeitung berichtet von vereinzelten Schießereien. Auf einem unscharfen Foto liegen Menschen auf der Straße, andere rennen an ihnen vorbei. Der Polizist schaut immer wieder auf das Bild. Aber es will ihm einfach nicht gelingen, herauszufinden, ob die Liegenden tot sind.

»Dahang, die Nachbarin deines Vaters hat nicht mehr alle Tassen im Schrank«, sagt Zhang zu dem Kollegen, der Tee trinkt. »Sie will jetzt unbedingt mit dir reden.« Er spürt am Blick seines Kollegen, dass etwas nicht stimmt, und dreht sich um. Ding Ding steht wie ein Schatten hinter ihm.

»Habe ich nicht gesagt, Sie sollen unten warten?«

Aber Ding Ding schaut ihn nicht an, sondern heftet ihren Blick auf den Mann mit den kräftigen Gesichtsmuskeln. In ihm erkennt sie sofort den ältesten Sohn ihres Nachbarn. Sie ist ihm ein paar Mal in der Siedlung der Parteischule begegnet, als er seine Eltern besuchte. Zwar hat sie nie mit ihm ein Wort gewechselt, doch sein markantes Gesicht hat sich ihr eingeprägt. Einmal schoss ihr der Gedanke durch den Kopf, dass er vielleicht heimlich rohes Fleisch verzehre. Jetzt hat sie wieder das Gefühl, dass sich hinter diesem Gesicht eine brutale Gewalt verbirgt, die jederzeit explodieren kann. »Herr Qi«, sie versucht, ihre Stimme ruhig wirken zu lassen, »Sie sind doch Polizeibeamter. Können Sie vielleicht Ihrem Bruder …«

»Dies ist die Sonderpolizei für schwere Verbrechen«, unterbricht sie Qi Dahang grob, »nicht die Stelle zur Aufgabe von Anzeigen!«

»Ich will aber mit Ihnen sprechen, Herr Qi.«

»Wie bitte?« Die Stimme des jungen Qi ist laut und schneidend. »Ihr Mann macht dauernd Ärger in der Parteischule, und ausgerechnet Sie wollen mich sprechen?! Soll das ein Witz sein?! Meinem Vater geht es seit Monaten schlecht! Trotzdem haben wir uns nie bei Ihnen beschwert. Und jetzt wollen Sie uns anzeigen? Ich glaube, ich höre nicht recht!«

Ein paar Polizisten stecken neugierig ihre Köpfe durch die Tür. Sie flüstern miteinander. »Bist du sicher, die kommt vom Lokalradio? Die ist aber nicht mehr jung.« – »Wie hat die sich nur hierher verirrt? So dünn wie die ist, kann sie doch nicht gegen Dahang gewinnen.« – »Ihr Mann ist der Rektor der Parteischule. Er wurde vor ein paar Tagen von Dahangs Bruder verletzt. Hast du es nicht gehört? Das weiß inzwischen die ganze Stadt.«

Ding Dings Gesicht wird weiß wie Papier. Sie fühlt sich wie eine Angeklagte. »Das stimmt doch alles gar nicht!«

»Wollen Sie noch mehr wissen? Dann hören Sie mal gut zu!« Qi Dahang steht auf und nähert sich Ding Ding. Mit seinen muskulösen Armen, der drohenden Haltung und seinem zornigen Blick sieht er aus, als bereite er einen Angriff vor. Erst als sein Speichel der Frau ins Gesicht sprüht, bleibt er vor ihr stehen. Ding Ding tritt einen Schritt zurück. Qi Dahang rückt abermals näher. »Wie ist ihr Mann eigentlich zu seinem Posten gekommen? Gab es irgendwann mal einen Rektor, der auch Parteisekretär der Parteischule war? Nein! MEIN Vater war Parteisekretär! Ihr Mann hat ihm seinen Posten weggenommen!«

»Reden Sie doch keinen Unsinn! Mein Mann wurde auf der Mitarbeiterversammlung zum Parteisekretär gewählt!«

»Ja, ja, Sie halten sich für besonders schlau! Natürlich stecken Sie mit Ihrem Mann unter einer Decke!«

Ding Ding läuft rot an. Sie wischt sich mit dem Ärmel über das Gesicht.

»Aber wenn Ihr Mann schon Parteisekretär ist, dann sollte er ja wohl auch ein paar lächerliche Konflikte in der Siedlung beilegen können. Dass ausgerechnet Sie bei der Polizei Hilfe suchen, ist doch wohl ein Witz!«

»Sie beschuldigen meinen Mann zu Unrecht. Er hat Ihrem Vater nichts getan. Und ihrer Familie auch nicht. Aber Ihr Bruder …«

»Von wegen ›nichts getan‹! Versuchen Sie bloß nicht, der Polizei was weiszumachen! Und schieben Sie meinem Bruder nicht die Schuld für den Unfall in die Schuhe! Er war schwer bepackt. Wenn Ihr Mann den Weg im Treppenhaus frei gemacht hätte, dann wäre nichts passiert.«

Die zierliche Frau öffnet den Mund, bringt jedoch keinen Laut hervor.

»So, nun haben Sie mit dem Kollegen gesprochen«, stellt sich

Zhang Hang zwischen die beiden und drängt die Frau zum Gehen. Er steht dicht neben ihr, sein Atem streift ihre Schläfe, doch sie reagiert nicht. In der Regel würde ein Polizist jemanden, der so widerspenstig ist, am Arm packen und unsanft aus dem Raum zerren. Statt dessen nimmt Zhang seine Dienstmütze in die Hand und drückt sie leicht gegen die Schulter der Frau. »Kommen Sie mit. Wir haben die Formalitäten noch nicht erledigt.«

Die fünf, sechs Polizisten an der Tür geben den Weg frei. Ding Ding setzt ihre Füße mechanisch in Bewegung. Ihr Gesicht ist rot, als hätte ihr jemand links und rechts Ohrfeigen verpasst. Ihre Augen blicken durch die Polizisten hindurch, als sähe sie in der Luft ein Bild, das die anderen nicht sehen. Ein Bild, das schmerzt.

In die Wachstube zurückgekehrt, steht Ding Ding in einer Ecke herum und nestelt am unteren Teil ihrer Bluse. Mit ihr sind drei Polizisten von oben heruntergekommen. Sie stehen in einer anderen Ecke, rauchen und wechseln ab und zu ein paar Worte über die Hitze. Ding Ding lassen sie nicht aus den Augen.

Zhang Hang schaut weder Ding Ding noch seine Kollegen an. Wortlos füllt er ein neues Formular aus. Diesmal schreibt er alles auf: den Namen des Beschuldigten und die Höhe des Schmerzensgeldes, das Ding Ding für ihren Mann fordert. Als er fertig ist, fordert er Ding Ding auf, das Formular zu unterschreiben.

Sie zuckt zusammen, als würde sie aus einem Tagtraum gerissen. Hastig geht sie auf Zhang Hang zu. Kaum hat sie den Tresen erreicht, bewegt sie sich jedoch schon wieder langsam zurück. »Ich ziehe meine Anzeige zurück«, sagt Ding Ding mit dünner Stimme. Abrupt dreht sie sich um und rennt aus dem Raum. Zhang Hang läuft hinter ihr her. Vor dem Gittertor der Polizeiwache holt er sie ein und drückt ihr die Stofftasche in die Hand, die sie vergessen hat. »Weinen Sie nicht. Es wird schon alles gut werden«, sagt er leise zu ihr.

»Danke«, erwidert Ding Ding so schwach, dass das Wort nur durch die Bewegung der Lippen zu erahnen ist.

Zu Hause erwähnt Ding Ding das Erlebte mit keiner Silbe. Shanggao Yu, ihr Ehemann, der Rektor der Parteischule in der Kreisstadt Wan'an, liegt immer noch im Bett. Er leidet unter Kopfschmerzen und Schwindel.

Zwei Tage später erhält Yu überraschenden Besuch. Es ist sieben Uhr abends. Ding Ding ist zur Abendsendung im Studio, nur Yu und die drei Töchter sind zu Hause. Liao Kuo, Personalleiter der Stadtverwaltung und mit Yu seit der Studienzeit befreundet, stattet dem Rektor einen Besuch ab. Yu freut sich. Er stützt sich auf seine älteste Tochter, um einen Stuhl im Wohnzimmer zu erreichen. Die Tochter serviert Melonenscheiben und kaltes Wasser, dann lässt sie die beiden allein.

»Wie geht's dir?« fragt der Personalchef der Kreisstadt.

»Es geht schon wieder«, sagt Yu. Obwohl der Tag heiß ist, macht er den Eindruck, als wäre ihm kalt. »Am ersten Tag konnte ich mich überhaupt nicht hinsetzen, jetzt kann ich schon ein paar Minuten auf den Beinen bleiben. Mach dir keine Sorgen.«

»Was meinst du, warum der Sohn deines Stellvertreters dich angegriffen hat?«

»Ich vermute, dass Qi Siming mich damit einschüchtern wollte.«

»Habt Ihr vorher gestritten?«

»Ja und nein. Eigentlich kein richtiger Streit. Es ging wieder um den Schulgarten, der seit einem Jahr einer Baustelle gleicht. Das wollte ich ändern. Deshalb ging ich letzten Freitag zu Qi in die Wohnung. Der lag auf dem Bett und hatte wie immer so ein gelbliches, kränkliches Gesicht. Ich sagte zu ihm, er solle halt zu Hause bleiben, bis er wieder gesund ist. Solange er krank sei, werde ihn ein Kollege vertreten. Dafür solle er das Kontobuch und den Stempel herausgeben.«

»Das war richtig von dir ...«

»Ich musste einfach versuchen, gegen seine offensichtliche Arbeitsverweigerung vorzugehen. Zwei Jahre sind eine lange Zeit. Es reicht nun wirklich.«

»In dieser Hinsicht bist du nicht allein«, meint Kuo. »Mittlerweile glaubt auch der Kreisvorsteher, dass Qi simuliert.«

»Freut mich, dass der Kreisvorsteher endlich zu dieser Einsicht gelangt ist.«

»Tja, es sieht so aus, als ob dein Stellvertreter es immer noch nicht verdaut hat, das Amt des Parteisekretärs an dich verloren zu haben. Aber so wie ich ihn kenne, hat er die Sachen garantiert nicht hergegeben, oder?«

»Nein«, schüttelt Yu den Kopf. »Er hat wieder versucht mich hinzuhalten. Er sagte, er wäre schon fast gesund. Nach dem Wochenende könnte er bestimmt wieder seine Arbeit fortsetzen. Er würde die Ziegelsteine und Pflanzen bestellen, die wir benötigen. Doch bevor er wieder zur Arbeit gekommen ist, hat mich sein Sohn am Sonntagabend die Treppe hinuntergestoßen.«

»Das war ein merkwürdiger Tag. Was an dem Tag in Peking passiert ist, ist kaum zu glauben. Die Armee ist mit Panzern in die Hauptstadt eingerückt. Ministerpräsident Zhao wurde unter Hausarrest gestellt. Da fühlten sich einige Leute hier bei uns plötzlich ganz groß.«

Yu rückt seine Brille zurecht. Er sieht besorgt aus. »Hoffentlich ist das kein Anzeichen für eine zweite Kulturrevolution.«

»Wir müssen abwarten. Eines ist aber klar: Wenn der Ministerpräsident seinen Hut nehmen musste, dann wird sich auch bei uns einiges ändern«, sagt Kuo leise. »Also, sei bitte vorsichtig. Und lass Qi eine Weile in Ruhe, ja?«

Yu schaut seinen Freund prüfend an. Dann nickt er.

»Es ist nicht schlimm, dass Ding Ding zur Polizei gegangen ist. Aber sag ihr, sie soll momentan lieber nichts mehr unternehmen.«

Yu weiß nicht, wovon der andere redet. Als er erfährt, was seine Frau versucht hat, schlägt Yu sich mit der Hand auf die Stirn. »Oh nein, jetzt hat Qi einen Grund mehr, sich von der Arbeit fern zu halten. Kollegen haben mir erzählt, dass er bis heute nicht im Büro war.«

»Das wird sich jetzt ändern«, meint Liao Kuo. »Dein Unfall ist dem Kreisvorsteher sowieso schon bekannt. Er hat vor, den Konflikt zwischen dir und Qi für immer beizulegen. Es könnte bald zu wesentlichen Veränderungen kommen. Aber du solltest dir keine Sorgen machen, sondern erst mal wieder gesund werden. Ich sehe, du bist noch schwach und brauchst Ruhe. Deshalb werde ich mich jetzt verabschieden.«

Als Ding Ding nach Hause kommt, ist Yu bereits eingeschlafen. Die Töchter haben sich in ihre Zimmer zurückgezogen.

Ding Ding ist müde, kann aber geistig nicht abschalten. Ihre Gedanken sind noch immer bei ihrer Arbeit beim Lokalradio. Momentan finden mehr Sitzungen als üblich statt. Ständig erhalten die Mitarbeiter Anweisungen von oben: In allen Sendungen habe der Politik höchste Priorität zu gelten. Kein Beitrag, selbst wenn es sich um eine Kultursendung handelt, darf von der Parteilinie abweichen. Bestimmte Sätze von Deng Xiaoping müssen jeden Tag wiederholt gesendet werden.

Heute hat wieder eine zweistündige Sonder-Redaktionssitzung stattgefunden. Ein neuer Dienstplan ist aufgestellt worden. Da die Regierung im Kampf gegen die Studentenbewegung den Ausnahmezustand im Land immer noch nicht beendet hat, darf Ding Ding bis auf weiteres keinen Text mehr sprechen. Denn einem der Chefs von Ding Ding war wieder einmal bewusst geworden, dass sie kein Parteimitglied ist. Ding Ding akzeptierte den Dienstplan widerspruchslos und hat so getan, als hätte sich für sie nichts geändert.

Doch zu Hause fühlt sie sich ermattet. Sie wäscht sich und geht ins Bett. Seit Yus Gehirnerschütterung schläft Ding Ding allein auf einem schmalen Bambusbett, das sie im Schlafzimmer aufgestellt hat. Das große Bett überlässt sie ihrem Mann, damit er ungestört schlafen kann. In dieser Nacht tastet sie sich wie gewöhnlich im Dunkeln zu ihrem Bett und legt sich leise hin. Aber die Bambusstreifen ächzen unter jeder ihrer Bewegungen. Ihr Mann erwacht und ruft nach ihr.

»Brauchst du etwas? Geht es dir nicht gut?« fragt Ding Ding.

»Du bist vorgestern zur Polizei gegangen.«

Ding Ding setzt sich neben Yu auf das große Bett und schweigt. Nur der Fächer in ihrer Hand bewegt sich heftiger als zuvor.

»Wie bist du auf diese idiotische Idee gekommen?« ereifert sich Yu. »Damit hast du die Kluft zwischen mir und Qi noch weiter vertieft. Wie sollen wir denn jetzt noch mit ihm zusammen in einem Haus leben?«

In Ding Ding scheint ein Damm zu brechen. Plötzlich beginnt sie zu schluchzen. »Sie bringen dich ins Grab, und ich darf sie nicht mal anzeigen! Was ist das nur für ein Leben! Können wir nicht ... von hier wegziehen?«

Yu wälzt sich hin und her, doch er findet keine Position, in der er es aushalten kann. »Wo willst du denn hin? Du kriegst beim Lokalradio doch keine Wohnung zugeteilt. Selbst wenn du eine kriegst, bekommst du als normale Rundfunksprecherin auf keinen Fall eine Vierzimmerwohnung wie diese.«

»Lass dich in eine andere Einheit versetzen! Hauptsache, wir müssen nicht mehr gegenüber von diesen Leuten leben.«

Yu atmet schwer. Er stöhnt wegen seiner Kopfschmerzen. Ding Ding trocknet ihre Tränen und fühlt seine Stirn. »Du fühlst dich sehr heiß an.« Sie knipst das Licht am Nachttisch an. »Ich glaube, die Hitze tut dir nicht gut. Ich werde dich noch mal waschen.«

»Irgendwie wirken die Kräuter kaum noch.«

»Morgen lasse ich den Arzt kommen, dann kriegst du neue.«

Ding Ding stellt eine Schüssel lauwarmes Wasser neben das Bett und wäscht den nackten Körper ihres Mannes mit einem feuchten Tuch. Dann holt sie frisches Wasser und wischt die Bambusmatte unter ihm. Schließlich spritzt sie noch ein bisschen Wasser hier und da auf den Betonboden.

Nachdem alles erledigt ist, setzt sich Ding Ding neben ihren Mann und fächelt ihm sanft Luft zu. »Mach dir keine Sorgen. Ich war vorhin ein bisschen durcheinander«, flüstert Ding Ding. »Du hast Recht, es gibt überall Menschen wie Qi Siming. Also gehen wir nirgendwo hin. Wir bleiben hier.«

Yu klopft beruhigend auf ihre Hand. »Lass die Sache auf sich beruhen. Ich bin mir sicher, ich finde eine Lösung, die für beide Seiten annehmbar ist.«

»Vielleicht wird es eines Tages auch besser mit den Nachbarn«, meint Ding Ding. »Seit du krank bist, hat Qis Mutter nicht mehr auf dem Balkon gezetert.«

»Die alte Frau ist gerade allein zu Hause, deswegen«, murmelt Yu. »Aber am besten denkst du gar nicht mehr an sie. Ignoriere diese Leute einfach.«

Ding Ding fächelt im Dunkeln ihrem Mann noch lange Luft zu. Als Yu fest schläft, geht sie leise aus dem Schlafzimmer. Auf der Toilette kann sie das Schluchzen nicht mehr zurückhalten. Sie weint sich aus, ihr Kopf wird schwer. Dann legt sie eine Strohmatte ins Wohnzimmer und schläft schnell ein.

Während Shanggao Yu ans Bett gefesselt ist, kommen ihn seine treuen Genossen jeden Tag besuchen. Von ihnen erfährt er, dass Qi Siming, der kurz vor dem Unfall zu Verwandten aufs Land verreist war, wieder in die Siedlung zurückgekehrt ist. Den kranken Yu besucht er nicht. Doch plötzlich geht er jeden Tag ins Büro und erledigt seine Arbeit mit besonderem Eifer.

Bald erfährt Yu mehr über die Aktivitäten seines Gegners. Er hört, dass Qi den Organisationsleiter der Stadtverwaltung besucht hat. Zwei Tage später hört er, dass sein Stellvertreter gut gelaunt bei einem Abendessen mit dem Direktor der Volksbank von Wan'an gesehen wurde.

Yu ist beunruhigt. Denn Qi ist in dieser Stadt geboren und aufgewachsen. Er ist mit dem Direktor der Volksbank verwandt, der Leiter der Organisationsabteilung der Stadtverwaltung ist einer seiner Schulfreunde. Yu und Ding Ding dagegen sind keine Einheimischen. Sie kamen 1960 nach Wan'an, als ihnen nach dem Examen an der Fachhochschule für Erziehung in dieser vierhundert Kilometer von ihrer Heimat entfernten Stadt eine Arbeit zugeteilt wurde. Beide haben nicht einen einzigen Verwandten in der Stadt. Von den Freunden aus ihrer Studienzeit hat es nur Liao Kuo ebenfalls hierher verschlagen.

Eines Abends begegnet Ding Ding auf dem Gelände der Parteischule zufällig Qi Siming. Sie ist nach der Abendsendung auf dem Heimweg, während Qi mit lässigen Schritten Richtung Stadt schlendert. Als Qi die Nachbarin sieht, versucht er ihr auszuweichen, indem er die Baustelle des Schulgartens durchquert. Doch Ding Ding schneidet ihm den Weg ab. »Guten Abend, Herr Qi«, sagt sie zu einer halbfertigen Säule.

»Guten Abend.« Qi kommt hinter der Säule hervor. Er klopft an die Ziegel. »Keine schlechte Arbeit. Solide gemacht.«

»Ihr Sohn muss sich noch bei meinem Mann entschuldigen«, erklärt Ding Ding mit einer unbewusst hohen Stimme. »Erst hat er ihn die Treppe hinabgestoßen, dann hat er ihm nicht mal beim Aufstehen geholfen. So ein Verhalten können Sie ihm als Vater doch nicht durchgehen lassen.«

»Frau Ding, Sie irren sich gewaltig. Aber wenn Sie die Sache gerichtlich klären lassen wollen, dann nur zu! Ich werde Ihnen nicht im Wege stehen.« Qi kehrt seiner Nachbarin den Rücken und geht davon.

»Herr Qi«, ruft ihm Ding Ding hinterher. »Was würden Sie denn machen, wenn *Sie* umgestoßen und verletzt würden?«

»Ich habe Ihnen alles gesagt, was zu sagen ist. Auf Wiedersehen.« Qi verschwindet im Dunkeln.

Zu Hause erzählt Ding Ding ihrem Mann von der Begegnung mit ihrem Nachbarn. Yu hat aber keinen Trost für sie bereit. »Es war schon gut, dass du dem Jungen die Sache nicht durchgehen lassen wolltest. Aber du sprichst doch jeden Tag die aktuellen Nachrichten. Da musst du doch gemerkt haben, dass momentan überall die Luft brennt. Hör auf mich und lass die Finger davon. Wir müssen vorsichtig sein. Sonst könnte es für uns schlimm enden.«

»Was haben wir denn davon, wenn wir nie den Mund aufmachen?« Ding Ding ist außer sich. »Zwei Jahre lang haben wir alles runtergeschluckt. Und was ist passiert? Sie werfen dich die

Treppe runter! Demnächst werden sie versuchen, dir den Hals zu brechen! Und was tust du? Nichts!«

Yu zieht die Stirn in Falten. Nach einer Weile sagt er leise: »Früher warst du nicht so.«

»Wenn ich sie noch nicht mal anzeigen darf, dann ist die nächste Gewalttat gegen uns nicht weit. Mir sträuben sich die Haare, wenn ich nur daran denke. Und du willst, dass ich ruhig zu Hause sitze und Däumchen drehe. Wie soll ich das aushalten?!«

Resigniert wendet Yu seinen Kopf ab. Den Rest des Tages wechselt das Paar kein Wort mehr miteinander.

Am nächsten Tag erscheint Qis zweiter Sohn Qi Daseng auf dem Schulgelände. Zwei Wochen lang hat er sich nicht blicken lassen. Nun betritt er zunächst die Wohnung seiner Eltern, dann klopft er an die Tür der Nachbarn. Eine von Yus Töchtern öffnet. Der Junge kommt herein, legt zwei Schachteln Zigaretten und eine Plastiktüte mit Äpfeln auf den Tisch und stößt hervor: »Ich habe Onkel Shanggao nicht absichtlich umgestoßen.« Mehr sagt er nicht. Im nächsten Moment ist er aus der Wohnung verschwunden.

Kurz darauf kommt Ding Ding nach Hause. Sie wechselt einige Worte mit ihrer Tochter und marschiert umgehend zur Nachbarswohnung. Qi Dasengs Großmutter öffnet die Tür. »Ihr Enkel hat sich nicht entschuldigt. Deshalb können wir die Sachen nicht akzeptieren«, erklärt Ding Ding kurz angebunden. Sie stellt die Geschenke vor der Großmutter auf den Boden.

»Was erwarten Sie denn noch? Dass mein Enkel vor Ihnen auf die Knie fällt? Sie haben vielleicht Vorstellungen!« zetert die alte Frau mit schriller Stimme. Aber schon hat Ding Ding die eigene Wohnungstür hinter sich geschlossen.

Als Yu aufwacht und von dem Vorfall erfährt, wird ihm schwindlig. »Ding Ding, mach die Tür zu! Ich muss mit dir reden.«

»Siehst du jetzt endlich ein, dass man sich nicht zu Tode schweigen soll?« Ding Ding lässt sich durch den Gesichtsausdruck ihres Mannes nicht beirren. »Warum ist der Junge wohl heute zu uns gekommen, hm? Weil ich mich gestern bei seinem Vater beschwert habe!«

»So geht's nicht weiter!« sagt Yu leise, aber eindringlich. »Die Geschenke waren doch ein Versöhnungszeichen, und du wirfst sie denen einfach wieder vor die Füße. Das kannst du als Frau des Schuldirektors nicht machen! Jetzt denken alle, ich wäre engherzig und rachsüchtig!«

»Keiner hier ist ein Dummkopf!«

»Versteh' mich doch endlich! Qi ist zwar ein mieser Typ – aber wenn ich ihn schlecht behandle, dann mache ich mich angreifbar. Und dann bin ich die Leitung der Schule endgültig los.«

»Wenn du alles wegsteckst, machst du dich selbst kaputt.«

»Lass uns beim Thema bleiben! Ich bitte dich, Qi in Ruhe zu lassen. Wenn du merkst, du schaffst es nicht mehr, dann übernachte doch ein paar Tage im Sender.«

Ding Ding starrt ihren Mann an, als kenne sie ihn nicht mehr.

Es klopft. Ein Kollege von Yu ruft durch die geschlossene Wohnungstür. Ding Ding geht lautlos aus dem Schlafzimmer. Sie grüßt den Gast, lässt ein Lächeln über ihr Gesicht gleiten, führt ihn zu ihrem Mann und bringt den beiden etwas zu trinken.

Als der Besucher gegangen ist, wirkt Ding Ding wieder deprimiert. Sie kümmert sich zwar weiter um ihren Mann, wird aber zunehmend einsilbig.

Nachdem er sich drei Wochen lang zu Hause erholt hat, kehrt Shanggao Yu ins Büro der Parteischule zurück. Was ihm zuerst auffällt, sind die zwei halbfertigen Torsäulen im Garten, die er aus seinem Fenster sehen kann. Ein halbes Jahr lang waren nur ihre Stümpfe zu sehen. Während seiner Abwesenheit ist die Arbeit anscheinend wieder aufgenommen worden. Die Säulen sind jetzt ein gutes Stück höher.

Qi Siming arbeitet an seinem Schreibtisch. Shanggao Yu sucht ihn auf, um sich für seine Frau zu entschuldigen. Doch als Qi ihn erblickt, springt er auf und meint plötzlich, er müsse schnell noch zur Sparkasse, um den Bauarbeitern die Wochenlöhne auszahlen zu können. Hals über Kopf verlässt er sein Büro.

Auch bei weiteren Begegnungen findet Qi Siming stets eine Ausrede, um sich schnell aus dem Staub zu machen. In Erinnerung an Liaos Warnung lässt Yu bald sein ursprüngliches Vorhaben fallen. Einmal lobt er seinen Stellvertreter auf einer Mitarbeiterversammlung für die im Garten erzielten Baufortschritte. Ansonsten lässt er ihn in Ruhe.

Während Yu seiner Arbeit nachgeht, erreicht Ende Juni eine dringende Anweisung aus Peking die Stadtverwaltung: Das Zentralkomitee hat einen neuen Kurs festgelegt. In wenigen Tagen wird ein rotes Dokument, in dem die politischen Leitlinien festgehalten sind, an die Stadtführung übergeben werden. Die Parteischule von Wan'an hat, wie alle Parteischulen auf der Ebene der Kreisstädte, eine Woche lang Zeit, um sich mit dem Dokument zu befassen. Danach soll sie die Führungskräfte der kommunalen Einrichtungen in einem Fünftageseminar schulen, um die lokalen Kader auf den neuen Kurs einzustimmen. Da die Parteischule nur knapp zweihundert Schüler beherbergen kann, wird sie drei Monate brauchen, bis sämtliche Führungskader des Landkreises mit der neuen Politik vertraut sind.

In der Parteischule herrscht zunächst eine heitere Stimmung. Denn normalerweise steht im Spätsommer immer der Ernteeinsatz im Mittelpunkt. Wegen der anstehenden Schulungen muss in diesem Jahr keiner der Männer in der brennenden Sonne schwitzen und die Sichel schwingen.

Doch schon bald weicht die Heiterkeit einer gewissen Verunsicherung. Dass in Peking innerhalb eines Monats eine Reihe hochrangiger Kader ihre Sessel räumen mussten, die Dringlichkeit der Politschulung – all das sorgt für Unruhe. Diese Entwicklungen müssen sich auch auf die Kreisstadt auswirken. Gerüchte über eine bevorstehende Umstrukturierung der lokalen Führungsebenen machen die Runde.

Als Shanggao Yu das Dokument schließlich erhält, beginnt er sofort mit der Lektüre. Bereits nach wenigen Zeilen ist ihm klar, dass die Parteizentrale in Peking nun einen radikalen Kurs gegen politische Reformen jeglicher Art fährt. Das bedeutet: Diejenigen, die sich von Anfang an gegen Veränderungen innerhalb der Partei aussprachen, werden nun wichtige Posten übernehmen. Die anderen aber, die für Demokratisierung und Modernisierung eingetreten sind, werden unter Druck geraten. Yu ist besorgt. Denn er gehört eher zur zweiten Gruppe – er hat stets darauf geachtet, dass seine Dozenten sich weiterbilden und spezialisieren. Als er vor ein paar Jahren die westlichen Philosophen, in China jahrzehntelang verboten, im Unterricht behandelte, wurde er zu einer lokalen Berühmtheit. Seine Schule erhielt eine Auszeichnung.

Dennoch zögert der Rektor nicht, seine Mitarbeiter zusammenzurufen und mit ihnen das Dokument Satz für Satz einzustudieren. Dabei fällt ihm auf, dass Qi Siming nicht nur seine Krankheit vollständig überwunden hat. Er scheint auch eine heimliche Vorfreude auszustrahlen. Yu wird das Gefühl nicht los, dass sein Rivale besser im Bilde ist als er und sich bereits als geheimer Sieger fühlt. Er beschließt, so bald wie möglich seinen Freund Liao Kuo zu besuchen.

Am Samstagabend ist es so weit, er besucht Kuo in seiner Wohnung. Sein Freund ist gerade von einer Sitzung zurückgekommen, die nach dem Abendessen fortgesetzt wird. Er ist müde und angespannt, freut sich aber über Yus Gesundung. Während seine Familie das Abendessen in der Küche einnimmt, zieht Kuo sich mit seinem Freund ins Wohnzimmer zurück.

»Es wird ein Gewitter geben, stimmt's?« fragt Yu vorsichtig.

»Ja, leider.« Liao Kuo wirft einen raschen Blick auf seinen Freund: »Sag mal, wenn du das Angebot bekämst, Sachgebietsleiter in der Organisationsabteilung der Stadtverwaltung zu werden, würdest du es annehmen?«

Yu verschluckt sich. »Bin ich schon gestürzt?«

»Ich weiß, ich weiß, es ist eine Degradierung. Aber es war ja nur eine Frage.«

Yu schnappt nach Luft. »Jetzt bin ich also dran. Ich werde bestraft!«

»Nein, nein. Bestraft wirst du nicht. Du bist der beste Dozent in der Region. Das ist unbestritten.«

»Aber ich muss meinen Platz räumen?«

»Ja, leider. Wenn Deng Xiaoping zurückrudert, müssen auch wir zurückrudern.«

»Und was passiert mit mir genau?«

»Keine Panik«, versucht Kuo seinen alten Freund zu trösten. »Es ist nicht so schlimm, wie du denkst.«

»Also wird Qi meinen Platz einnehmen. So was habe ich nie für möglich gehalten.«

»Unsinn. Qi verwaltet zwar die Finanzen der Parteischule, aber er ist doch kein Dozent. So jemand kann nicht Leiter der Schule werden.«

»Und was soll dann geschehen?«

»Was ich dir jetzt erzähle, bleibt unter uns, ja? Qi hat natürlich versucht, dich zu stürzen. Er hat überall erzählt, dass du den Kurs des unter Hausarrest stehenden Ministerpräsidenten verfolgt hättest. Und er hat dir vorgeworfen, dass du Gelder für unnötige Bauprojekte beim Gartenbau und für einen neuen Schulsportplatz verschwendest. Außerdem würdest du deine Kritiker beiseite schieben und entmachten.«

»So was habe ich geahnt. Seit ich ihn als Parteisekretär abgelöst habe, wartet er nur auf den richtigen Moment, um mich zu stürzen.«

»Aber das alles hat nicht nur mit ihm zu tun. Sieh mal, dein Vorgänger war sechs Jahre lang im Amt. Dein Vorvorgänger schaffte nur zwei Jahre. Seit der Gründung der Parteischule bist du der einzige, der länger als zehn Jahre Rektor war. Jetzt aber steht ein Kurswechsel an. Deshalb plädieren einige für einen Wechsel an der Spitze der Schule.«

»Ich hätte voraussehen müssen, dass ich eines Tages so abgeschoben werde.«

»Du bist verbittert. Hör mal: Zumindest hat der Kreisvorsteher einen Kompromiss zwischen deinen Gegnern und deinen Befürwortern gefunden. Da du so viel publiziert hast, wird eigens für dich der Posten des Stadtschreibers eingerichtet.«

»Stadtschreiber? Das kenne ich nur aus alten Büchern. Was genau hab ich da zu tun?«

»Du bleibst weiterhin in der Parteischule, ordnest dich aber nicht dem neuen Rektor unter, sondern stehst mit ihm auf gleicher Ebene. Du hast keine Anwesenheits- oder Unterrichtspflicht. Du wohnst zwar weiter dort, aber mit der Schule hast du eigentlich nichts mehr zu tun. Und was und wie viel du schreiben willst, das bleibt dir überlassen. Hauptsache, du veröffentlichst einiges. Aber das dürfte für dich ja nicht allzu schwierig sein.« Kuo strahlt.

»Das hört sich nicht schlecht an. Kam die Idee von dir oder vom Kreisvorsteher?« fragt Yu.

Kuo lächelt ihn verschmitzt an, geht aber nicht auf die Frage ein. »Das ist noch nicht alles. Qi Siming wird nichts mehr mit dir zu tun haben. Er wechselt bald zur Wan'an Seidenfabrik und wird dort zum dritten stellvertretenden Direktor. Ein Mann von außerhalb wird dein Nachfolger sein. Wer, steht noch nicht fest.«

»Schön für Qi. Dann hat er sogar eine Fabrik, die viel größer ist als die Parteischule. Nur ich bleibe allein zurück.« Yu wird nachdenklich.

»Leider wirst du weiterhin gegenüber von Qi Siming wohnen. Aber da ihr nicht mehr in einem Boot sitzt, wird der Konflikt zwischen euch ja wohl beigelegt sein.«

Yu zieht die Wangen ein. Sie sehen hohl und eingefallen aus, als bestünden sie nur aus dünnem Pergament. »Immerhin hat Qi es nicht mehr nötig, mich noch mal die Treppe hinabzustoßen.«

Liao Kuo steht auf. »Ich muss gleich wieder los. Sag mir nächste Woche, ob du in der Stadtverwaltung arbeiten oder Stadtschreiber werden willst. Wenn du eher in eine andere Einheit wechseln möchtest, in der gerade eine Stelle frei ist, lass es mich so früh wie möglich wissen.«

Als Shanggao Yu nach Hause kommt, erkennt Ding Ding ihren Mann kaum wieder. Er hat die Lippen geschlossen und lässt die Schultern hängen. Es ist, als hätte er sich selbst verloren und wüsste nicht, wo er sich wiederfinden könnte. Da sich ihre Töchter noch im Wohnzimmer aufhalten, stellt Ding Ding keine Fragen.

In dieser Nacht tut Ding Ding etwas, was sie schon lange nicht mehr getan hat. Sie legt sich zu ihrem Mann, legt ihre Hand auf die seine und streichelt sie behutsam. Nach einer Weile scheint sich irgendwo in Yu eine Tür zu öffnen. Seiner Brust entsteigt ein tiefer Seufzer. »Mein politisches Leben ist mit zweiundfünfzig beendet. Bald bin ich nur noch ein einsamer Stadtschreiber.« Er erzählt ihr, was die Führung der Kreisstadt mit ihm plant.

Merkwürdigerweise wird Ding Ding, je mehr er erzählt, immer heiterer. Seit ihrem Besuch bei der Polizei hat sie nicht mehr gelacht. Jetzt klingt es, als lachte sie zwischen jedem Wort. »Das ist doch das Beste, was dir passieren kann. Mir ist es viel lieber, wenn du den Rektorenposten los bist. Sonst ziehst du weiterhin den Hass der Nachbarn auf dich.«

»Aber warum werde ich bestraft? Was habe ich denn mit der Studentenbewegung zu tun? Wir haben in der Stadt noch nicht mal eine Fachhochschule.«

»Pst! Sei leise«, flüstert Ding Ding. »Meinst du, mein Vater hatte während der Kulturrevolution die vier Jahre Gefängnis verdient? Politik ist gnadenlos!«

Shanggao Yu verstummt. Nur sein schwerer Atem verrät die Unruhe, die in ihm wühlt. Nach einer Weile murmelt er: »Es ist der Partei völlig egal, ob man seine Arbeit gut oder schlecht macht. Hauptsache, man fügt sich.«

Ding Dings Gedanken schweifen ab. »Ich habe gehört, der Leiter der Organisationsabteilung ist ein Freund von Qi Siming. Wenn du bei ihm arbeitest, wird er dich garantiert schikanieren.

Wozu willst du dich weitere zehn Jahre quälen? Merkst du nicht, dass Liao Kuo das Beste für dich herausgeholt hat? Du bist jetzt dein eigener Vorgesetzter und hast ein friedliches, freies Leben vor dir. Das ist es doch, was wir wollen. Ein friedliches Leben!«

»Ja, ja«, meint Yu.

»Du arbeitest seit dreißig Jahren für die Partei. Endlich kannst du dich auch mal um deine Töchter kümmern. Shuye ist schon zweiundzwanzig, hat aber noch keine richtige Arbeit. Und einen anständigen Freund hat sie auch nicht.«

Yu schweigt.

»Shulan hat nächstes Jahr die nationale Aufnahmeprüfung für die Universität. Sie ist jetzt schon ganz nervös und bringt alles durcheinander. Der Arzt hat bei ihr eine Nervenschwäche festgestellt. Wenn wir ihr nicht helfen, klappt sie zusammen.«

Yu stößt einen Seufzer hervor. »Ich habe schon bemerkt, dass es ihr nicht so gut geht.«

»Auch wenn du es nicht wahrhaben willst: So lange der Nachbar dein Untergebener ist, wird er sich an dir rächen wollen. Beim nächsten Mal kannst du dir ein Bein oder sogar das Genick brechen.« Ding Dings Stimme wird eindringlicher. »Yu, sag bitte gleich morgen deinem Freund, dass du die Stelle als Stadtschreiber annimmst.« Während sie spricht, hört ihre Hand nicht auf, ihren Mann zu streicheln, und gleitet dabei immer tiefer.

Shanggao Yu spürt, wie ihn ein wohliges Gefühl durchströmt. Eine Sehnsucht, die im alltäglichen Trott verloren ging, kehrt in ihn zurück. Ihm wird bewusst, dass sie schon seit Monaten nicht mehr miteinander schlafen. »Liebling, es tut mir leid, dass du meinetwegen so viel leiden musstest«, flüstert er seiner Frau zärtlich ins Ohr und drückt sie an sich. »Ich habe dich vernachlässigt, nicht wahr? Verzeih mir. Ich werde nun für euch da sein. Für unsere Kinder, und besonders für dich!«

Ding Ding wirft den Kopf nach hinten, um ihren Hals den Küssen ihres Mannes darzubieten. Die Angst, die ihr Herz seit langem erfüllt hat, ist verflogen.

Tote Seidenspinner wandern schnell

Als Chen Guang zu Hause ankommt, verdüstert sich von einem Moment auf den anderen sein Gesichtsausdruck. Chen Dade, sein Vater, steht am Herd und brät Seidenspinnerpuppen mit Chili. Er trägt ein ärmelloses weißes Unterhemd, das am Rücken zwei Löcher und mehrere dunkle Streifen aufweist, so, als wäre es seit langem nicht gewaschen worden. Die kleine Küche ist vom deftigen Aroma des Insektenfleisches erfüllt. Doch was den 16-jährigen Guang betrübt, ist nicht der Essensgeruch. Heute hat ihm sein Klassenlehrer gesagt, der Vater solle ihn in den nächsten Tagen in der Schule aufsuchen. Guang hat sich deshalb lange draußen herumgetrieben. Er wollte vermeiden, dass er zusammen mit seinem Vater zu Abend essen muss.

»Was ist bloß mit dir los?« fragt der Vater vorwurfsvoll. »Es ist längst dunkel! Und du schleppst dich erst jetzt nach Hause!« Er wirft einen flüchtigen Blick auf seinen Sohn und wendet sich dann wieder dem Wok zu. Das scharfe Gewürz aus einem Glas mit der Aufschrift »Alte Stiefmutter« sorgt dafür, dass er mehrmals kräftig niesen muss.

»Wir haben jede Menge Hausaufgaben aufbekommen«, sagt der Sohn. Seine Standardantwort.

»Hausaufgaben! Ich sehe die Nachbarskinder hinter ihren Fenstern sitzen – die sind wirklich mit Hausaufgaben beschäftigt! Dich hab ich zu Hause aber noch nie lernen sehen! Und du willst mir was von Hausaufgaben erzählen.«

Der Junge kippt sich ein Glas kaltes Wasser in die Kehle und erwidert nichts. Er geht aus der Küche und wirft die Schultasche quer durch die Wohnung aufs Bett.

Das einzige Zimmer der kleinen Wohnung ist knapp achtzehn Quadratmeter groß. Es wird durch eine Wand aus Holzbrettern in zwei kleinere Räume aufgeteilt, die durch eine Tür miteinander verbunden sind. Vor zehn Jahren, als Chen Guang eingeschult wurde, ist seine Mutter gestorben. Seither teilt der Vater das Zimmer mit seinem Sohn. Der Bereich des Jüngeren wirkt schmutzig und unordentlich. Nur um dem Esstisch herum ist etwas freier Raum.

Die kleine Küche, in der Dade kocht, steht wie eine Hütte an der Außenwand der Wohnung. Man kann aus ihr nicht in die Wohnung sehen. Schnell huscht der Sohn in das andere Zimmer. Hier ist es genau so eng und überfüllt wie bei ihm selbst. Sein Vater hat seine dünne Stoffdecke wie üblich quer über das Bett geworfen – doch sie liegt anders als heute morgen.

Chen Guang ist sich sicher, dass sein Vater am Nachmittag geschlafen hat. Nur so ist erklärbar, dass er noch mit Kochen beschäftigt ist, während es bereits dämmert. War noch jemand hier? Guang überprüft das Kopfkissen, findet aber kein langes Haar, das eventuell von einer Frau stammen könnte. Auch sonst deutet nichts darauf hin, dass eine andere Person in der Wohnung war. Guang grübelt. Will sein Vater die Nacht wieder woanders verbringen? In letzter Zeit war er nachts mehrmals heimlich aus der Wohnung geschlichen. Da ihre beiden Betten nur durch eine dünne Holzwand voneinander getrennt sind, entgeht Chen Guang nichts von dem, was sein Vater tut. Normalerweise verlässt Dade um vier Uhr morgens das Haus, um im Kesselraum der Seidenspinnerei Yincheng zu arbeiten. Doch wenn er sich um Mitternacht aus dem Haus stiehlt, kommt er nicht mehr zurück. Er geht also von woanders zur Arbeit. Guang fragt sich seit Monaten, wo sein Vater die halbe Nacht verbringt. Vielleicht bei einer der Arbeiterinnen aus der Fabrik?

Leise schleicht sich der Junge aus dem Zimmer des Vaters. In der Küche trinkt er ein zweites Glas Wasser, ehe er nach dem Feuer im Herd schaut. Er legt etwas Holz nach.

»Gibt's was Neues von der Schule?« fragt ihn sein Vater beim Essen.

»Nein«, sagt Chen Guang knapp. Seine Augen sind auf den Reis in der Schale gerichtet, die er in seiner Hand hält. Genüsslich isst er die Seidenspinnerpuppen, die seit einem Monat fast täglich auf dem Speiseplan stehen. Denn die Fabrik, die Seidenfäden und Seidenstoffe produziert, hat im Frühjahr Hochsaison. Und die Seidenspinner werden, nachdem sie ihren Seidenkokon fertiggestellt haben, in kochendes Wasser geschüttet, damit sich der Kokon löst. Dann können die Fäden gezogen werden. Die toten Puppen erhalten die Fabrikangestellten als Nahrungsmittel. Jedes Mal, wenn Dade einen Eimer voller Seidenspinner mit nach Hause bringt, herrscht gute Stimmung in der engen Wohnung. Auf den ersten Blick sehen diese dicken, käferartigen Insekten, die weder Beine noch Flügel haben, fast lebendig aus. Doch die in einem kräftigen Dunkelbraun leuchtenden Tiere sind längst tot. Sie schmecken, je nach Zubereitung, süßsauer oder scharf und werden geschmort oder frittiert. Auf dem Teller sehen sie jeden Tag anders aus. Vater und Sohn können sich an diesen Delikatessen kaum satt essen.

»Schon wieder nichts Neues? Warst du überhaupt in der Schule? Du siehst ganz schön dreckig aus.«

»Natürlich war ich in der Schule«, antwortet der Sohn. »Wir haben noch Fußball gespielt.«

»Na gut«, meint der 39-Jährige und atmet tief durch. Die scharfen Gewürze treiben ihm Schweißperlen auf die Stirn. »Im nächsten Jahr gibt's vielleicht keine Seidenspinner mehr. Der Fabrik geht das Geld aus. Meinen Lohn habe ich schon seit zwei Monaten nicht mehr gesehen. Und wenn eine zweite Kündigungswelle kommt, kann es noch schlimmer ausgehen. Sie könnte auch mich erwischen.«

Chen Guang hat zu diesem Thema nichts zu sagen. Noch immer werden seine Gedanken von den Worten des Lehrers beherrscht, der ihn heute zu sich ins Büro zitiert hatte. Wenn er so weitermache, dann würde er die Oberstufe nicht erreichen, hatte ihm der Lehrer erklärt. Bei den Zwischenprüfungen ist er in drei Fächern durchgefallen.

Der Achtklässler weiß nicht, warum er noch zur Schule gehen soll. Er hat schon seit langem keine Lust mehr dazu. Gerade vor einem Jahr hatte er die siebte Klasse wiederholen müssen. Sein Vater hatte ihm eine Tracht Prügel verpasst und ihm angedroht, für ihn sei endgültig Schluss mit der Schule, wenn so etwas noch mal vorkomme.

Als hätte der Vater seine Gedanken gelesen, kommt er plötzlich auf das Thema Schule zu sprechen: »Im Sommer schließt du die Unterstufe ab. Dann werden wir sehen, dass du schnell eine Arbeit findest. Acht Jahre Schule sind für jemanden aus unserer Familie sowieso genug. Und Geld habe ich auch keins mehr. Die Schule wird von Jahr zu Jahr teurer.«

»Ja, ja, das hast du schon ein paar Mal gesagt.«

»Du hast noch zwei Monate, um deine Schulzeit zu genießen, Junge. Dann beginnt der Ernst des Lebens. Ich verlange kein Spitzenzeugnis von dir, nur ein paar ordentliche Noten. Also streng dich gefälligst ein bisschen an, klar?«

Guang erwidert ein schwaches »Ja«. In diesem Augenblick entschließt er sich, seinem Vater nichts von dem auszurichten, was der Lehrer ihm aufgetragen hat. Irgendwann wird es sein Vater sowieso erfahren. Und verprügelt zu werden, eilt nicht, denkt Guang.

»Ab heute wirst du dich abends nicht mehr draußen rumtreiben! Ich will sehen, wie du die Nase in deine Bücher steckst.«

»Du hast gesagt, es kostet zu viel Strom, wenn ich abends das Licht anlasse.«

»Keiner zwingt dich dazu, zwei Lampen anzumachen. Eine reicht völlig aus.« Dade zeigt auf die nackte Glühbirne über dem Esstisch, die auch jetzt, in der späten Dämmerung, noch nicht brennt. Durch das offene Fenster ist zu sehen, dass die Wohnungen im gegenüberliegenden Gebäude fast alle beleuchtet sind.

»Die zweite hab' ich längst nicht mehr. Du hast sie doch in dein Zimmer mitgenommen.«

»Ist auch gut so. Du wirst die Wohnung abends nicht mehr verlassen, ist das klar?«

»Ja, ja.«

»Du sagst immer ›ja‹ und tust dann das Gegenteil. Wenn ich dich also abends draußen erwischen sollte, wirst du eine Tracht Prügel beziehen, die sich gewaschen hat!«

»Ja, Vater.«

Nach dem Essen sitzt der Ältere am Esstisch und repariert die Sandalen des Sohnes. Bereits im letzten Jahr hatten sich zwei Riemen gelöst. Daraufhin hatte der Sohn die Schuhe in eine Ecke geworfen und sie auch in diesem Jahr noch nicht wieder angezogen – obwohl das Maiwetter warm genug dafür ist. In der Küche wäscht der Jüngere im Wok das Geschirr.

»Nachher duschst du. Dann machst du noch die Wäsche, bevor du deine Hausaufgaben erledigst«, ordnet der Vater an. »Ich hab' meine Sachen bereits im Eimer eingeweicht. Du nimmst den ganzen Kram und wäschst ihn im Fluss, klar?« Vor einem halben Jahr wurde ein Wasserzähler in der Wohnung installiert, seither schickt der Vater seinen Sohn zum Waschen meist an den Fluss. Das bedeutet für den Jungen eine Viertelstunde Fußmarsch.

»Ja, Vater. Ich werd' mich auch im Fluss baden.«

»Gut. Dich kriegt sowieso nur der Fluss sauber.«

Als Chen Guang gegen halb elf die Wäsche vor der Wohnung aufhängt, ist der Vater nicht mehr zu Hause. Die Sandalen, die der Vater vorhin mit kleinen Nägeln repariert hat, liegen vor dem Bett des Sohnes. Guang nimmt sie in die Hand und zerrt ein bisschen an den Riemen herum, um die Festigkeit zu prüfen. Nach einigen Sekunden reißt einer der Riemen an der genagelten Stelle ab. Guang wirft die Kunststoffschuhe unter das Bett und verlässt die Wohnung.

Das breite sechsstöckige Wohnhaus, in dem die Familie Chen im Erdgeschoss wohnt, erinnert an einige übereinander gestapelte Schachteln, die man beleuchtet hat. Vor und hinter dem Haus strahlen schwache Straßenlampen auf die betonierten Wege. Chen Guang schlendert zwischen den acht Häusern herum, in denen mehr als sechshundert Menschen wohnen – alles Fabrikarbeiter mit ihren Familien. Nachbarn stehen auf der Straße und plaudern miteinander. Sein Vater ist nicht dabei. Guang geht weiter ins Industrieviertel, wo die großen Fabrikhallen stehen. Als er die Gestalt seines Vaters mit zwei anderen Männern vor dem Kesselhaus erblickt, bleibt er stehen. Da sein Vater bereits am Nachmittag geschlafen hat, ist er sich sicher, dass der Vater in den nächsten Stunden nicht nach Hause kommen wird.

Zu Hause steckt der Schüler alte Wäsche unter seine Bettdecke, um den Eindruck zu erwecken, dass er dort schläft. Die Glühbirne über dem Esstisch dreht er etwas aus der Fassung heraus, damit der Raum dunkel bleibt, wenn der Vater den Lichtschalter anknipst. Dann schließt er die Wohnung hinter sich ab und geht in die Stadt.

Im Zentrum von Yincheng, einer Kreisstadt mit 30 000 Einwohnern, geht es lebhaft zu. Menschen sitzen in der betonierten Fußgängerzone und nehmen Delikatessen zu sich. Noch in den 80er Jahren gab es hier lediglich ein einziges, staatlich geführtes Lokal. Als in den 90ern private Restaurants erlaubt wurden, verwandelte sich die dreihundert Meter lange Straße über Nacht in eine Schlemmermeile. Jeder, der an dieser Straße wohnte, eröffnete einen Imbiss und spezialisierte sich auf die Zubereitung von Klebreisklößen, Hammelfleischspießen oder ähnlichen Köstlichkeiten. Bis tief in die Nacht hinein wimmelt es hier von Menschen.

Vor einem Imbiss, der Wasserschnecken verkauft, steht eine verwahrloste Frau. In dreckige Kleider gehüllt, starrt sie wie ein hungriger Hund durch die Scheibe. Als niemand Notiz von ihr nimmt, schleppt sie sich langsam weiter zur nächsten Tür. Die Obdachlose – es ist die einzige in der ganzen Stadt – ist bei allen nur als »die Verrückte« bekannt. Die Gourmets, die mit dem Verzehr ihrer Köstlichkeiten beschäftigt sind, werfen verstohlene Blicke auf sie. Heute fällt ihr stark gewölbter Bauch unter dem schwarzen Rock nicht auf. Aber alle wissen, dass die Obdachlose schwanger ist. Und alle fragen sich, von wem.

Auch Chen Guang würde gerne wissen, wer der Vater dieses Babys ist. Erwachsene haben erzählt, die Frau sei einst aus einem der Dörfer in der Umgebung gekommen. Ihr Ehemann habe sie verlassen, seine Familie sie verstoßen. Doch heute kümmern Guang die Angelegenheiten der Verrückten kaum – er hat in dieser Nacht noch einiges zu tun. Er lässt die Gourmetstraße hinter sich und geht zügig zur alten Stadtmauer.

Eine Treppe aus grob geschliffenem Marmor führt vom Stadttor hinunter zum Anlefluss, der die Stadt in eine Nord- und eine Südhälfte trennt. Eine dreihundert Meter lange Holzbrücke führt über den Fluss. Der durchtrainierte Junge, der im Sommer regelmäßig schwimmt, versteckt seine Kleider unter der Holzbrücke. Dann schwimmt er nackt auf die andere Seite. Am Nordufer vergewissert er sich, dass, zwischen breiten Schilfrohren versteckt, noch immer jenes Boot im Wasser dümpelt, das er vor einigen Tagen zufällig entdeckt hat. Zufrieden schwimmt er zurück, zieht sich die Kleider wieder an und legt sich auf den südlichen Damm. Er wartet. Wenige Meter entfernt legt gerade ein Floß an.

Während die Stunden vergehen, leert sich die Brücke langsam. In den Häusern im Nordteil der Stadt verlöschen nach und nach die Lichter. Als alle Fenster dunkel sind, erhebt sich Guang und geht langsam über die Brücke. Es ist kurz nach Mitternacht.

Dann schleicht er, lautlos wie ein Schatten, auf einem Pfad am Ufer entlang. Nach ca. zweihundert Metern erreicht der Junge das Schilf. Die Häuser, die er vom Südufer aus beobachtet hatte, stehen nun hoch über ihm in seinem Rücken auf einem sechs Meter hohen Damm. Auf Zehenspitzen späht er über das Schilf, um das Boot wiederzufinden. Noch in dieser Nacht will er den Fluss hinunter in eine andere Stadt fahren.

Chen Guang schiebt die Schilfröhren vorsichtig auseinander und stapft in seinen Schuhen durch das seichte Wasser. Heute scheint der Mond zwar sehr hell, doch hat dies den Vorteil, dass er im Dunkeln nicht lange nach dem Seil suchen muss, mit dem das Boot vertäut wurde. Leise versucht er das Seil von einem Holzpflock zu lösen. Doch es wurde so kompliziert um den Pflock geschlungen, dass er gezwungen ist, die Position zu wechseln. Er macht einen Schritt zur Seite. In diesem Moment bemerkt er eine schräge, wackelige Steinplatte unter seinem Fuß. Zu spät erkennt er, dass irgendetwas unter der Wasseroberfläche nicht stimmt. Während er zu rutschen beginnt, schnappt auch schon ein zangenartiges Gerät nach seinem linken Fuß – es ist, als hätte sich ein Krokodil in seine Zehen verbissen. Guang schreit auf.

In einem Haus auf dem Damm geht das Licht an. »Ein Dieb! Ich habe es gehört«, schrillt eine Frauenstimme durch ein offenes Fenster. »Hei! Steh auf, der ist noch da!« Polternde Geräusche sind zu hören.

Guang bückt sich ins Wasser. In Sekundenschnelle löst er den Schnürsenkel und zieht den Fuß aus dem Schuh. Wie ein Frosch springt er in den Fluss und schwimmt los. Hinter ihm am Ufer klettert ein Mann den Damm hinunter und wirft mit Steinen nach ihm. Guang taucht unter. Erst nach zwanzig Metern erscheint er wieder an der Oberfläche, um Luft zu holen. Er sieht, dass ihm keiner folgt, und reduziert sein Tempo. Schließlich erreicht er das andere Ufer und steigt aus dem Wasser. Er ist kilometerweit abgetrieben worden und hat die Stadt fast hinter sich gelassen.

In der Nachtluft spürt er seine Haut fast nicht mehr. Er wringt seine Kleidung aus und schrubbt sich lange. Endlich wird ihm etwas wärmer. Einige Meter hinter ihm, auf dem Damm, steht die Ruine eines alten Wachturms. Vor dem Turm macht der Fluss eine scharfe Kurve. Er wird breiter und fließt nun ruhiger.

Jemand nähert sich auf dem Damm. Es ist die obdachlose Verrückte. Sie läuft an ihm vorbei und verschwindet in der Ruine.

Chen Guang blickt zum Wachturm hoch. Das Herz flattert ihm

in der Brust wie eine aus dem Schlaf geschreckte Fledermaus. Bizarre Zeichen, die wie Kristallblumen aussehen, schwirren ihm durch den Kopf. Er muss etwas tun, um seinen Körper zu beruhigen. Er erinnert sich daran, wie die Verrückte vor einem Jahr von einem wilden Hund gebissen wurde. Damals hatten er und ein paar andere Schüler das Tier auf die Frau gehetzt, als diese den Schulhof überqueren wollte. Nun verspürt er wieder die Lust, ihr Angst einzujagen. Er klettert den Damm hoch und geht auf den alten Turm zu.

Früher, als Kind, hatte Guang oft darin gespielt. Als er das Erdgeschoss betritt, knurrt er, als wäre er ein wildes, gefährliches Tier. Doch alles, was er dort findet, ist ein toter alter Ast. Das Geräusch verhallt schnell in dem leeren Raum. Die Kälte, die ihm bis unter die Haut dringt, scheint aus einer anderen Welt zu kommen. Auf einmal hat Guang das Gefühl, er befände sich im Rachen eines Ungeheuers. Er nimmt den Ast in die Hand und fuchtelt ziellos mit ihm herum. Ohne in der ersten Etage zu halten, steigt er hoch in den offenen zweiten Stock.

Hier oben, im hellen Mondschein, liegt die Verrückte auf einem Haufen Lumpen. Eine zerfranste Decke – von der Größe eines Babywickeltuchs – bedeckt ihren Bauch. Als sie den Eindringling bemerkt, schnellt ihr Oberkörper nach oben. Sie lehnt sich an die Mauer und mustert den Jungen. Dann wendet sie sich wieder ab wie ein Schimpanse im Käfig, der sich grundsätzlich für die Zoobesucher nicht interessiert. In der Luft schwebt der Geruch von Seidenspinnerpuppen, der an gekochte Krebse oder an Hühnerleber erinnert. Der Geruch trägt einen Hauch von Verwesung an sich, als wären einige Seidenspinner verdorben gewesen. Chen Guang ist verwirrt. Kommt der faulige Geruch aus seinem Magen? Merkwürdig. Noch nie hat er so schlecht gerochen.

Als die Verrückte lautes Hundegebell hört, greift sie nach ihrer Decke und hält sie sich schützend vor den Kopf. Versehentlich hat sie zusammen mit der Decke auch ihren Rock hoch gerissen. Sie trägt keine Unterwäsche. Der entblößte Unterleib bietet Guang ein Bild, das er noch nie gesehen hat. Mit gerecktem Hals starrt er ungläubig auf den krausen Busch zwischen den Beinen der Frau. Er glaubt sogar, er rieche etwas – einen Schweinskopf, halb gar und halb roh. Der Geruch von Blut und warmem Fleisch scheint sich zu vermischen. Unwillkürlich bläht Guang die Nasenlöcher auf und saugt das ungewohnte Aroma in sich hinein.

Nachdem die Obdachlose eine Weile nichts mehr gehört hat, senkt sie die Decke wieder über ihren Schoß. Der Junge richtet sich hastig auf – wie ein Einbrecher, der in einer fremden Wohnung ertappt wird. Allmählich registriert er wieder den Geruch der verdorbenen Seidenspinnerpuppen. Während er zu ihr schielt, verdreht die Frau ihre Augen in alle Richtungen – nur nicht in die seine. Es ist, als stünde eine unsichtbare Mauer zwischen ihm und ihr.

Chen Guang wird bewusst, dass er in seiner Hand einen Ast hält, an dem noch eine winzige Birne hängt. Er schiebt ihn auf dem Boden wie einen Schrubber vor sich her. Ein paar Grashalme werden niedergedrückt und richten sich wieder auf. Dann kommt dem Jungen eine andere Idee. Er schiebt den Ast wie eine Schaufel in Richtung der Frau, in der Hoffnung, er würde sich am Rocksaum verfangen und den Rock nach oben ziehen. Doch die Hände der Frau liegen wie zwei schwere Steine in ihrem Schoß. Der Ast wandert weiter, auf den dicken Bauch, dann auf das Gesicht der Frau. Sie dreht den Kopf zur Seite weg, damit ihr die Spitzen nicht ins Auge stechen. Sonst tut sie nichts. Vor allem bleibt sie völlig stumm.

Das bringt Chen Guang auf eine neue Idee. Er drückt einen Zweig in die Brüste der Obdachlosen und lässt ihn ein wenig schwingen. Die weibliche Brust gibt erst nach, dann drängt sie den Zweig wieder zurück. Das entzückt den jungen Mann. Er beginnt, mit dem Zweig den ganzen Körper der Frau abzutasten. Auf dem Damm sind Schritte zu hören. Guang lehnt sich auf die schulterhohe Mauer und blickt durch die Wildpflanzen, die hier wachsen, nach unten. Jemand hat sich dem Wachturm bereits so weit genähert, dass er nur noch als großer Schatten zu sehen ist. Die Schritte stoppen am Eingang.

»He, Verrückte, bist du da?« Eine Männerstimme dringt schwach nach oben. Es scheint, als käme sie direkt aus der Erde.

Chen Guang gefriert das Blut in den Adern – er hört die Stimme seines Vaters. »Sag nichts! Und mach keinen Lärm!« flüstert er der verwahrlosten Frau zu. Gleichzeitig schaut er sich um. Der Turm ist mehr als zwölf Meter hoch. Außer der Treppe gibt es keinen Weg nach unten.

»He, ich hab' was zu essen für dich!« ruft es von unten. Das Gesicht der Frau wird lebendig. Sie reckt den Hals. Als sie Guang neben sich erblickt, zieht sie ihn wieder ein.

Die Geräusche, die von unten kommen, deuten darauf hin, dass sich der Mann im Turm befindet. Anscheinend tritt er in ein Loch am Boden. Er flucht vor sich hin und redet von den Streichhölzern, die er zu Hause vergessen hat. Jetzt ist Chen Guang sich sicher, dass der nächtliche Besucher sein Vater ist. »Geh runter zu ihm!« befiehlt er der Verrückten. »Wenn Du wieder hoch kommst, werfe ich Dich aus dem Turm!« Er schiebt die Frau zur Treppe. Doch das ist gar nicht nötig. Auf allen Vieren krabbelt die Obdachlose hinunter.

»Ich höre dich. Ich komme zu dir nach oben. Hab' die Treppe gefunden.« Die Stimme des Vaters steigt in die erste Etage hoch. »Ich habe wieder Seidenspinnerpuppen für dich.« Das Rascheln einer Plastiktüte ist zu hören. In der Luft breitet sich das angenehme Aroma der gebratenen Insekten aus.

»Deswegen. Die Seidenspinner sind hierher gewandert«, denkt Guang, während er sich unter den Lumpen der Obdachlosen versteckt.

»Gib sie mir!« Die Frau scheint nicht mehr warten zu können. Ihre Stimme ist brüchig. Es folgen knackende, kauende Geräusche. Kleider rascheln.

»Ich hab' dich unter der Magnolie gesucht.« Die Stimme des

Vaters wird weich und klebrig. »Du hast nichts an. Du hast auf mich gewartet, oder?« Der Mann beginnt zu keuchen. Bald hört Chen Guang, wie zwei nackte Körper aufeinander klatschen. Der Mann stöhnt. Die Frau klingt wie eine neugeborene Katze, die nach der Muttermilch miaut.

Erneut nähern sich Schritte auf dem Damm. Doch das Paar scheint nichts zu bemerken. Zwei dumpfe, schnell aufeinander folgende Geräusche sind zu hören. Guang vermutet, die beiden sind auf den Boden gefallen.

»He, Verrückte, komm runter!« Eine kräftige Männerstimme dringt durch den Turm. Selbst auf der obersten Etage ist sie klar zu hören.

Auf der mittleren Ebene des Turms ersterben die Geräusche.

»He, ich hab' dich gehört. Sofort runterkommen!« Chen Guang hört das Klicken eines Feuerzeugs. »Willst du Zicken machen oder was?« Schritte kommen die Treppe hoch.

Guangs Vater hustet. Er hustet so laut und so kräftig, als hätte er die Lunge eines Löwen.

»Verdammte Scheiße!« Der Neuankömmling verlässt schnell den Turm. Von oben sieht Guang, wie sich der Mann auf die Böschung des Dammes setzt, der zum Fluss hin abfällt. Er ist nur zwanzig Meter vom Turm entfernt.

Auf der mittleren Ebene des Turms werden die Stoßbewegungen wieder stärker. Alle Atemgeräusche verschwinden. Dann ist ein Seufzer zu hören. »Heute klappt es nicht mehr«, murmelt Dade. Sekunden später bricht er auf. Um dem anderen Mann nicht zu begegnen, geht er nicht auf dem Damm entlang, sondern rutscht auf der anderen Seite des Dammes hinunter und geht in Richtung der Stadt. Bald verschwindet er zwischen den Häusern.

Kurz danach erreicht der zweite Mann das mittlere Turmgeschoss. Die Flamme eines Feuerzeugs flackert durch die Treppenöffnung bis nach oben. »Mein Gott, hier läuft ja widerliches Ungeziefer rum ...« Chen Guang hat die Stimme des Mannes noch nie gehört. »Und jetzt mach die Beine noch breiter als eben!« befiehlt der Unbekannte. Ein Wasserstrahl prallt auf einen Gegenstand. Die Frau jammert.

»Tu bloß nicht so, als könntest du keine Dusche brauchen! Meine Pisse ist zehn Mal sauberer als du!« lacht der Mann. »Und jetzt komm raus aus dieser Höhle. Du stinkst!«

Stolpernde Schritte bewegen sich nach unten. Als die beiden die Ruine verlassen haben, zieht der Mann die Frau in den Schatten des Turms und drückt sie gegen die Fassade. Guang kann von oben erkennen, dass die beiden so eng aneinanderkleben wie der Schuh an der Sohle. Ab und zu dringen dumpfe Laute an seine Ohren – als würde jemand geknebelt. Plötzlich streicht ein kühler Windstoß über Guangs Rücken. Seine Kleider sind immer noch feucht, er muss niesen.

»Du hast ja noch einen Kerl da oben, du Schlampe!« ereifert sich der Unbekannte. Er hebt den Kopf und brüllt nach oben: »Du wartest gefälligst ab, ist das klar?!«

Als die beiden sich endlich trennen, sackt einer der Körper kraftlos an der Mauer zusammen. Der andere entfernt sich mit schnellen Schritten.

Chen Guang tappt aus dem Turm. Seine Knie sind weich. Als er unter dem nächtlichen Himmel steht, wandert sein Blick in den Schatten des Turms. Die Frau liegt reglos am Fuß der Mauer, als wäre sie tot. Nicht einmal ihr Atem ist noch zu hören. Er tastet mit dem nackten Fuß nach dem Gesicht der Frau. Es fühlt sich lauwarm an. Eine schwache Luftbewegung kitzelt seine Fußsohle. Er zieht das Bein wieder zurück.

Er läuft einmal um den Turm herum. Niemand ist zu sehen. Still erstreckt sich der Damm in die Ferne. Der Schüler zerrt die Frau aus dem Schatten und stößt sie mit dem Fuß den steilen landseitigen Abhang hinunter. Lautlos rollt sie über das Gras. Endlich wird sie von einem Baum am Rand der Straße gestoppt. Dort bleibt sie bewegungslos liegen.

Am nächsten Tag erscheint Chen Guang nicht in der Schule. Als er, wie sonst, spät abends nach Hause kommt, prügelt der Vater wie besinnungslos auf ihn ein. »Du fauler Hund! Du schaffst ja nicht mal die Unterstufe der Realschule! Wehe, wenn du noch mal die Schule schwänzt!«

Erst lässt Guang die Prügel widerstandslos über sich ergehen. Doch als die Schläge immer härter werden, hält er dem Arm des Vaters eine Hand entgegen. Noch nie hat der Sohn sich gegen den Vater gewehrt. Der Ältere schnaubt vor Wut und schlägt blindlings um sich. In der Wohnung der Familie Chen scheint ein Erdbeben stattzufinden. Schließlich flüchtet der Sohn mit einem Sprung durch das offene Fenster.

Als Guang ziellos durch die Stadt streift, begegnet er der Verrückten. Sie bewegt sich noch langsamer als gestern und scheint sogar zu hinken. Guang läuft neben ihr her und sagt in einem aggressiven Ton: »Verpiss dich, du Schlampe! Geh in eine andere Stadt!« Die Frau schaut ihn an, als wäre sie ihm noch nie begegnet. Mit starrem Gesicht hinkt sie weiter in Richtung Innenstadt. Um sie herum sind viele Menschen unterwegs. Guang spuckt der Frau verächtlich hinterher und schlägt die entgegengesetzte Richtung ein.

Am Ufer ist wieder ein Holzfloß vertäut. Es ist breiter und länger als das, das er gestern gesehen hat. Zwei Männer hocken darauf und kochen im Dunkeln. Chen Guang ruft ihnen zu: »Könnt ihr jemand brauchen, der euch hilft?«

»Wie alt bist du denn?«

»Neunzehn.«

Der Mann schaut misstrauisch zu ihm hoch. »Du bist höchstens siebzehn. Außerdem siehst du nicht sehr kräftig aus. Kinder können wir hier nicht gebrauchen.«

Guang schwört, dass er jede Arbeit machen und zwanzig Kilometer weit schwimmen kann. Und er verlangt als Lohn nur sein Essen.

Der zweite Mann berät sich mit dem ersten. »Das hört sich gut an. Wenn der Junge uns hilft, können wir auch nachts fahren. Dann sind wir bald wieder zu Hause.«

»Nein, ich will nicht mit einem solchen Jungspund arbeiten. Hau ab, Kleiner! Geh nach Hause!«

Der Mann ist nicht umzustimmen.

Chen Guang geht nach Hause zurück. Der Vater ist nicht da. Die Wohnung sieht aus, als hätte die Polizei eine Hausdurchsuchung gemacht. Der junge Mann packt etwas Kleidung in eine Plastiktüte. Aus einem Eimer kippt er die letzten Seidenspinnerpuppen in eine Stofftasche. Dann läuft er, mit diesen Habseligkeiten bepackt, in den Stadtpark und legt sich auf eine Wiese. Zwei Stunden später ist er wieder am Fluss.

Die beiden Männer, die auf ihrem Floß schlafen, wachen sofort auf, als Guang sich der Anlegestelle nähert. Der Junge ruft ihnen zu, sein Vater habe nichts dagegen, dass er bei ihnen arbeitet. Er habe ihm sogar ein Kilo Seidenspinnerpuppen als Geschenk für die Flößer mitgegeben.

»Gut«, sagt der erste der beiden Männer. »Geh nach Hause und komm morgen früh um sechs wieder.«

Guang fleht die beiden an: »Wenn ich jetzt heimgehe, seid ihr morgen früh bestimmt schon weg. Lasst mich bei euch bleiben! Ich werde alles richtig machen!«

Der zweite Flößer sagt zu dem ersten: »Siehst du, der ist gar nicht so dumm. Der hat deine Tricks sofort durchschaut. Ich glaube, wir können ihn gut gebrauchen.«

Endlich gibt der zweite Mann nach. »Na gut. Wir versuchen es. Aber wenn du nicht gut arbeitest, setzen wir dich in der nächsten Stadt wieder ab!«

Chen Guang springt auf das Floß und bedankt sich überschwänglich.

Um drei Uhr morgens, als graue Striche am Himmel erscheinen, lösen die Männer das Floß von der Anlegestelle und lassen es in die Mitte des Flusses treiben. Als am Ufer ein Hahn den neuen Morgen ankündigt, haben die drei Männer die Stadt und die Ruine des alten Wachturms längst hinter sich gelassen.

Im Ausländerviertel

Es ist Mitte April. In Shanghai hat die Regenzeit begonnen. Zuo Duona, eine Studentin an der Fudan Universität, sitzt am Fenster und schaut hinaus auf die feucht schimmernde Straße. In Hunderten von Pfützen lassen Tausende von Regentropfen ohne Unterlass kleine Fontänen aufsteigen und wieder in sich zusammenfallen. Kein Mensch ist zu sehen. Nur gelegentlich fährt ein überfüllter Bus vorbei und zieht seine Spur durch das dunkle Wasser. Die junge Frau hat das Gefühl, dass der Himmel ihrer Stimmung entspricht: Er hängt tief über den Dächern. Schwer und bedrückend sieht er aus.

Arno Grolmann tritt ins Zimmer. »Warum sitzt du hier denn im Dunkeln?«

»Ich hab' in den Regen hinausgeschaut.« Duona schaltet das Licht an und geht hinüber zum Tisch. Arno hat gebratene Jiaozi und eine Lammfleischsuppe von einem Imbiss in der Nähe mitgebracht. Der Suppe entströmt ein Geruch von Ingwer und Schnittlauch, der den Regen erst einmal vergessen lässt. Arno wechselt die Hose und setzt sich neben Duona. Die goldgelben Jiaozi und der Reiswein bessern die Stimmung der jungen Frau. Sie beschließen, bald einmal wieder in die Stadt zu fahren und einige der unzähligen Leckerbissen zu kosten, die dort an jeder Ecke angeboten werden.

Nach dem Essen diskutieren sie wieder über Arnos Manuskript. Es ist zwar auf deutsch verfasst, handelt aber von chinesischen Schriftstellern. Arno will von Duona, die chinesische Literatur studiert, genau wissen, wie sie zu seinen Thesen und Gedanken steht. Zunächst war Duona davon ausgegangen, die Arbeit wäre in zwei Tagen erledigt. Doch Arnos Vorgehensweise ist ganz anders, als sie es sich vorgestellt hatte. Zuerst übersetzt er ihr zwei, drei Seiten aus seiner Arbeit, dann stellt er Fragen. Duona muss Fehler finden und den Text bei Bedarf ergänzen. Zu jedem der genannten Schriftsteller soll sie ihre Meinung äußern und dabei mit wissenschaftlicher Genauigkeit argumentieren. Ist Arno nicht zufrieden, blättert er einfach nicht weiter. Auf diese Weise arbeiten sie nun schon seit einem Monat zusammen. Erst ein Drittel des Manuskripts ist besprochen.

Um elf bricht Duona das Gespräch ab und steht auf. Sie muss los. Um Mitternacht wird die Tür ihres Studentenwohnheims abgeschlossen. Der Weg ist weit, und sie muss unterwegs einmal umsteigen.

»Aber du kannst doch hier übernachten. Wozu hab' ich zwei Betten?«

»Danke. Aber der Pförtner hat gesehen, dass ich mit reingefahren bin.«

»Der kann außer deinem Rücken nicht viel gesehen haben. Ich bin ziemlich schnell geradelt. Wahrscheinlich weiß er nicht mal, dass ich es war.«

»Der weiß das bestimmt. Diese Pförtnertypen schauen immer ganz genau hin.«

»Aber das war heute Vormittag, und inzwischen hat die Schicht gewechselt. Du solltest wirklich keine Angst haben. Die sind wie Straßenköter. Wenn du stärker als sie bist, weichen sie vor dir zurück!«

Duona lacht – Arno hat recht. Sie sind alle wie Hunde. Und außerdem hat sie keine Lust, im Regen auf den Bus zu warten. Sie bleibt.

Gegen ein Uhr schlüpft die junge Frau ins Bett und zieht sich unter der Decke aus. Als Arno aus dem Badezimmer kommt, hat sie ihre Nachttischlampe bereits ausgemacht. Gähnend sitzt er auf seinem Bett und entkleidet sich bis auf die Unterhose. Da er ihr den Rücken zuwendet, kann sie ihn in aller Ruhe betrachten.

Sie ist verblüfft. Es ist das erste Mal, dass sie den nackten Körper eines Europäers sieht. Sie kann kein einziges Haar auf dieser weißen Haut entdecken, die sie so sehr in Aufregung versetzt, dass sie nackt, wie sie ist, ins Bad läuft. »Ich muss meine Lippen noch einfetten!« sagt sie hastig. Als sie zurückkommt, sitzt Arno im Bett und zieht an seiner Decke. Sie hält ihren Mund dicht vor sein Gesicht und lächelt: »Siehst du, sie sind schon aufgeplatzt.«

Arno kann nichts finden. Duona legt den Kopf in den Nacken, damit er besser sehen kann. Dabei streift ihr Busen seine linke Hand. Plötzlich legt er seine Arme um ihren Hals und gibt ihr einen Kuss. Er schaut ihr tief in die Augen und streichelt ein paarmal ihre Wange. Dann lässt er sie unvermittelt los und wünscht ihr eine gute Nacht.

Duona ist fast besinnungslos vor Enttäuschung. Ruhelos wälzt sie sich in der Dunkelheit von einer Seite auf die andere. Das Bett verrät knarrend jede ihrer Bewegungen, aber von Arno kommt keine Reaktion. Ist das normal für ihn? Eine Frau bei sich übernachten zu lassen, ihr einen schnellen Kuss zu geben und dann »Gute Nacht« zu sagen? Was ist das für ein Mensch? Andererseits: In vier Monaten läuft sein Vertrag als Fremdsprachenlehrer ab, er wird nach Deutschland zurückkehren. Was soll er dann noch mit einer chinesischen Freundin?

Duona fühlt sich hässlich. Sie beneidet Anna, Arnos deutsche Zimmernachbarin, um ihre großen blauen Augen.

Duona bleibt das ganze Wochenende bei Arno. Doch von der gemeinsamen Arbeit abgesehen geschieht zwischen den beiden nichts. Am Montagmorgen verlässt Arno gegen neun Uhr die Wohnung, um zur Uni zu gehen. Duona bleibt allein. Sie fühlt sich wie in einem Käfig. Sie könnte zwar in ihr Studentenwohnheim zurückkehren, doch dann würde sie bloß den Käfig wechseln. Ein Ohnmachtsgefühl überkommt sie. Sie legt sich wieder ins Bett. In Arnos Bett.

Um zehn Uhr klopft jemand an die Tür. Duona schleicht auf nackten Füßen hin und lauscht. Sofort, nachdem Arno die Wohnung verlassen hat, hat sie zweimal den Schlüssel herumgedreht. »Ist jemand da?« fragt eine männliche Stimme. Dann hört sie etwas Schweres auf den Boden fallen. Ein metallisches Klimpern ist zu vernehmen, und gleich darauf wird ein Schlüssel ins Schloss gesteckt. Da auch von innen der Schlüssel steckt, ist das ein nutzloses Unterfangen. Einige Momente später donnert eine Faust so krachend gegen die Tür, dass die ganze Wohnung vibriert. Sie erschrickt furchtbar. Nun fängt der Kerl da draußen auch noch an zu schreien. »Hallo! Hallo!«

Jemand kommt die Treppe herunter. Gleich darauf ist eine weibliche Stimme zu hören, mit französischem Akzent: »Können Sie nicht ein bisschen leise sein?« Mit einer honigsüßen Stimme, die überhaupt nicht zu dem Radau passt, den er macht, lässt der Mann an der Tür ein »Guten Tag, guten Tag!« hören. Duona kann sich lebhaft vorstellen, wie er sich verbeugt und sich ein schmieriges Lächeln abringt. Sie ahnt, dass es der junge Mann ist, den sie schon einige Male mit dem Pförtner hat reden sehen. Er hat ein Gesicht wie ein langes Messer. Wahrscheinlich ein Sicherheitsbeamter.

Als sich die Französin entfernt hat, beginnt er wieder zu klopfen. Nach fünf Minuten geht er schließlich mit Getöse die Treppe hinab. Endlich kehrt wieder Ruhe ein.

Duona versucht, in dem Buch über die drogensüchtigen kleinen Prostituierten vom Bahnhof Zoo weiterzulesen, das ihr Arno vor kurzem geschenkt hat. Aber sie kann sich nicht konzentrieren. Ihre Kehle ist noch immer wie zugeschnürt, und sie hört die Angst in ihren Atemzügen. Sie versteckt sich zwischen Arnos Regalen und entwirft Fluchtpläne. Als Arno zurückkommt, kauert sie immer noch auf dem Boden.

Duona erzählt ihm, was geschehen ist, und sagt, dass sie so schnell wie möglich nach Hause will. Arno streicht ihr die Haare aus der Stirn und holt aus der Tasche etwas zu essen. Es sind mit Fleisch und Gemüse gefüllte Dampfnudeln und ein süßsaures Rindfleischgericht. Duona isst mit. Aber sie bekommt kaum etwas hinunter. Arno legt die Stäbchen zur Seite und nimmt ihre Hand. »Wenn sie dich fragen, ob du hier übernachtet hast, sagst du einfach nein. Den Rest überlässt du mir. Sie haben nichts in der Hand, um etwas gegen dich zu unternehmen.«

Doch Duona kommt nicht zur Ruhe. Bei der Arbeit muss sie sich immer wieder Mühe geben, Arnos Fragen zu verstehen. Schließlich stellt Arno keine Fragen mehr und beendet vorzeitig die Diskussion. Er gibt ihr seine braune Jacke und seine Hose zum Überziehen. Sie zieht sie an, und er mustert sie zufrieden. Schließlich setzt er ihr noch eine dunkelblaue chinesische Arbeitsmütze auf und stopft ihren Pferdeschwanz hinein. Damit sieht sie endgültig aus wie einer der Halbstarken, die auf der Hafenpromenade herumlungern.

Vor dem Haus lädt Arno Duona auf den Gepäckträger seines Fahrrades und fährt wie üblich durch das Tor am Eingang des Ausländerviertels. Niemand schert sich um das Paar.

Auf der Straße gibt Duona ihm Jacke und Mütze zurück. Da sich die Passanten alle unter ihren Schirmen verstecken, wagt sie es, sich auf die Zehenspitzen zu stellen und ihm einen flüchtigen Kuss auf die Wange zu geben. Zum ersten Mal mag sie die Regenzeit.

Zwei Tage später holt Arno sie wieder in ihrem Studentenheim ab. Als sie sich dem Tor des Ausländerviertels nähern, trennen sie sich. Arno geht zum Pförtnerhaus und verwickelt den Pförtner in ein Gespräch, während Duona hinter den beiden vorbeigeht. Aus den Augenwinkeln sieht sie, wie der alte Mann mit der Brille kurz seinen Kopf nach ihr umdreht. Aber er ruft nicht »Halt«. Sie ist durch.

Die Bediensteten, die ihm jeden Morgen zwei Thermoskannen mit heißem Wasser ins Zimmer bringen, den Teppich saugen und das Badezimmer putzen, lässt Arno von nun an nicht mehr herein.

Nach Einbruch der Dämmerung versteckt er sich hinter einem Busch in der Nähe des Ausgangs und beobachtet, wie sich die Pförtner verhalten, als Duona durch das Tor nach draußen geht. Sobald man sie anhält, wird er wie ein Leopard hinter seinem Busch hervorspringen. Aber niemand tritt ihr in den Weg.

Nun passiert Duona das Tor alle zwei Tage, ohne sich registrieren zu lassen und ohne sich abzumelden. Sie ignoriert alle Pförtner, egal, ob sie eine Brille für Alterssichtige tragen oder nicht, egal, ob sie sie mit scharfem Blick verfolgen oder sich hinter einer Zeitung verstecken. Langsam bekommt sie das Gefühl, dass sie, wie die hier wohnenden Ausländer, die Pforte ungehindert passieren kann.

Wieder bleibt Duona über Nacht bei Arno. Wieder kann sie nicht einschlafen. Sie wälzt sich hin und her und stößt einen Seufzer nach dem anderen aus, bis er schließlich aufwacht. Er holt sie in sein Bett und schließt sie in die Arme.

Als Duonas Hand nach ihm tastet, nimmt Arno die Hand und sagt: »Hier nicht!«

»Liebst du noch deine Freundin in Peking?«

»Ich habe dir schon gesagt, sie ist nicht mehr meine Freundin. Außerdem ist sie auch nicht mehr in Peking.«

»Aber du vermisst sie noch sehr.«

»Ich wüsste gerne, warum ihr Vater sie aufs Land schicken musste. Sie hatte ihr Studium noch nicht beendet. Und plötzlich war sie aus der Stadt verschwunden. Einen Tag vorher war sie noch bei mir«, seufzt Arno.

»Vielleicht hat der Vater für seine Tochter eine Ehe mit einem hohen Kader vorgesehen. Da warst du als deutscher Student chancenlos.«

Erneut seufzt Arno. »Ich habe sie unglücklich gemacht.« Nach einer kurzen Pause flüstert er, als führte er ein Selbstgespräch:

»Ich möchte so gerne wissen, wo sie jetzt ist und ob sie noch an mich denkt. Ich frage mich, weshalb sie bis heute kein Lebenszeichen von sich gibt.«

Duona dreht ihm den Rücken zu. »Sie denkt bestimmt an dich. So, wie du jetzt an sie denkst.« Ihre Stimme klingt ein wenig traurig.

»Woher weißt du das?«

»Würde es ihr gut gehen, hätte sie dir geschrieben und die Beziehung beendet.«

Diese einfache Weisheit verschlägt Arno die Sprache.

»Oder glaubst du, was ihre Freunde dir geschrieben haben?«

»Nein. Was hat eine junge, intelligente Frau auf dem Dorf zu suchen? Ich halte es für wahrscheinlicher, dass sie jetzt in Guangzhou lebt, bei ihrem Verlobten. Ich verstehe nur nicht, warum sie keinen einzigen Brief von mir beantwortet. Ich habe ihr über unsere Freunde so eine Menge Briefe geschickt.«

»Das darf sie wahrscheinlich nicht. Ihr Vater hat ihr bestimmt den Kontakt zu dir verboten.«

Arno schweigt. Er atmet schwer.

»Es ist schon spät. Wir müssen schlafen. Sonst sind wir morgen völlig erledigt.« Duona setzt sich auf und will in ihr Bett schlüpfen.

Arno legt ihr die Hand auf die Schulter und zieht sie sanft zu sich hin. »Du weinst ja immer noch.« Er wischt eine Träne mit seinen Fingern weg.

»Ich weiß nicht, was mit mir los ist. Vielleicht hat eure Liebe mich so sentimental gemacht.« Duona drückt ihr Gesicht ins Arnos Kissen, um den unaufhaltsamen Tränenfluss zu verbergen. Arno dreht ihren Kopf zu sich und küsst ihre Augenlider trocken. »Duona, ich weiß, dass du mich sehr magst. Aber ich will nicht, dass du am Ende auch noch leidest.«

Duona drückt sich an seine Brust. »Wie willst du das schaffen? Ich habe keinen Kader zum Vater. Und einen Verlobten habe ich auch nicht.«

Arno dreht den Kopf zur Seite. Er stöhnt leise. Duona lässt die Arme locker. »Aber du hast dich noch nicht von ihr getrennt.«

»Wenn du sie nicht erwähnt hättest, hätte ich die Sache schon fast vergessen. Es ist schon zwei Jahre her, seit ich sie zum letzten Mal gesehen habe. Ich kann mich manchmal gar nicht mehr an ihr Gesicht erinnern.«

»Das tut mir leid. Achte bitte nicht mehr darauf, wenn ich nicht einschlafen kann. Irgendwann werd' ich so müde sein, dass mir die Augen zufallen.« Duona klettert in ihr Bett zurück. »Gute Nacht.«

Arno verlässt sein Bett und geht zu ihr. Er sagt nichts mehr. Er schiebt seinen Arm unter ihren Hals, küsst erst vorsichtig ihre Wangen, dann ihre Lippen. Als sie seine Liebkosungen nicht erwidert, legt er ihre Hand auf seine Schenkel und bewegt sich geschmeidig an ihr hin und her. Es ist, als erwachte die junge Frau aus ihrer Lethargie. Plötzlich schlingt sie sich um seinen nackten Körper und küsst ihn fieberhaft. Als Arno wieder etwas sagt, schrickt sie auf.

»Was? Was hast du gesagt?«

»Wir machen es nur mit der Hand, ja? Dann kann dir nichts passieren.«

»Wenn du meinst …«

Arno streichelt die haarige Stelle zwischen ihren Beinen. Doch nach ein paar Sekunden presst Duona die Schenkel zusammen.

Arno küsst ihre Ohrmuschel. »Was ist? Gefällt es dir nicht?«

»Ich glaube, ich hab schon genug.«

»Aber du kannst auch kommen.«

»Ich … Mir ist nicht ganz wohl. Es ist wirklich genug.«

Arno unternimmt nichts mehr. Bald fällt er in einen festen Schlaf. Duona bleibt noch lange wach.

Am nächsten Tag hat Duona unbestimmte Kopfschmerzen und ein Gefühl von Lustlosigkeit. Sie geht nicht zur Uni, sondern bleibt bei Arno. Er hat inzwischen einen Schreibtisch für sie gekauft und neben seinen Tisch gestellt.

Nachmittags gegen drei Uhr. Arno ist gerade bei der Unterrichtsvorbereitung und sie beim Lesen, als es an der Tür klingelt. Duona verlässt sofort ihren Schreibtisch und schleicht mit Canettis *Blendung* ins Schlafzimmer. Sie hört die Tür aufgehen und Arno mit einem Mann reden. Es ist die Stimme des Mannes mit dem Messergesicht. Dann hört sie in der Küche und im Bad das Wasser laufen. Arno kommt herein und sagt leise, dass Messergesicht irgendwas an den Abflussrohren reparieren muss. Er streicht ihr über die Schultern und geht wieder. Sie hört die beiden noch ein paar Worte wechseln, dann vernimmt sie nur noch Arbeitsgeräusche aus der Küche. Sie vertieft sich wieder in ihr Buch. Plötzlich klopft es zweimal, im selben Moment öffnet sich die Tür, und Messergesicht steht im Zimmer. Sie sehen sich kurz in die Augen, dann sagt er: »Ich dachte, der Ausländer ist hier.« Bevor sie antworten kann, ist er schon wieder verschwunden.

»Was haben Sie in meinem Zimmer zu suchen?! Wenn Sie bei mir herumschnüffeln, dann verlassen Sie sofort meine Wohnung!« sagt Arno auf dem Flur mit erhöhter Lautstärke.

»Entschuldigung! Ich dachte, ich hätte Sie in ein anderes Zimmer gehen sehen. Ich wollte Ihnen nur sagen, dass ich fertig bin.« Es klingt, als hätte Messergesicht es eilig. Seine Sätze entfernen sich durch den Flur und verhallen schließlich im Treppenhaus.

Kurz danach kommt Arno ins Schlafzimmer. »Was wollte er von dir?«

»Er meinte, du wärst hier.«

»Ich werde ihn nächstes Mal nicht aus den Augen lassen, diesen Spion.«

»Vielleicht ist es besser, wenn ich heute nicht bei dir übernachte.«

»Wenn es um die Übernachtungen geht – die haben sicher schon längst registriert, dass du bei mir wohnst. Also, vergiss den Wächter und tu bloß nicht, was der Typ verlangt!«

Nachts kurz vor zwölf. Es klopft an der Tür. Das Paar ist gerade dabei, ins Bett zu gehen. »Das muss Anna sein. Sie will sich eine Kassette ausleihen.« Arno zieht sich wieder an und öffnet die Tür.

»Die junge Chinesin muss raus! Wir haben hier eine Hausordnung!« hört Duona die Stimme von Messergesicht. Ihr Herz klopft bis zum Hals.

»Sie ist nicht mehr da«, sagt Arno kurz angebunden.

»Wir haben den Eingang den ganzen Tag überwacht. Sie ist nicht rausgekommen«, sagt eine zweite männliche Stimme. Sie gehört dem Pförtner, der stets eine Thermoskanne in der Hand hält, wenn er am Fenster vor dem Eingang sitzt.

»Lassen Sie uns nachsehen. Die chinesische Frau darf hier nicht übernachten«, bestimmt Messergesicht.

Irgendwas stößt gegen die Tür. Es klingt nach einem Gerangel. Duona zieht sich leise an, bindet sich die Haare zu einem Pferdeschwanz und wartet mit angehaltenem Atem hinter der Schlafzimmertür. Arno schreit: »Hier kommt keiner rein! Ich erlaube es nicht!« Wieder sind heftige Stöße an der Tür zu hören.

»Gehen Sie weg!« hört Duona plötzlich in gebrochenem Chinesisch die Stimme von Anna. Es klingt, als stünde sie dicht neben den Männern. »Das ist Arnos Wohnung. Sie haben kein Recht, sie zu betreten.«

»Es ist eine Chinesin bei ihm. Wir machen nur unsere Arbeit, tun Sie die Ihre«, erklärt Messergesicht.

»Sie dürfen hier nicht rein! Das ist das Ausländerviertel! Was erlauben Sie sich?!« ruft Anna empört.

»Gehen Sie endlich von meiner Tür weg! Sonst kriegen Sie morgen Ärger mit dem Präsidenten der Hochschule! Außerdem werde ich mich bei der Botschaft beschweren!« droht Arno.

»Wir haben doch überhaupt nichts gegen Sie.« Die Stimme von Messergesicht klingt jetzt deutlich sanfter.

»Dann hauen Sie ab! Und zwar auf der Stelle!« brüllt Arno in perfektem Chinesisch. Die Schlafzimmertür vibriert. Dann herrscht plötzlich Stille. Duona lauscht angestrengt, aber es ist nichts mehr zu hören. Was hat das zu bedeuten? Alles in ihr krampft sich zusammen. Endlich vernimmt die junge Frau das sich langsam entfernende Schlurfen von Schuhen.

Kurz darauf kommen Arno und Anna herein. Arno keucht.

»Duona, du kannst heute bei mir schlafen. Vielleicht kommen die wieder«, sagt Anna.

»Bleib stark, Duona! Sie wollen dich nur einschüchtern«, sagt Arno und streichelt ihren Rücken. Duona ist Zärtlichkeiten in der Gegenwart von Dritten nicht gewohnt und spürt, wie ihr das Blut in den Kopf schießt. Trotzdem lässt sie Arnos Hand, wo sie ist. Die Wärme, die von seiner Hand ausgeht, vertreibt ihr Zittern.

»Aber irgendwann muss ich sowieso raus aus eurem Viertel.« Duona versucht, ihre Stimme ruhig wirken zu lassen.

»Vielleicht ist es besser, wenn du heute Nacht in deinem Studentenheim schläfst. Ich kenne eine Stelle, wo man über die Mauer klettern kann«, schlägt Anna vor. »Morgen früh gehst du dann ganz gemütlich durchs Eingangstor. Dann werden den beiden die Augen aus den Höhlen fallen«, lacht sie.

»Aber Duonas Studentenwohnheim ist sicher schon abgeschlossen«, wendet Arno ein. »Sie hat schon einmal bis fünf Uhr morgens draußen gewartet.«

Doch bei Arno will Duona nicht bleiben. Sie hat einen Verwandten in der Stadt, den sie einmal jährlich besucht. Anna, Arno und Duona diskutieren eine Weile lang darüber, wie Duona zu ihm gelangen könnte. Busse fahren zu dieser Zeit keine mehr. Arno will Duona mit seinem Fahrrad hinbringen. Aber es würde zu viel Krach machen, das Rad über die Mauer zu werfen. Duona lehnt ab. Sie sagt, sie versucht es per Anhalter.

Gegen halb zwei verlassen die drei das Gebäude und schleichen zur Mauer. Ganz hinten auf dem Gelände liegt eine Baustelle, ein Haufen Sand liegt direkt an der Mauer und bildet einen kleinen Hügel. Sie nähern sich leise der Stelle. Bevor Duona auf die Mauer zu klettern beginnt, schauen sich Arno und Anna noch einmal um. Das ganze Viertel scheint zu schlafen. Nur hinter einem einzigen, ziemlich weit entfernten Fenster brennt noch Licht. Kein Laut ist zu hören, hier drinnen nicht und auch nicht auf der Straße, die jenseits der Mauer liegt.

Arno fragt noch einmal, ob er Duona nicht doch ein Stück begleiten soll. Sie will es nicht – er würde von außen nicht wieder hineinklettern können.

Anna schüttelt Duona die Hand, Arno gibt ihr einen Kuss auf den Mund und sagt: »Pass' auf dich auf!« Dann nehmen sie jeder einen Fuß von Duona und heben sie hoch. Kurz darauf steht sie auf den Schultern der beiden und dann auf der Mauer. Dann springt Duona die drei Meter hinunter.

»Bin gut gelandet! Ich geh' jetzt zur Westlichen Dalianstraße. Tschüß!«

Nach ein paar Schritten bleibt Duona abrupt stehen und drückt sich an die Mauer. Eine Katze miaut in der Nähe, und ihr Herz klopft bis zum Hals. Nicht weit von ihr entfernt leuchtet eine einsame Lampe über der stillen Straße. Doch sie kann das Tier nicht sehen. Die Mondsichel taucht alles in ein silbernes Licht. Die Bäume am Straßenrand werfen tiefe Schatten. Duona hat das Gefühl, Teil eines dunklen, geheimnisvollen Bildes zu sein. Als sie die breite, von Laternen gelb beleuchtete Hauptverkehrsstraße sehen kann, beginnt sie schneller zu gehen.

In diesem Augenblick lösen sich zwei Gestalten von der dunklen Mauer und kommen rasch auf sie zu. Duona zuckt zusammen und fängt an zu rennen. Schon hat eine männliche Hand ihren Pferdeschwanz ergriffen, eine andere hält ihr den Mund zu. Mit Händen und Füßen versucht Duona, einen vorbeifahrenden Radfahrer auf sich aufmerksam zu machen. Vergebens. Auch die drei Passanten, die in einiger Entfernung die Kreuzung überqueren, merken nicht, was in der dunklen Seitenstraße vor sich geht, und setzen ihren Weg fort.

Ein Gesicht rückt nah an das ihre heran und grinst. »Versuch bloß nicht, wegzulaufen!« zischt Messergesicht. Duona erstarrt. Sie hat das Gefühl, in ein Eisloch zu fallen, das über ihr zufriert.

Auf der hell erleuchteten Westlichen Dalianstraße angekommen, erkennt die Studentin auch den zweiten Mann. Sie hat ihn schon oft im Pförtnerhäuschen gesehen. Messergesicht nennt ihn Lao Liu. Beide tragen eine rote »Wachschutz«-Armbinde. Lao Liu verschwindet und kommt kurz darauf mit einem ächzenden Lastenfahrrad zurück. Messergesicht zerrt Duona auf die Ladefläche und hält sie fest. Dann fährt Lao Liu in Richtung Zentrum.

»Was wollt ihr von mir? Lass sofort meinen Arm los!« protestiert Duona.

Ein vorbeifahrender Radfahrer schaut belustigt zu ihr herüber. »Da ist sie noch klein und jung, da wurd' sie erwischt …« singt er eine Melodie aus einer Shanghai-Oper. Gemächlich fährt er weiter.

»Überleg' dir schon mal, was du auf der Mauer zu suchen hattest. Die Polizei wird das sicher interessieren«, grinst Messergesicht. Er lässt endlich ihren Arm los. »Schau mal, wie sie zittert!« sagt er belustigt zu seinem Kollegen. Und zu Duona: »Jetzt hast du Schiss, was?«

Duona reibt sich wortlos die Stelle, wo er sie die ganze Zeit gepackt hatte, und sucht aus den Augenwinkeln heraus nach einem Fluchtweg. Endlose Mauern säumen die breite Straße. Sie werden zwar immer wieder von vereinzelten Läden unterbrochen, aber sie weiß, dass die Straßen dahinter alle rechtwinklig angelegt sind. Im Labyrinth der Altstadt könnte sie vielleicht fliehen. Hier hätte sie keine Chance. Tränen schießen ihr in die Augen. Sie dreht ihr Gesicht weg.

Das glänzende Staatswappen in der Eingangshalle der Polizeiwache sticht Duona ins Auge. Die zwei Weizenähren erscheinen ihr wie zwei Hände mit tausend Fingern, die gerade dabei sind, nach ihrem Leben zu greifen und es zu zerstören.

Ein Polizist mit fettigem Haar bringt Duona in einen leeren Raum. Er untersucht den Inhalt ihrer kleinen Ledertasche und fragt sie direkt nach ihrer Beziehung zu Arno. Duona sagt, es sei eine ganz normale Freundschaft. Der Polizist entgegnet, sie würde sich nur selbst schaden, wenn sie weiter lüge. Sie solle zu Protokoll geben, dass sie mehrmals bei einem jungen, unverheirateten Ausländer übernachtet habe. Sie sagt, dass dies nicht stimmt. Der Polizist erwidert, sie würde schon sehen, was sie davon hätte, eine polizeiliche Ermittlung zu behindern. Er nimmt den Studentenausweis, den er in ihrer Tasche gefunden hat, und geht grinsend aus dem Zimmer.

Es vergehen mehrere Stunden. Erst kurz nach acht Uhr morgens öffnet sich wieder die Tür. Der Polizist mit dem öligen Haar betritt den Raum, zusammen mit zwölf Kollegen. Sie umzingeln die Studentin. Einer lacht: »Ausländer haben einen merkwürdigen Geschmack. Chinesische Männer würden so eine hässliche Schlampe nicht mal mit der Kneifzange anfassen.« Ein anderer meint: »Die Hure sieht aber krank aus. Hoffentlich hat sie von dem Ausländer keine Geschlechtskrankheit bekommen. Das sind doch alles geile Schweine.«

Duona streicht sich die Haare nach vorne und verbirgt dahinter ihr Gesicht.

»Bist du jetzt bereit, auszusagen?« fragt der Polizist mit dem öligen Haar.

Die Studentin schweigt.

»Du musst nicht. Aber dann darfst du das Gebäude nicht verlassen«, sagt einer, der sich mit gespreizten Beinen vor ihr aufgebaut hat. Er muss der Chef sein. Duona wagt nicht, ihn anzusehen. Sie kaut auf ihren Haaren, und plötzlich kann sie das Schluchzen nicht länger zurückhalten.

»Du hast bei dem Ausländer geschlafen! Sag' schon! Sonst bleibst du den ganzen Tag hier sitzen!« meint ein Polizist neben ihr.

Sie nickt und sagt weinend ja. Mit Haaren vermischter Speichel tropft ihr auf die Hose.

Der Chef spreizt seine Beine noch weiter als zuvor. »So ist es schon besser. Wieviel Geld hast du dafür genommen?«

Bestürzt schüttelt sie den Kopf.

»Pornographie und Prostitution breiten sich immer mehr in diesem Land aus. Die Volkspolizei wird nicht zulassen, dass das so weitergeht. Zwei ganz üble Subjekte, die wir kürzlich festgenommen haben, sind jetzt zum Tode verurteilt worden. Wenn du eine Hure bist, dann werden wir dich früher oder später ins Gefängnis stecken, ist das klar?«

»Ich bin keine Hure!« schreit Duona voller Verzweiflung.

»Warum bist du dann über die Mauer gesprungen? Wie eine geübte Einbrecherin siehst du nicht gerade aus«, bemerkt ein Polizist.

»Ich habe ... Angst vor dem Türsteher.«

»Wollte dich der Ausländer nur ficken? Oder will er dich auch heiraten?« fragt ein anderer.

Duona stockt der Atem, dann beginnt sie erneut zu schluchzen. »Wir haben nichts getan.«

»Na, das sagen alle Huren«, meldet sich eine weitere Stimme.

»Oho, sie sieht noch so jung aus, ist aber beim Aussagen schon so durchtrieben!« gibt sich ein anderer amüsiert.

»Schau, wie sie zittert!« lacht ein weiterer Polizist. »Wenigstens hat sie Schauspieltalent!«

»Ausländer sind dreckige Schweine. Sie treiben ihr Spiel mit dir, und am Ende bist du ein ausgelatschter Schuh, den keiner mehr mit nach Hause nehmen will. Brich sofort die Beziehung zu diesem Kerl ab, dann lässt der Chef dich gehen«, wird ihr von einer anderen Stimme geraten.

Der Chef flüstert mit dem Polizisten, der am Tisch Protokoll führt. Dieses Protokoll gibt er ihr schließlich und sagt, sie solle unterschreiben. Duona tut es, obwohl sie Angst hat, dass dies ihre Zukunft erheblich gefährdet. Aber sie muss jetzt sofort raus hier. Sie fürchtet, dass sie zusammenbricht, wenn sie noch eine einzige Minute in diesem Polizeirevier zubringen muss.

»Lass dich in einem Krankenhaus auf Aids untersuchen. Innerhalb von zwei Wochen gibst du das Ergebnis hier ab. Dann sehen wir weiter. Du kannst jetzt gehen«, erklärt der Chef und verlässt das Zimmer. Mit ihm zusammen verlassen auch die anderen, bestens gelaunt und lauthals scherzend, den Raum. Nur der Kerl mit dem öligen Haar bleibt im Zimmer. Er bringt Duona nach draußen.

Duona kommt ins Wohnheim zurück. Sie ruft Arno an und schläft dann den ganzen Tag unter dem geschlossenen Moskitonetz. Als sie abends aufsteht, wollen ihre Mitbewohner wissen, was vorgefallen ist. Duona sieht verändert aus. Aber sie gibt sich einsilbig. Ihre Mitbewohner lassen sie ziemlich schnell in Ruhe.

Arno kommt pünktlich um acht zu ihr. Dann gehen sie spazieren. Der Juniwind ist warm, und der Himmel sieht durchsichtig aus wie ein riesiger blauer Kristall. Es ist die Jahreszeit, in der Unruhe in einem aufsteigt.

Die beiden nehmen einen alten Weg und entfernen sich immer mehr vom Universitätsgelände. Als Duona erzählt, dass sie bei der Polizei die Übernachtungen bei ihm zugegeben hat, wird Arno wütend. »Wie bitte?! Wie konntest du das tun!«

»Ich … hatte so eine Angst«, stammelt Duona. »Ich dachte, sie sperren mich ein, wenn ich nichts sage.«

»Jetzt hast du dir ganz schön was eingebrockt!« Arno bleibt stehen. »Am besten, wir gehen zu der Polizeistation, wo du eingesperrt warst.«

»Was?« Duona traut ihren Ohren nicht. »Was willst du bei der Polizei?«

»Ich werde den Polizisten sagen, dass deine Aussage ungültig ist. Du hast unter Druck ausgesagt, was sie hören wollten.«

»Nein. Ich geh nicht mehr zur Polizei!«

»Du kannst ja draußen auf mich warten.«

»Das schaffe ich nicht«, sagt Duona mit zittriger Stimme.

»Dann sag mir wenigstens, wo ich die Polizeistation finde.«

Duona weicht zwei Schritte von Arno zurück. »Können wir nicht … die Sache auf sich beruhen lassen? Vielleicht vergessen sie mich dann.«

»Du bist wirklich feige!« schimpft Arno los. »Ich habe dir doch gesagt, du darfst bei den Behörden niemals zugeben, dass du bei mir übernachtet hast. Und du hast genau das Gegenteil davon getan! Toll! Jetzt haben wir die Polizei auf dem Hals!«

Duona verbirgt ihr Gesicht in den Händen und fängt an zu schluchzen. Arno nimmt sie in die Arme. Doch sie schüttelt ihn ab. »Lass mich.« Sie läuft davon.

In der Nacht weint Duona lange. Um ihre Zimmergenossen nicht zu wecken, beißt sie immer wieder in ihr Kissen, um das Schluchzen zu ersticken.

Am nächsten Tag erscheint Arno beim Präsidenten der Hochschule und protestiert gegen die nächtliche Festnahme seiner Freundin. Sie sei keine Verbrecherin. Die Aktion habe Duonas guten Ruf und ihre Rechte verletzt – und auch die seinen. Er verlangt, dass die Pförtner zur Rechenschaft gezogen werden. Der Präsident beschwichtigt ihn. Er verspricht ihm, er würde der Sache nachgehen.

Doch Arno hört nicht auf ihn. Er geht zum Konsulat und bittet um Hilfe. Der Konsul kündigt an, er werde sich umgehend mit dem Hochschul-Büro für auswärtige Angelegenheiten in Verbindung setzen. Er werde versuchen, Druck auszuüben. Aber er sagt auch, dass er wahrscheinlich wenig erreichen könne, da das Opfer keine deutsche Staatsbürgerin sei, sondern Chinesin. Arno sei ja nicht direkt betroffen.

Eine Woche später erfährt Duona zufällig, ein Beauftragter der Partei habe all ihre Mitbewohner besucht und sie über sie ausgefragt. Auch einige Kommilitonen aus ihrer Klasse mussten beim Klassenbetreuer von ihrer Moral und ihrem gesellschaftlichen Verhalten berichten.

Einige Tage darauf kommt der Präsident der Hochschule zu Arno in die Wohnung. Er teilt ihm mit, die beiden Pförtner, die Duona festgenommen und der Polizei ausgeliefert hatten, seien als Gärtner an die Hochschule versetzt worden. Außerdem bittet er Arno, seine chinesischen Besucher von nun an beim Pförtner anzumelden, um Konflikte zu vermeiden.

Arno besucht Duona und erzählt ihr triumphierend von der Versetzung der Pförtner. Doch Duona scheint keineswegs begeistert zu sein. Vielmehr wirkt sie bedrückter denn je. Sie fürchtet, ihre Universität wird nun noch mehr Druck auf sie ausüben. Aber sie behält ihren Kummer für sich.

Als Arno sie fragt, ob sie die gemeinsame Korrektur seines Manuskriptes fortsetzen könnten, sagt Duona zu. Nun bringt er Duona mit seinem Fahrrad fast täglich ins Ausländerviertel hinein und wieder hinaus, ohne sie anzumelden. Allerdings bleibt sie nicht mehr über Nacht bei ihm.

Nach wenigen Tagen wird Duona zum Parteisekretär ihres Fachbereichs zitiert. Wenn der Ausländer sie nicht heiraten wolle, so sagt er, dann solle sie die Beziehung abbrechen. Sonst würde die Sache zu einem Skandal, und die Uni müsse entsprechende Konsequenzen ziehen. Duona bittet um etwas Zeit zum Nachdenken. Der Mann lässt nicht locker und droht ihr, wenn sie den Ausländer weiter besuche, dann müsse sie das Studium für eine Weile unterbrechen. Sie dürfe während dieser Zeit auch nicht im Studentenwohnheim wohnen. Duona wird schwarz vor den Augen. Schließlich gibt sie nach und verspricht, die Beziehung zu beenden.

Vor Arno erwähnt Duona nichts von diesem Gespräch. Sie fürchtet, er würde erneut protestieren, diesmal womöglich sogar an ihrer eigenen Universität.

Von jetzt an beginnt sie sich zu verkleiden, wenn sie mit Arno das Tor zum Ausländerviertel passiert. Sie erscheint als Rotgardistin, als Arbeiter im blauen Kittel, mit einer Soldatenmütze auf dem Kopf. Arno ist von ihren Tarnungen begeistert und besorgt ihr ständig neue Requisiten.

Im Juli ist Duona mit den Vorbereitungen auf verschiedene Klausuren beschäftigt. Endlich sind auch die Korrekturarbeiten an Arnos Text abgeschlossen. Als die Ferien beginnen, plant Duona, mit Arno so lange in Shanghai zu bleiben, bis er nach Deutschland zurückkehren wird.

Seit die Arbeit an Arnos Manuskript beendet ist, geht Duona nicht mehr zu ihm. Arno versucht mehrmals, sie zu überreden, doch Duona lehnt immer ab. Arno bleibt nichts anderes übrig, als sich in der Stadt mit ihr zu treffen. Sie gehen jeden Tag gemeinsam essen. Arno kauft ein, was er in Deutschland braucht, und er kauft, was Duona sich zwar wünscht, aber nicht leisten kann. Er besorgt ihr viele Wörterbücher und ausländische Literatur, was ihr große Freude macht. Sie genießen das Leben.

An einem ihrer letzten Abende in Shanghai fragt Arno, ob Duona Lust hätte, mit ihm eine Reise zum Berg Ermei zu machen, der berühmt ist für seine bizarre Schönheit. Er entscheidet spontan, das bisschen Geld, das er noch übrig hat, für diese gemeinsame Reise zu investieren. Duona weiß, dass Arno nur noch zwei Wochen in China bleiben und dann nach Deutschland zurückkehren wird, um sein Studium in Heidelberg fortzusetzen. Er lebt seit mehr als vier Jahren in China. Kehrt er nach Deutschland zurück, wird er für lange Zeit nicht mehr nach Shanghai kommen.

An ihrem letzten Tag in der Stadt essen sie im Heping-Restaurant. Arno hat schon die Sachen für die gemeinsame Reise gepackt.

Nachdem sie einen Becher Reiswein getrunken hat, sagt Duona, sie werde die Reise zum Berg Ermei doch nicht mitmachen. Unterwegs in Hotelzimmern gemeinsam zu übernachten, würde unangenehme Folgen für sie haben. Sie sagt ihm noch, falls sie beide eine Liebesbeziehung miteinander gehabt hätten, so möchte sie diese jetzt beenden. Dabei fallen ihre Tränen lautlos auf den Tisch. Arno küsst ihre Hand und schaut ihr traurig in die Augen: »Komm doch nach Deutschland! Wenn du dein Studium hier beendet hast, kannst du dort studieren. Ich helfe dir bei der Suche nach einem Studienplatz. Meine Eltern können die Bürgschaft für dich übernehmen.«

»Wir dürfen nach dem Studium nicht gleich ins Ausland gehen, sondern müssen erst zwei, drei Jahre arbeiten.« Duona trocknet sich mit einem Taschentuch die Augen. Doch ihre Tränen wollen kein Ende nehmen. Bald sehen ihre Augen rot und verquollen aus.

»Ich werde dir jederzeit helfen, wenn du in Deutschland studieren willst.«

»Danke.« Duona versucht zu lächeln, was ihr aber nicht gelingt. »Ich werde es mir überlegen. Aber jetzt lass uns anstoßen. Auf dein Leben in Deutschland! Prost!« Sie leert mit einem Zug den Weinbecher.

»Auf unser Manuskript! Und auf unser Wiedersehen!« erwidert Arno und trinkt ebenfalls seinen Becher aus.

An diesem Abend bittet Arno sie, in der Nähe seines Wohnblocks kurz auf ihn zu warten. Er verschwindet in seiner Wohnung und kehrt nach wenigen Minuten zurück – mit einem Briefumschlag, den er Duona übergibt. »Die tausend Yuan sind für dich. Wenn ich für unser Manuskript einen Verlag gefunden habe, werde ich dir wieder Geld schicken.«

Duona fällt ihm um den Hals. Sie ist in Tränen aufgelöst.

Am nächsten Tag trennen sich ihre Wege. Duona fährt in ihre Heimat zurück. Arno reist allein zum Berg Ermei.

Hochzeitsnacht im Jinmao-Tower

In der einen Ecke des Hotelzimmers stapeln sich die Geschenke, in einer anderen die Blumensträuße. Es ist nachts halb eins. Der Bruder der Braut drängt die Gäste zum Aufbruch.

»Los jetzt, lasst sie wenigstens noch ein paar Stunden allein in ihrer ersten gemeinsamen Nacht!«

»Kommt gut nach Hause!« Liu Meidai, ganz in Weiß, steht in der Mitte des großen Zimmers und winkt in die Runde. Die 31-jährige Computerwissenschaftlerin, Angestellte in einer privaten Shanghaier Softwarefirma, sieht normalerweise eher unauffällig aus. Heute wirkt sie hübsch und elegant. Ihre Hände stecken in weißen Handschuhen, die bis weit über die Ellenbogen reichen, und ihr rundes Gesicht ist von feinen Löckchen eingerahmt.

»Angenehme Nacht, Yankee«, ruft einer der Gehenden dem Bräutigam zu, der genauso chinesisch aussieht wie er selber und alle anderen Anwesenden. »Tu deine Pflicht, wie sich's gehört! Und wenn du nicht klar kommst, ruf mich an! Ich helfe dir gern weiter!« Stolpernd und lachend verlässt er das Zimmer, unter energischer Mithilfe des Brautbruders, der ihn am Ärmel packt und mit sich zieht. Die Tür schließt sich, aus dem Korridor ist noch einige Momente lang sich entfernendes Gelächter zu hören, dann ist es still. Das Paar ist allein.

Wanping, der eben noch getrunken und gescherzt hat, lässt sich aufs Sofa fallen. Sein Kopf sinkt auf die Brust. Er fühlt sich unwohl. Das Gemisch aus opulentem Abendessen und unzähligen Gläsern Wein macht seinem Bauch zu schaffen. Am liebsten würde er sich sofort ins Schlafzimmer zurückziehen. Doch die Braut flattert noch um die vielen bunten Geschenke herum, als wollte sie gleich anfangen zu tanzen. Wanping lockert seine Krawatte und wünscht sich sehnsüchtig, mit einer Handbewegung von ihr ins Bett entlassen zu werden.

Wanping arbeitet als Chemiker in einer Arzneimittelfabrik in Baltimore in den USA. Vor kurzem hat er die Greencard bekommen und ist sofort nach Shanghai gefahren, um zu heiraten. Meidai und er haben dort vor Jahren zur selben Zeit die Tongji Universität besucht. Doch da sie in verschiedenen Fachbereichen eingeschrieben waren, haben sie damals kaum Notiz voneinander genommen. Nach dem Examen ist Wanping nach Amerika gegangen, um weiterzustudieren. Acht Jahre ist das nun her. Irgendwann hat seine in China zurückgebliebene Mutter begonnen, sich Sorgen um ihn zu machen, weil er immer noch keine Freundin hatte. Sie hat ihm Adressen von heiratswilligen jungen Mädchen geschickt, und mit einigen von ihnen hat er sich brav geschrieben. Meidais Briefe haben ihm am besten gefallen. Vor einer Woche ist er gekommen, fand, dass die Fotos, die sie ihm von sich geschickt hat, den Tatsachen weitgehend entsprachen, und nun sind sie verheiratet.

»Was soll das denn heißen: Wenn ich nicht klarkomme, hilft er mir gerne weiter? Will er mir erzählen, wie du am besten zu nehmen bist oder was?«

Viel weiß der Neu-Ehemann tatsächlich noch nicht von seiner Frau. Und schon gar nicht von ihrer Vergangenheit.

»Lass ihn doch reden«, sagt Meidai beschwichtigend. »Der hat sich eben geärgert, weil du mich gekriegt hast und nicht er. Außerdem war er total besoffen. Komm lieber mal her zum Fenster und schau da hinunter! Unglaublich, diese Aussicht auf die Stadt!«

Aber Wanping macht keine Anstalten aufzustehen. Mit stierem Blick starrt er in Richtung seiner ehemaligen Kommilitonin, die nun seine Ehefrau ist. Die Schleppe ihres Kleides ist besonders lang. Vor einer Stunde ist er darüber gestolpert, und alle haben sich totgelacht. Das sei ein Zeichen dafür, dass er unter der Fuchtel seiner Frau stehen werde, haben sie gesagt, und er hat sich Mühe geben müssen mitzulachen.

Ständig hat Meidai ein anderes Kleid angehabt an diesem Abend, und Wanping hätte sie gerne in dem einen oder anderen etwas ausgiebiger bewundert. Aber ununterbrochen hat er anstoßen müssen, obwohl er die meisten der über hundert Gäste gar nicht kannte, und so sind die Blicke, die er auf seine Braut hat werfen können, immer nur kurz gewesen. Jetzt, wo alle weg sind, hat er endlich Muße, sie zu betrachten.

Das Schleppenkleid in europäischem Stil, das Meidai im Moment trägt, liegt über der Taille eng an, wird von der Hüfte abwärts immer weiter und erreicht am Boden schließlich den Umfang eines runden Tisches für mindestens sechs Personen. Wanping findet, dass sie darin aussieht wie eine Prinzessin. Im Moment beugt sie sich gerade über einen großen geöffneten Koffer und glättet die anderen Kleider, die sie im Laufe des Abends getragen hat. Als sie damit fertig ist, geht sie wieder mit kleinen Schritten in Richtung Fenster.

Doch was schaut unter dem Kleid hervor? Weiße, fleischige Därme, denkt Wanping zuerst erschrocken. Dann erkennt er, dass das edle Stück mit einer großen Menge gerafftem Stoff gefüllt ist, der bei jedem Schritt nach außen quillt. Solche Kleider, die einen gleich an weißes, zuckendes Fleisch denken lassen, hat Wanping bisher nur im Fernsehen gesehen, bei Can-Can-Tänzerinnen aus Paris, die sogar die Innenseite immer wieder nach oben gezogen haben, um die Sinne der Männer zu verwirren. Dass seine Braut ein solches Kleidungsstück gewählt hat, um ihm zu gefallen, schmeichelt ihm sehr. Eigentlich hat er nur eine ganz normale Frau haben wollen, doch jetzt hat er das Gefühl, einen Stern vom Himmel geholt zu haben. Er steht auf und geht mit schweren Schritten zu ihr hinüber.

Der Blick aus dem Fenster ist wirklich überwältigend. Das Lichtermeer tief unter ihnen lässt die östliche Metropole Chinas wie einen riesigen, funkelnden Kristall erscheinen. Meidai breitet ihre Arme aus, als wollte sie die ganze Stadt umarmen. »Millionen liegen uns zu Füßen«, sagt sie und lacht. »Wollen wir morgen einmal ganz nach oben fahren? Dann sind wir noch zwanzig Etagen höher.«

Wanping sieht nicht sehr begeistert aus. »Wie viele sind das dann?«

»Achtundachtzig!«

Unangenehm berührt schaut Wanping in die Nacht hinaus. Er schüttelt den Kopf. »Niemand würde in Amerika nach dem 11. September freiwillig in einem Wolkenkratzer übernachten. Aber hier in Shanghai fühlt ihr euch offenbar alle sehr sicher.«

»Shanghai ist nicht New York.« Meidai schaut ihren Ehemann spöttisch an. »Hast du jetzt etwa weiche Knie bekommen bei dem Blick aus dem Fenster? Hoffentlich wirkt sich das nicht auch noch auf andere Körperteile aus.«

»Du kannst ja mal nachgucken, wenn du es genau wissen willst. Und wenn du dich vorher ein bisschen frei machst, hat das sicher eine kräftigende Wirkung auf die anderen Körperteile.« Wanping beugt sich zu seiner Frau hin und zieht mit einem Ruck den Reißverschluss ihres Kleides herunter. Meidai schreit auf. Die schwungvolle Fahrt des Öffners hat an ihrer Hüfte ein abruptes Ende gefunden und ihr dort die Haut eingeklemmt.

»Kannst du nicht ein bisschen aufpassen! Ich bin doch nicht aus Holz! Und das Kleid ist nur geliehen. Wenn was kaputt geht, kostet das gleich ein paar Tausend Yuan!« Nervös nestelt sie an dem Reißverschluss herum und versucht, ihn wieder in Ordnung zu bringen.

Wanping kann ein Rülpsen nicht unterdrücken. Die Luft aus seinem Bauch riecht stark nach Alkohol. »Entschuldige. Ich wollte dir einfach nur schnell aus dieser Verpackung heraushelfen.«

»Schon gut.« Meidai hat es geschafft, den Reißverschluss wieder zuzuziehen und bewundert sich nun von allen Seiten im Spiegel.

Wanping gähnt mit weit aufgerissenem Mund. »Willst du nicht

endlich diese Riesendestillierflasche ausziehen? Lass uns doch schlafen gehen.«

Meidai hört nicht auf, sich vor dem Spiegel hin und her zu drehen. »Morgen, nach dem Fototermin, muss ich die Kleider zurückgeben. Alle konnten mich heute ausgiebig anschauen, nur ich mich selber nicht, weil ich ständig mit irgendwelchen Leuten anstoßen und reden musste. Jetzt will auch ich mich mal in Ruhe betrachten.«

Resigniert lässt Wanping sich auf einen Stuhl fallen. »Dann trink ich eben noch was.«

Meidai ist mit ihren Gedanken schon beim nächsten Tag. »Der Pool der Mandarin-Enten morgen wird dir sicher gut tun. Meine Schwester hat nur eine Anzahlung gemacht, nimm also genug Geld mit, hörst du? Bei dem Fototermin müssen wir auch gleich bezahlen.«

Von Wanping kommt keine Antwort. Zusammengesunken sitzt er da, und es ist kaum zu erkennen, ob seine Augen noch ein kleines bisschen offen sind oder schon gänzlich zu. Meidai lehnt sich leicht an seine Schulter. Dabei schiebt sich ihr Kleid auf einer Seite ein Stück nach oben und ähnelt nun einem schrägen Turm. Von einem Moment zum anderen kommt Bewegung in ihren Ehemann. Blitzschnell fährt seine Hand unter den schrägen Turm und greift nach dem Slip seiner Frau. Meidai macht einen Sprung zur Seite. »He, ich dachte, du bist ein Wissenschaftler aus Amerika! Und jetzt kommst du mir auf diese Straßenjungen-Tour!«

Wanping zieht den Hals ein, als wollte er sich in eine Schildkröte verwandeln. Seine Frau geht um den Kleiderkoffer herum zum Sofa, setzt sich aber nicht. »Übermorgen, bei der Polizei, wäre es gut, wenn du dich wie ein Amerikaner verhieltest. Nicht, dass am Ende noch was schief geht, wenn ich meinen Reisepass beantrage.« Und dann, nach einer kurzen Pause: »Was ist? Willst du auf dem Stuhl übernachten?«

Der Mann versucht nach kurzem Zögern, sich hochzurappeln. Er sieht aus, als hätte er eine Schlacht hinter sich. Er reißt die Augen auf, so gut er kann, aber je mehr er sich bemüht, seine Angetraute klar zu sehen, desto verschwommener wird sie. Als er es schließlich geschafft hat, auf seinen zwei Beinen zu stehen, schließt er die Augen wieder und setzt sich langsam in Bewegung. Dass ihm der Koffer im Weg liegt, merkt er erst, als er darüber stolpert. Er taumelt, greift um sich, bekommt ein rotes, hauchdünnes Kleid zu fassen, das über den hochgeklappten Kofferdeckel gebreitet ist, zerreißt es und fällt aufs Sofa. Meidai schreit auf.

»Pass doch auf, du Trampel! Das ist das einzige Kleid, das mir gehört.«

Wanping macht sich noch nicht einmal die Mühe, sich umzudrehen und die Fetzen zu betrachten, in die er das Kleid verwandelt hat. »Ich kauf dir ein neues. Darauf kommt's jetzt auch nicht mehr an.«

»Aha, der Herr möchte mich daran erinnern, dass er doch schon zehntausend Dollar in die Ehe eingebracht hat.« Meidais Stimme klingt giftig. »Wenn du vorhast, dafür aus meinen Kleidern Lumpen zu machen, dann nimm dein Geld gleich wieder und fahr zurück nach Amerika! Außerdem hab auch ich schon jede Menge bezahlt. Diese Hotelübernachtung zum Beispiel. Tu also nicht so, als wenn ich mich von dir aushalten ließe.«

In diesem Moment sind von draußen im Korridor wieder Lachen und laute Stimmen zu hören. Doch es sind nicht ihre Gäste, die zurückkommen, sondern eine andere Hochzeitsgesellschaft, die schon einen Moment später mit ihrem Lärmen das Apartment neben ihnen erfüllt. Meidai geht zur Wand und horcht, und wenig später weiß sie, dass die Braut nebenan nicht nur eine helle, mädchenhafte Stimme, sondern auch mehr zu lachen hat als sie selbst. Jeder männliche Gast drüben wird aufgefordert, die Braut von einem Zimmer ins andere und zurück zu tragen. Jedes Mal gibt es Klatschen und heftiges Gelächter, und das helle Lachen der Braut, scheint es Meidai, ist immer das ausgelassenste. Was für ein Glück diese Frau hat! Von allen männlichen Gästen über die Schwelle des Schlafzimmers getragen zu werden muss ein unvergessliches Erlebnis sein! Meidai schaut zu ihrem Mann hinüber. Er hängt schlapp und reglos in einer Sofaecke. Es ist nicht zu erkennen, ob er endlich doch eingeschlafen ist oder noch etwas mitbekommt von dem, was um ihn herum vorgeht.

Meidai zieht ihren Slip aus und legt ihn auf sein Gesicht. »Hier, du wolltest ihn doch haben. Ich schenk ihn dir.«

Durch eine der Beinöffnungen sieht Meidai die Wange ihres Mannes zucken. Dann bewegt sich seine rechte Hand hoch zu seinem Gesicht und streift das zarte Höschen achtlos herunter. Seine Augen bleiben dabei geschlossen. Dafür steht sein Mund offen, die Unterlippe hängt nach vorne, die Backen sehen wabbelig aus. Meidai scheint es, als wäre sein ganzer Körper dabei, sich in Pudding zu verwandeln und zäh zu Boden zu fließen.

Der wilde Lärm von nebenan lässt in ihr die Empfindung immer stärker werden, um etwas betrogen worden zu sein. Unruhig geht sie im Zimmer hin und her, verlangsamt ihre Schritte vor dem Kleiderkoffer, wirft einen Blick aus dem Fenster, schnuppert an den Blumen und macht endlich vor dem Stapel Geschenke halt. Sie reißt einen der Kartons auf und zieht eine *Jingdezhen*-Porzellanschale daraus hervor. Auch die nächste Schachtel enthält eine edle Schale. Sie nimmt die beiden Teile und schlägt sie gegeneinander, so fest sie kann. Klirrend fallen die Scherben zu Boden.

Wanping fährt hoch und reißt erschrocken die Augen auf. Von neuem knallt es neben seinem Kopf. Und noch einmal. Und noch einmal. Im Handumdrehen sind zehn teure Schalen zu Bruch gegangen.

Mit Fischaugen verfolgt Wanping das Treiben seiner Frau. Als sie nun innehält und in seine Richtung schaut, zwingt er sich zu einem breiten Lächeln. »Scherben bringen Glück, sagt man in Amerika.«

Meidai ist sichtlich überrascht. Nach kurzem Zögern stellt sie Wanping eine Frage: »Ziehst du mir meine Schuhe aus? Sie drücken. Ich hätte sie erst einmal einlaufen sollen.« Bei den letzten Worten ist sie schon auf dem Weg ins Schlafzimmer.

Wanping folgt ihr, so gut er kann. *Sehr gut* kann er nicht. Als er das Bett erreicht, liegt Meidai schon darauf. Ihr Kleid ist nach oben gerutscht und gibt den Blick auf die Knie und ein Stück Oberschenkel frei. Die Beine ragen ein wenig über das Ende der Matratze hinaus. Wanping bückt sich, um sie von den roten Stöckelschuhen zu befreien, aber er muss sich sofort auf den Bettrahmen stützen. Die Erkenntnis, dass er besser auf dem Sofa im anderen Zimmer sitzen geblieben wäre, kommt ihm zu spät. Mit Macht drängen das gute Essen und der Wein nach oben.

Meidai, die erkennt, was gleich passieren wird, zieht instinktiv die Beine an, um sie in Sicherheit zu bringen. Aber damit vergrößert sie nur die Öffnung ihres Kleides, so dass sich alles, was jetzt mit einem gewaltigen Schwall aus dem Mund ihres Gatten herausquillt, zwischen ihre Schenkel ergießt. Ihre immer noch stöckelbeschuhten Füße schnellen nach vorn und treffen den Mann mit solcher Wucht am Kopf, dass er sofort zu Boden geht. Meidai flüchtet hastig ins Bad.

Gegen zwei Uhr verlässt die junge Frau, in ein großes Frotteetuch gewickelt, das Badezimmer. Von ihrem Make-up und den Ringellöckchen, von ihrem ganzen Prinzessinnen-Aussehen ist nichts übrig. Ihre noch nassen Haare hängen ihr ins Gesicht und kleben an den Wangen. Sie zittert vor Müdigkeit und Nachtkälte. Der Weg, den sie vorhin vom Schlafzimmer ins Bad genommen hat, ist markiert von Erbrochenem. Sie legt rosarotes Kosmetikpapier darüber.

Wanping liegt immer noch auf dem Boden. Meidai drückt ihren nackten Fuß gegen seinen Schenkel, aber er rührt sich nicht. Selbst als sie, wiederum mit dem Fuß, seinen Kopf so dreht, dass sie sein Gesicht sehen kann, kommt keine Bewegung in ihn. Einzig sein lauter Atem verrät, dass er noch lebt. Mit dem angetrockneten Speichel und Resten seines Mageninhaltes auf einer Wange ist er noch abstoßender als vorher. Wie Quasimodo, denkt Meidai. Sie geht ins Wohnzimmer und schließt die Tür hinter sich.

Einige Minuten lang steht sie in der Finsternis. Schließlich zieht sie ein Handy aus ihrer Handtasche, kauert sich in eine Ecke des Sofas und drückt eine Anzahl von Tasten.

»Hallo«, meldet sich eine schläfrige Stimme.

»Ich wollte dir nur sagen, dass ich deine Schüsseln kaputtgeschmissen habe.« Meidais Stimme klingt brüchig.

»Hei, was ist los? Du weinst doch nicht etwa?« Der Mann am anderen Ende scheint von einer Sekunde zur anderen hellwach geworden zu sein.

Meidai presst ihre rechte Hand fest auf den Mund.

»Hör mal, du bist schon bald in Amerika! Alles läuft genau so, wie du es wolltest! Da wirst du doch jetzt nicht um mich weinen, heute, in deiner Hochzeitsnacht!«

»Du hast Wanping absichtlich besoffen gemacht. Jedes Mal, wenn ich vom Umkleiden zurückgekommen bin, hab ich gehört, wie du ihn zum Austrinken aufgefordert hast.«

»Quatsch! Ich hab höchstens zweimal mit ihm angestoßen. Wenn er besoffen ist, dann auf jeden Fall nicht wegen mir. Und dass du mich mitten in der Nacht weckst, um mir die Ohren vollzuheulen, find ich schon etwas übertrieben. Wegen mir hab ich dich nie eine Träne vergießen sehen. Ich bin müde, Meidai, ich muss schlafen. Mach's gut!«

»Mali, wenn ich erst einmal in Amerika bin, find ich bestimmt einen Weg für dich, nachzukommen.«

Am anderen Ende der Leitung ist es einen Moment still. »Ist der Fisch denn so schlecht, den du geangelt hast?«

»Mit dem Fisch hat das gar nichts zu tun. Siehst du denn nicht, was hier seit einiger Zeit los ist? Immer mehr von denen, die in den letzten Jahren ein bisschen Geld verdient haben, wandern in den Knast. Der drittreichste Mann Chinas ist angeblich vor einigen Tagen in die USA abgehauen. Als erfolgreicher Unternehmer machst du dich schnell verdächtig in diesem Land, Mali. Heute gratulieren dir noch alle zu deiner Softwarefirma, und morgen bist du schon weg vom Fenster. Kapier das doch endlich!«

»Ich kann nicht nach Amerika, das weißt du doch. Die stellen mich sofort vor Gericht wegen der ganzen geklauten Kopien, die ich hier schon verkauft habe. *Den* Weg musst du schon alleine gehen. Und jetzt lass uns schlafen. Es ist ja noch mitten in der Nacht.«

»Mir geht's nicht gut, Mali. Wanping fliegt am nächsten Donnerstag zurück. Kann ich Freitagabend zu dir kommen?«

Wieder ist es einen Moment lang still in der Leitung. »Besser, wir treffen uns in einem Café.«

»Dann eben in einem Café. Hauptsache, ich seh dich. Ich lass dich jetzt weiterschlafen. Ich küss dich! Gute Nacht!« Meidai drückt den Aus-Knopf und lässt den Deckel ihres Handys zuschnappen.

Am nächsten Morgen gegen zehn klopft es laut an die Tür. Die Eltern und Geschwister wollen das junge Ehepaar zum Shanghai-Frühstück abholen. Meidai ruft mit verschlafener Stimme, sie bräuchten noch eine halbe Stunde, und die Verwandten ziehen erst einmal wieder ab.

Sie hastet zu ihrem Ehemann und bringt ihn unsanft mit einem Ruck in Sitzstellung. »Ich habe Kopfschmerzen«, sagt er. Ohne weiter auf sein Stöhnen zu achten, macht sie sich daran, so gut wie möglich die Kotzspuren von dem Teppichboden zu beseitigen. Erst jetzt erinnert sich Wanping wieder an seine nächtliche Unpässlichkeit. Aber erst als seine Frau ihm zuruft, dass die Eltern schon im Foyer warteten, rappelt er sich hoch und huscht an ihr vorbei unter die Dusche.

Meidai macht inzwischen das unberührte Bett durcheinander und zerknittert das Laken, so gut es geht. Am Ende schneuzt sie sich die Nase, schmiert den Schleim auf das Bettuch und wirft die Decke darüber.

Eine halbe Stunde später sind die beiden Familien wieder da. Wanping macht die Tür auf. Er hat jetzt einen hirsegelben Anzug an. Neben ihm steht seine Frau in einem schlichten, blutroten

Kleid. Sie sehen so glücklich aus, dass die beiden Familienväter zufriedene Blicke wechseln und sich schließlich gegenseitig auf die Schultern klopfen. Nachdem die Besichtigung des Bettes zur Zufriedenheit der Mütter ausgefallen ist, begibt sich die kleine Gruppe zum Fahrstuhl, rauscht achtundsechzig Stockwerke nach unten, verlässt das höchste Hochhaus Shanghais und steigt in mehrere schon bereit stehende Autos. Auch heute liegt ein dicht gedrängtes Programm vor dem jungen Paar.

Das Liebespaar, die Polizisten und der Einbrecherkönig

Schwarz und schwer liegt die Nacht über dem Westsee. Kein Windhauch kräuselt die ausgedehnte Wasseroberfläche. Die Zweige der Weiden am Ufer hängen unbewegt herab. Es ist sehr still.

Nur zwei einsame Gestalten spazieren über den langen Damm, der den See zweiteilt. Manchmal bleiben sie unvermittelt stehen, einer von ihnen macht irgendeine Bewegung mit der Hand oder dem Arm, um das, was er gerade erzählt, zu unterstreichen, dann gehen sie weiter. Sobald sie das Ufer auf einer Seite erreicht haben, machen sie kehrt und gehen in die Gegenrichtung.

Als Su San und Ma Sai vor einigen Stunden hierher gekommen sind, waren die Seepromenade und der Damm noch voller Spaziergänger. Dass diese nach und nach verschwunden sind, dass es immer leerer wurde um sie herum, haben die beiden Studenten kaum bemerkt. Es hat sie auch nicht interessiert. Sie brauchen niemanden anders in dieser warmen Nacht. Wie alle, die im Begriff sind, sich zu verlieben, sind sie sich selbst genug. Sie sprechen von ihrer Schulzeit, von ihren Unis und den Plänen, die sie für die Sommerferien haben. Sie reden ohne Unterlass, und doch ist das, was sie *nicht* aussprechen, aber dafür umso stärker empfinden, der wahre Grund für ihr mitternächtliches Spazierengehen, dafür, dass sie immer weiter laufen, vom östlichen Seeufer zum westlichen und vom westlichen wieder zurück. Diese Nacht dürfte, wenn es nach ihnen ginge, nie zu Ende gehen.

Für die beiden Polizisten Kang Zhengqi und Dong Penglin dagegen, die gerade in ihrem Kastenwagen auf den Damm hinauffahren, ist die Nachtschicht so gut wie gelaufen. Bei einer Routinekontrolle ist ihnen ein dicker Fisch ins Netz gegangen, der Einbrecherkönig You Long, der sich immer rühmte, kein Polizist der Welt könne ihn fangen. Leider ist die Festnahme nicht ganz so problemlos über die Bühne gegangen, wie die beiden Ordnungshüter sich dies gewünscht hätten. You Long hat sich gewehrt, und besonders Kang sieht man dies an. Unter seiner Nase sind noch Spuren von getrocknetem Blut, und sein linkes Auge ist zugeschwollen, was seine Stimmung trotz des ungewöhnlichen Erfolges beeinträchtigt. Er gilt unter seinen Kollegen nicht nur als besonders draufgängerisch und zweikampfstark, sondern auch als brutal und rücksichtslos, und das blaue Auge wird, zumindest hinter vorgehaltener Hand, sicher für einigen Spott und hämische Bemerkungen sorgen.

»Das wirst du noch bereuen«, schreit Kang nach hinten in die eingebaute Arrestzelle, »ich schlag dir sämtliche Zähne aus, das schwör ich dir.«

You Long antwortet nicht.

»Ich quetsch dir die Eier zu Brei«, droht Kang weiter, »ich werde dich zertreten wie eine Laus!«

»Ich muss mal pissen«, sagt sein Kollege.

»Ich auch«, antwortet Kang.

»Dann halt doch an, Mensch!«

Aber Kang macht keine Anstalten, den Fuß vom Gaspedal zu nehmen. »Guck mal da vorne«, sagt er, »wen haben wir denn da!«

Als Su San und Ma Sai den Motorenlärm hören, bleiben sie am Rand des Dammes stehen und schauen dem sich nähernden Scheinwerferpaar entgegen. Der Kastenwagen holpert vorbei, und sie erkennen, dass auf der Seite mit vier kuchentellergroßen Schriftzeichen »Sonderfahrzeug für öffentliche Sicherheit« geschrieben steht.

Dreißig, vierzig Meter weiter hält das Auto zur Überraschung der beiden Studenten an. Zwei Polizisten steigen aus, und während die jungen Leute instinktiv ihre Schritte verlangsamen, stellen sich die Uniformierten nebeneinander am Rand des Dammes auf und beginnen in den See zu pinkeln. Das Plätschern ist in der nächtlichen Stille deutlich zu vernehmen.

»Eigentlich möchte ich gar nicht in diese Richtung weitergehen«, flüstert Su San.

»Stehen bleiben können wir aber auch nicht«, erwidert Ma Sai. »Wie sieht das denn aus!«

»Dann drehen wir eben um.«

»Einfach so, hier an dieser Stelle?«

»Warum denn nicht?«

»Sie werden Verdacht schöpfen.«

»Sollen sie doch. Wir haben nichts getan.«

»Also gut«, sagt Ma Sai. Aber sein Gesichtsausdruck bleibt skeptisch.

Kaum haben sie zwei, drei Schritte in die Gegenrichtung getan, als sie auch schon laut und im Befehlston eine Stimme hinter sich hören: »He, ihr beiden da vorne, stehen bleiben!«

»Ich hab's dir gesagt«, flüstert Ma Sai.

»Sie können uns gar nichts«, flüstert Su San zurück.

Ein paar Momente später stehen die beiden Uniformierten vor ihnen und mustern sie misstrauisch.

»Wo wollt ihr denn hin, mitten in der Nacht?«

»Nirgendwo«, antwortet Ma Sai ruhig. »Wir gehen einfach nur spazieren.«

»So, so, spazieren gehen heißt das heutzutage.« Kang, der dickere der beiden Polizisten, schaut die jungen Leute höhnisch an. »Dann zeigt mal die Personaldokumente!«

Weder Ma Sai noch Su San hat einen Ausweis dabei.

»Das wird ja immer besser«, sagt Kang grimmig. »Sexuelle Handlungen in der Öffentlichkeit und sich dann noch nicht mal ausweisen können.« Und zu dem Mädchen gewandt: »Hat er dir's schon besorgt, oder wollte er dir's erst noch besorgen?«

»Hören Sie auf, meine Kommilitonin zu beleidigen!« Ma Sais Stimme klingt unüberhörbar ärgerlich. »Ich hab Ihnen schon gesagt, dass wir spazieren gehen. Mehr war nicht, und mehr ist nicht!«

»Guck mal einer an«, antwortet Kang bissig, »das Hurenböcklein fängt an, frech zu werden.« Mit einem schnellen Griff fasst er dem jungen Mann zwischen die Beine. »Ich wette, er steht dir noch!«

Ma schreit vor Schmerz auf.

»He, was soll das denn, Bübchen! Du plärrst einen Polizisten an? Hast du verstanden, was er gerade von sich gegeben hat, Bruder Dong?«

»Ich glaube, er hat Dreckschwein gesagt.«

»Dann hab ich ja richtig gehört. Wirklich ganz schön frech, der Kleine. Oder darf der das?« Kangs Stimme klingt betont harmlos.

»Ich würde mal sagen, der darf das nicht«, antwortet Dong freundlich.

»Seh ich eigentlich auch so.«

Blitzschnell zieht Kang sein rechtes Knie hoch und rammt es Ma Sai in den Unterleib. Der Student schreit erneut auf, klappt nach vorne und erhält im selben Moment einen Kinnhaken. Er fällt stöhnend um.

Nun stößt Su San, die bisher starr vor Entsetzen dabei gestanden hat, einen gellenden Schrei aus.

»Ach herrje, nun fängt auch unser Hurenweibchen noch an zu singen. Wahrscheinlich ihr Lockruf – oder was meinst du, Bruder Dong?«

»Ganz sicher«, bestätigt Dong. »Der Schlappschwanz hier war doch höchstens die Vorspeise für sie.«

»Lauf, Su San!« kommt es schwach und gurgelnd aus Ma Sais halb geöffnetem Mund. Zusammengekrümmt liegt er am Wegrand. Vor seinem Gesicht hat sich eine Blutlache gebildet.

»Hör auf zu meckern, Hurenböcklein!« Kang tritt dem Studenten in die Rippen.

»Lauf!« röchelt Ma Sai trotzdem noch einmal. Seine Stimme ist kaum noch zu hören.

Su San macht einen halben Schritt zu ihm hin, dreht sich dann aber überraschend um und rennt los.

Die beiden Polizisten wechseln einen schnellen Blick, Kang macht eine knappe Kopfbewegung in Richtung des sich entfernenden Mädchens, und schon laufen sie ihr hinterher. Man sieht ihren Bewegungen an, dass sie durchtrainiert sind, auch der bullige Kang hat einen überraschend kraftvollen Antritt. Die Entfernung zwischen ihnen und der Studentin schrumpft schnell. Als sie sie fast erreicht haben, als Kang schon den Arm ausstreckt, um sie zu fassen, passiert jedoch etwas Unerwartetes: Die Studentin zieht das Tempo an, kaum merklich, aber doch so, dass der ausgestreckte Arm des Polizisten sie nicht erreicht. Er kommt ins Stolpern, flucht, fängt sich wieder, keucht zu seinem Kollegen hin, er solle seinen Arsch ein bisschen schneller vorwärts schieben, sie müssten das Mädchen unbedingt zu fassen bekommen, doch so sehr die beiden sich auch anstrengen, sie kommen nicht an die vor ihnen laufende Su San heran. Wenn sie gewusst hätten, dass sie es mit der Universitätsmeisterin im 4000-Meter-Lauf zu tun haben, hätten sie ihre Bemühungen wahrscheinlich früher eingestellt. So aber gelingt es der jungen Frau, die beiden noch einige hundert Meter hinter sich her zu locken. Sie läuft immer gerade so schnell, dass die Polizisten glauben, noch eine Chance zu haben, sie zu erreichen. Sie hofft, dass ihr Freund in der Zwischenzeit seine Chance nutzen und trotz seiner Verletzungen weglaufen kann.

Als Kang und Dong schließlich abgehetzt, frustriert und kochend vor Wut zu ihrem Auto zurückkommen, mit dem sie noch einmal die Verfolgung des Mädchens aufnehmen wollen, müssen sie feststellen, dass ein anderer die Zeit ihrer Abwesenheit genutzt hat: der Meistereinbrecher. Die Zellentür des Wagens steht weit offen, von You Long ist weit und breit nichts zu sehen. Kang tobt und muss sehr an sich halten, nicht auf seinen Kollegen einzuprügeln.

»Du hast ihn nicht richtig festgemacht, du riesengroßes Arschloch!«

»Natürlich hab ich ihn richtig festgemacht!«

»Und wie ist er dann hier rausgekommen, he?!«

»Weiß ich doch nicht! Vielleicht hatte der Hurenbock 'ne Feile dabei und hat ihm rausgeholfen!«

Kang stürzt ins Auto und schaltet die Scheinwerfer an. Sie tauchen zuerst den Damm in einer, dann in der anderen Richtung in gleißendes Licht, danach den See auf beiden Seiten des Dammes, aber von dem Flüchtigen ist nichts zu sehen. Einzig der Student liegt nach wie vor stöhnend am Ufer, den Körper verkrümmt, das Gesicht nach unten, genauso, wie er lag, als die Polizisten die Verfolgung seiner Freundin aufgenommen haben. Das einzige, was sich verändert hat, ist die Blutlache um seinen Kopf herum: Sie ist viel größer geworden.

Kang steigt aus dem Auto, geht zu dem jungen Mann hinüber und schaut ihn sich einige Momente lang an. Dann geht er wieder zurück, dreht sich nach einigen Schritten aber noch einmal um, zieht seine Pistole und gibt drei Schüsse auf den Studenten ab. Zwei treffen ihn in den Rücken, in Höhe der Schulterblätter, einer in den Hinterkopf. Ma Sais Körper bäumt sich auf und bleibt reglos liegen.

Dong stürzt auf seinen Kollegen zu. »Bist du wahnsinnig! Du hast ihn umgebracht!«

Kang steckt seine Pistole zurück in das Halfter. »Ist es vielleicht meine Schuld, wenn er versucht, mit diesem Kriminellen zusammen abzuhauen? Soll ich da einfach zuschauen und Beifall klatschen? Da vorne sind sie geschwommen, und ich hab ein paar Mal hinter ihnen hergeschossen. Ich weiß noch nicht mal, ob ich einen der beiden getroffen habe.«

Dong bückt sich zu dem leblosen Körper hinunter.

Kang tritt neben ihn. »Was gibt's denn da noch zu gucken. Er ist tot! Fertig, aus. Los, komm, ins Wasser mit ihm!«

Sie packen ihn unter den Achseln und an den Beinen und werfen ihn in den See. Dann steigen sie ins Auto und fahren weg.

Die Leiche des Studenten wird am frühen Morgen von einem Angler gefunden. Seine Freundin, ihre Eltern und seine eigenen Eltern erstatten Anzeige wegen schwerer Körperverletzung und Mord. Sie werden abgewiesen. Die Polizeibeamten haben völlig andere Aussagen dazu gemacht, was sich in der Nacht zugetragen hat. Deren Verhalten sei einwandfrei gewesen, wird den Klägern beschieden.

Die beiden Familien wenden sich an die Presse. Aber nur eine Lokalzeitung wagt es, ihre Version der Vorgänge abzudrucken. An dem Tag, an dem der Artikel erscheint, steht das Telefon in der Redaktion nicht mehr still. Zahlreiche Anrufer berichten von persönlich erlittenen Schikanen und Misshandlungen durch die Polizei. Die Behörden reagieren prompt. Der Chefredakteur wird in die Kulturabteilung der Stadtverwaltung zitiert und noch am selben Tag versetzt. In der nächsten Ausgabe derselben Zeitung erscheint ein großer Artikel, der den unermüdlichen und heldenhaften täglichen Einsatz der Sicherheitskräfte im Kampf um den Erhalt der öffentlichen Ordnung preist.

Ein Jahr später berichten alle Medien, einer der meistgesuchten Einbrecher des Landes und Chef einer berüchtigten Mafiaorganisation, der schon fast legendäre You Long, sei der Polizei endlich ins Netz gegangen. Zusammen mit ihm hätten ein gutes Dutzend weiterer Mafiosi festgenommen werden können.

Kang Zhengqi, der sich bei der groß angelegten Fahndungsaktion besonders ausgezeichnet hat, wird umgehend befördert. Er ist nun stellvertretender Leiter der Kriminalpolizei im Westsee-Distrikt.

Party ohne Beleuchtung

Mit dem langen Nagel seines kleinen Fingers schiebt Cui die Gardine ein wenig zur Seite und späht durch das schmal geöffnete Fenster auf das gegenüberliegende Gebäude. Sein Gesicht ist gerötet, und seine Augen schimmern wie zwei im Dunkeln leuchtende Perlen. Der Student wohnt im vierten Stock des 16. Gebäudes des Studentenwohnheims der Verkehrsuniversität Shanghai. Von hier aus hat er einen guten Überblick über das Gebäude Nr. 15, das auch jetzt, spät in der Nacht, noch hell beleuchtet ist. Ganz oben, im fünften Stock, lehnt ein Kommilitone am Fenster und singt die chinesische Version eines sentimentalen Schlagers aus Russland – ,Wenn es Nacht wird in Moskau'. Im ersten Stock gehen, zwischen den Betten und Tischen, zwei Studenten in ihrem Zimmer auf und ab. Sie hören die BBC-Nachrichten. Das Radio dröhnt so laut, dass Cui noch aus zehn Metern Entfernung die Stimme der Sprecherin hören kann.

Um Mitternacht erlöschen alle Lichter. Das Gebäude Nr. 15, eben noch ein pulsierender Organismus, verwandelt sich in einen toten schwarzen Steinklotz. Von irgendwo her ist ein lautes Auflachen zu hören. Gleich darauf knallt eine Flasche auf den betonierten Gehweg. Niemand an der Universität hat Lust, schlafen zu gehen.

»Los geht's«, ruft Cui. Heute stört es ihn nicht, dass die Stromversorgung in sämtlichen Studentenwohnheimen, wie immer, pünktlich unterbrochen wird. Er schließt das Fenster und zieht die Gardine sorgfältig zu. Zufrieden und ungeduldig schaut er ins

Zimmer, wo mehrere Augenpaare im Dämmerlicht einiger Kerzen flackern. Außer ihm befinden sich noch fünf weitere junge Leute in dem kleinen Zimmer, alle schon über zwanzig. Vier mit Moskitonetzen verhängte doppelstöckige Betten nehmen den meisten Platz ein. Zwischen ihnen ist nur ein schmaler Raum frei.

Alle Anwesenden springen auf und freuen sich auf den Tanz. Bereits seit einer Stunde sitzen die Studenten im Schein der Kerzen und warten darauf, dass es dunkel wird.

Cui tätschelt sich anerkennend die Wangen, so, als hätte er selbst die Mitternachtsstunde herbeigerufen. Er hat das typische schlaue, stets wache Gesicht eines Shanghaiers. Seine Haare, die schräg auf die Ohren fallen, glänzen wie ein gekrümmter Spiegel. Er hat sie mit Pomade geglättet. »Meine Damen und Herren, herzlich willkommen zu unserer Mitternachtsparty. Und bitte vergesst ihr nicht: ›Wer zuletzt stöhnt, stöhnt am schönsten!‹ Möchte noch jemand etwas sagen?«

»Eigentlich warten wir nur noch auf das Ende deiner Ansprache«, sagt Yuyan mit einer Stimme, die an eine klare Quelle erinnert. Sie hat ein ungewöhnlich weißes und zartes Gesicht, das fast jeden, der ihr begegnet, ein zweites Mal hinschauen lässt. In ihrem schwarzen Samtkleid wirkt sie wie ein eleganter Schwarzschwan. Sie lächelt jeden der Männer an, als suche sie Zustimmung. Die beiden Studenten – Poet und Jade – erwidern ihr Lächeln. Jade mit seinem kurzen Haar schaut sie auf eine Weise an, als streichle er mit seinen Augen ihren Mund. Unwillkürlich befeuchtet sie sich die Lippen mit der Zunge.

»Ab sofort gilt die Regel: Kein Wort von niemandem!« Cui lächelt alle noch einmal an, dann bläst er die Kerzen aus. Leise erklingt der *Frühlingsstimmenwalzer* von Johann Strauß. Die Studenten stehen auf und suchen sich tastend einen Partner. Bald scharren Tanzschritte über den Betonboden. Zwei Köpfe stoßen aneinander. Jemand schreit »Au!«. Ein anderer antwortet mit: »Psst!«

Yuyans erster Partner ist der Poet. Er hat sich an der Uni mit seinen Gedichten einen Namen gemacht und deshalb diesen Spitznamen erhalten. Seine Hände streifen über Yuyans Rücken und Hüften, als suchten sie nach etwas. Nie halten sie sich lange an einer Stelle auf. Sie kommen überraschend und sind in der nächsten Sekunde schon wieder fort. Yuyan hat bald einen Namen für diese Hände: Schmetterlinge.

Nach einer halben Stunde werden die Partner gewechselt. Die Männer klatschen in die Hände, und jeder klatscht einen anderen Rhythmus. Yuyan stößt an einen Arm und wird im nächsten Moment an eine Brust gedrückt. Sie spürt zwei große, dünne Lippen auf ihrem Mund. Der Mann zieht sie so fest an sich, dass sie seinen ganzen Körper spürt. Eine Sekunde lang möchte sie glauben, dass sie in den Arm von Jade gelaufen ist. Vorsichtig streicht sie über das Haar ihres Partners und fühlt, wie ihre Finger fettig werden. Offenbar hat sie doch nicht Jade, sondern Cui erwischt, der ebenfalls Informatik studiert. Seit drei Jahren sehen sie sich fast jeden Tag im Unterricht. Und seit einem Jahr flirten sie miteinander. Doch nur einmal haben sich ihre Körper berührt, auf der großen Uni-Party, wo sie sich zufällig getroffen und miteinander getanzt haben. Yuyans Überraschung ist groß, als Cui sie heftig packt. Sie fühlt es so leidenschaftlich, wie sie es bisher nicht kannte. Geschmeichelt erwidert sie den Druck ihres Tanzpartners. Wie eine Weidenrute schmiegt sie sich an ihn.

Dann passiert etwas, was Yuyan nicht erwartet hat: Cuis Hand rutscht unter ihr Kleid und streichelt ihre nackten Schenkel. »Meine schöne Milchblüte«, flüstert er ihr mit zitternder Stimme ins Ohr. Yuyan möchte jetzt nur noch eines: ihre Augen schließen und ihre Beine spreizen. Als die fremden Finger durch die Unterhose das Zentrum ihres Körpers erreichen, stöhnt sie lautlos und lehnt ihren Kopf an Cuis Schulter. Zum ersten Mal erreicht eine männliche Hand diese Stelle. Und ihr wird schlagartig klar, dass sie sich schon lange nach einer solchen Berührung gesehnt hat. Ihr ist, als breche die Knospe eines Palmenfarns in ihr auf, der in tausend Jahren nur einmal blüht. Sie schwebt wie auf Wolken, begleitet von außerirdischer Musik. Überwältigt von Lust schlingt Yuyan sich um Cui und leckt mit der Zunge seinen Hals. »Schade«, denkt sie, »dass es nicht Jade ist. Aber vielleicht wird der ja mein nächster Tanzpartner.«

Plötzlich klopft von außen jemand an die Tür. »Aufmachen! Nachtkontrolle!« Es klimpert, dann wird ein Schlüssel ins Schloss gesteckt. Erschrocken löst Yuyan sich aus Cuis Umarmung und tritt einen Schritt zurück. Nervös zieht sie ihr Kleid nach unten und glättet es. Der Nachtkontrolleur muss schnell erkannt haben, dass das Schloss von innen verriegelt ist, und zieht den Schlüssel wieder ab. »Aufmachen, hier ist die Nachtkontrollkommission!« Dieses Mal spricht eine Frau. Sie ist streng und ungeduldig.

Als Jade ein Feuerzeug anmacht, herrscht im Zimmer lähmende Stille. Cui streicht sich durch die Haare, als wären sie rettende Strohhalme. »Mach die Musik lauter«, sagt Jade leise zu Cui und zündet eine Kerze an. Und zu den anderen: »Macht euch fertig, wir klettern aus dem Fenster.«

Von den sechs jungen Leuten ist Jade der einzige, der nicht an der Verkehrsuniversität studiert. Er ist in der Theaterfachhochschule eingeschrieben. Wegen dieser Party ist er quer durch die Stadt gefahren. Seine auffällig gleichmäßigen Gesichtszüge wirken nicht nur auf Mädchen anziehend, sondern auch auf viele Männer. Für Yuyan ist er der umschwärmteste Mann, den sie kennt. Er ist stets von hübschen Mädchen umgeben.

Während Jade ein langes Hanfseil aus einer Tasche herauszieht, blickt Yuyan aus dem Fenster. Sie glaubt, den Großen Bären am Himmel zu erblicken. Eilig hilft sie Jade, das Seil zu entrollen.

Ein dumpfer Stoß bringt die Tür zum Erzittern. »Sie wird noch eine Weile halten«, sagt Jade mit einem kurzen Blick über die Schulter. Er hat inzwischen ein Ende des Seils um den Pfosten des Hochbetts geschlungen und leise das Fenster geöffnet. Das andere Ende bindet er um den Bauch des Poeten, der neben ihm steht. »Los, runter mit dir!« Der Poet schaut ängstlich nach unten. Die Nacht kommt ihm stockdunkel vor, und der Boden, vier Stockwerke tiefer, ist nicht einmal zu erahnen. »Geh du zuerst«, sagt der Poet zu Jade und macht sich wieder los.

An der Tür wird weiter gerüttelt, die Stöße bleiben aber gedämpft – so, als wollte man die schlafenden Studenten in den Zimmern nebenan nicht wecken. Der Fußboden bebt ein wenig. »Dann komm du«, sagt Jade, zu Yuyan gewandt. Aber auch sie macht keine Anstalten, ihm zu folgen. »Das schaffe ich nicht. Ich war noch nie gut im Sport.« Tingting und Meimei, die beiden anderen Mädchen, lehnen ebenfalls ab. »Wie ihr wollt«, sagt Jade, springt auf das Fensterbrett und ist einen Augenblick später verschwunden. Yuyan beißt sich auf die Lippen und schaut ihm nach. Sie würde sich gern in eine Taube verwandeln und ihm hinterherfliegen. So lange hatte sie davon geträumt, mit ihm die Nacht zu verbringen, und nun hat ihn die Dunkelheit verschluckt.

Gerade noch unter Jades Gewicht straff gespannt, beginnt sich das Seil mit einem Mal zu lockern. Yuyan bindet das Seil los und wirft es aus dem Fenster. Obwohl die Nachtluft feucht und kühl ist, hat sie das Gefühl, dass ihr Mund völlig ausgetrocknet ist. Es kommt ihr vor, als würde die Mundschleimhaut bei der kleinsten Bewegung bis in die Kehle hinunter reißen. Wie betäubt schließt sie das Fenster. Sie drückt ihr Gesicht an die kühle Glasscheibe, gegen die Schwärze der Nacht. Ihr Rücken krümmt sich, und ihre Gliedmaßen ziehen sich zusammen. Es sieht aus, als schnüre sie ihren Körper ein.

Die anderen stehen wie versteinert da und starren auf Yuyans Rücken. Niemand sagt etwas. Die drohenden Stimmen von draußen verdichten das Schweigen zu einem zähen Gelee, der allen die Atemwege verstopft.

»Scheiße! Irgendjemand muss uns verpfiffen haben!« bricht es schließlich aus Cui heraus. Er geht zur Tür und schiebt den Riegel zurück. Eine Frau und zwei Männer stürmen ins Zimmer und blenden die Studenten mit ihren Lampen. Einer von ihnen befördert die Tür mit einem kräftigen Tritt zurück ins Schloss. Es klingt, als sei eine Falle zugeschnappt.

»Wo sind die Tische?« fragt die Frau und klopft mit dem Fuß auf den Boden. »Warum habt ihr nicht gleich aufgemacht? Wer von euch wohnt hier?« Wie Kanonenkugeln schießen die Sätze aus ihrem Mund.

Die Stimme kommt Yuyan bekannt vor. Sie dreht sich um und erkennt Zhuli, die Vizepräsidentin des Studentenausschusses. Sie ist nicht viel älter als Yuyan, denn sie ist gerade ein Jahr vor ihr an die Uni gekommen. Aber in ihrer unmodernen Kleidung und mit dem verkniffenen Mund sieht sie aus, als wäre sie zehn Jahre älter. Sie spricht oft bei Studentenversammlungen, und ihr etwas bäurisches Gesicht ist an der ganzen Universität bekannt. Yuyan hat sie zwar immer wieder im Vorbeigehen gesehen, aber nie ein Wort mit ihr gewechselt.

»Wir haben einen Geburtstag gefeiert. Und beim Tanzen vergisst man schnell die Zeit. Das ist Ihnen doch sicher auch schon mal passiert«, sagt Cui. Betont gelassen schüttelt er sein langes Haar hin und her.

Die Männer, die Zhuli flankieren, sind in mittlerem Alter und sehen nichtssagend aus. Yuyan kann sich nicht erinnern, einen von ihnen irgendwann schon einmal gesehen zu haben. Und sie glaubt, sie würde die beiden auch nicht wiedererkennen, wenn sie ihr eines Tages erneut begegnen sollten.

Angespannt dreht Yuyan eine Haarsträhne zu einer Spirale – und sieht an der Spirale vorbei hinüber zu Cui. Sie erinnert sich daran, wie er mit seiner Zunge ihre Lippen befeuchtet hat. Wie er begonnen hat, ihre Schultern aus dem Kleid zu befreien, um ihre nackte Haut mit endlosen Küssen zu bedecken.

Der Lichtstrahl der Taschenlampe trifft ihr Gesicht und beendet ihre Gedanken. Yuyan senkt ihren Kopf so tief, dass ihr schulterlanges Haar einen schwarzen Vorhang bildet, der ihr Gesicht vor dem Licht verbirgt. Das Licht wandert zwei Meter weiter auf Cuis Hals, auf dem rote Lippenabdrücke zu sehen sind. Dann hüpft der Lichtkegel zum Poeten, dessen Hosenschlitz falsch zugeknöpft ist. »Hast du gesehen?« fragt der Mann Zhuli leise. Zhuli nickt.

Der zweite Mann, der sich bisher darauf beschränkt hat, die Studenten misstrauisch zu beobachten, beginnt jetzt, in den Betten nach Beweisen zu suchen. Er zieht die Moskitonetze hoch und knöpft sämtliche Decken auf. Unter einem der Kissen findet er einen Damenslip. Als er Zhuli seinen Fund zeigt, zuckt Meimeis Hand vor ihren Mund, um einen abrupten Schrei zu unterdrücken. Zhuli, der diese Bewegung nicht entgangen ist, fragt kühl: »Möchtest du deine Unterhose wieder haben?«

Meimei antwortet mit einem schwachen »Ja.«

»Das geht leider noch nicht. Zuerst muss aufgeklärt werden, was hier alles passiert ist.« Zhuli wendet sich zu dem Mann: »Such noch ein bisschen weiter, Meister Wang.«

Der Lichtstrahl trifft eine kleine, golden glänzende Handtasche, die an einem der Bettpfosten hängt. Das feine Muster und der Glanz machen aus dem Täschchen einen Luxusgegenstand. Meister Wang streckt seine grobe Hand danach aus und öffnet sie.

»He! Das ist *meine* Handtasche! Nicht mal meine Mutter schaut da rein!« schreit Yuyan empört. Sie läuft vom Fenster weg und reißt dem Mann die Tasche aus der Hand.

»Alles muss untersucht werden. Ihr macht Orgien und dazu noch Gruppensex, ihr habt schwerstens gegen die Hausordnung verstoßen. Du gibst sofort Meister Wang die Tasche zurück!« befehlt Zhuli kalt.

»Kann es sein, dass bei dir irgendwas noch nicht angekommen ist?« sagt Yuyan. »Es ist 1986, die ganze Uni tanzt, und du selbst hast das letztes Mal auf der Uni-Party auch getan. Du hast ja Recht, wir haben zu lange getanzt. Aber wir sind Studenten und keine Klassenfeinde. Und wir können auch mal einen Fehler machen, oder?« Sie unterbricht sich einen Moment und fährt dann, lächelnd und mit unterwürfigem Blick, fort: »Dank Deiner Hilfe haben wir jetzt eingesehen, dass wir falsch gehandelt haben. Wir werden also sofort in unsere Zimmer zurückkehren.«

Yuyan hängt sich ihre Handtasche über die linke Schulter und macht einen Schritt zur Tür.

Meister Wang verstellt ihr den Weg. Er breitet die Arme aus, als wollte er ein verwirrtes Küken zurück zur Henne treiben. An seinem Zeigefinger rotiert die grüne Unterhose und verwandelt sich in ein rasendes Rad. Den Strahl seiner Taschenlampe aber richtet er nicht auf dieses Kunstwerk, sondern auf die nackten weißen Beine von Yuyan, so, als suche er dort nach einer Erklärung.

»Vergiss nicht, dass zur Zeit unsere Kampagne gegen geistige Verschmutzung läuft. Du gibst deine Handtasche her, oder du kommst sofort mit uns«, sagt Zhuli zu Yuyan. Und dann, als hätte sie ihre Gegnerin damit endgültig erledigt, wendet sie sich auch schon den anderen zu: »Alle zeigen jetzt ihre Taschen und den Studentenausweis!«

Meimei gibt sich geschlagen und öffnet unter den wachsamen Augen Zhulis ihren Rucksack. Darin sind nur Bücher und ein Pullover. Auch Tingting öffnet vor Zhuli ihre Tasche. Yuyan schielt zu Meimei und rümpft verächtlich die Nase: Das Mädchen mit den Sommersprossen steht so nah bei Zhuli, dass sich die Haare der beiden fast berühren. »Ekelhaft nah«, denkt Yuyan, »und diese Sesampunkte in ihrem Gesicht sind nichts als widerlich. Wer ihr wohl die Unterhose ausgezogen hat? Der Poet? Dazu ist er nicht der Typ. Jade? Auch nicht. Der hat sich doch für *mich* interessiert. Oder war er's vielleicht doch …?« Yuyan schüttelt den Kopf und lässt ihre Gedanken in eine andere Richtung treiben. »Was hätte Jade wohl mit *mir* gemacht? Bestimmt wäre er bei mir viel heftiger. Er würde meine Unterhose zerfetzen und meine Beine auseinanderreißen.« Yuyan spürt, wie ihr bei dieser Vorstellung das Blut in den Kopf steigt. Sie schließt die Augen.

Die Nachtkommissarin kontrolliert jetzt die Ausweise. »Ach ja, mein Studentenausweis …«, murmelt Yuyan wie zu sich selbst. Sie wendet Zhuli den Rücken zu und öffnet ihr glänzendes Täschchen. Sofort richtet sich die Taschenlampe von Zhulis misstrauischem Begleiter darauf. Der Mann steht so dicht neben ihr, dass sich fast ihre Schultern berühren.

Yuyan zieht ihre Hand zurück, als hätte sie eine Schlange gebissen. Der Lichtkegel folgt der geschlossenen Hand, so, als wäre in ihr das Geheimnis der Tasche verborgen. Als sich Yuyans Finger schließlich von der Handfläche lösen, geben sie den Blick auf einen kleinen roten Studentenausweis frei. Meister Wang greift sofort danach und gibt ihn an Zhuli weiter. Das Licht wandert zurück zur Handtasche und bleibt dort stehen, als befände sich in ihr die heilige Mao-Bibel, die immer beleuchtet werden muss.

»Ihr vier wohnt alle nicht hier. Wo sind deine sieben Mitbewohner, Cui?« fragt Zhuli scharf, nachdem sie alle Ausweise kontrolliert und die Daten notiert hat.

Yuyan setzt sich aufs Bett und öffnet erneut ihr Täschchen. Im Licht der Taschenlampe, das ihr unverzüglich folgt, steckt sie ihren Ausweis zeitlupenhaft langsam zurück – wie in einem Bühnenstück, in dem alle Bewegungen festgelegt sind.

»Keine Ahnung«, erwidert Cui mit Unschuldsmiene. »Vielleicht bei ihren Verwandten oder ihren Eltern, oder bei Freunden ... Freitags ist doch alles möglich. Ich weiß es nicht.«

Langsam zieht Yuyan ihre Hand wieder aus der Tasche heraus. Ein kleiner Spiegel und ein Lippenstift kommen zum Vorschein. Yuyan beginnt, sich zu schminken, als wäre sie die Hauptdarstellerin eines Theaterstücks. Der Lichtstrahl folgt jeder ihrer Bewegungen. Wenig später leuchten ihre Lippen in einem intensiven Rot – der Farbe der Rosenblüte. Als sie plötzlich niesen muss, reißt es ihren Kopf nach unten – und er verlässt für eine oder zwei Sekunden den Bereich des Lichtstrahls. Doch sofort erfasst das Licht sie wieder, und Yuyan fährt fort, sich zu schminken.

Zhuli will von Cui noch nicht ablassen. »Hast du diese Orgie hier organisiert? Hast du die Leute alle eingeladen?«

»Ich habe gesagt, wir könnten ein bisschen feiern. Aber das bisschen Tanzen habe ich doch nicht *organisiert*! Wir haben Musik gehört und dazu getrunken und gegessen. Dann haben wir spontan ein bisschen getanzt ...« Cuis Hände stecken tief in den Hosentaschen und sein linker Fuß tippt unruhig auf den Boden.

Als sie sich zu Ende geschminkt hat, stellt sich Yuyan vor Zhuli und streckt ihr das goldene Täschchen entgegen. Der Strahl der Taschenlampe, der ihr beim Schminken ständig gefolgt ist, bleibt weiterhin auf ihrem Gesicht. Sie schließt die Augen und den Mund, so, als warte sie im Licht eines Scheinwerfers auf den Schlussvorhang und auf das Ende der Vorstellung. Aber kein schützender Vorhang fällt, und niemand nimmt ihr die Handtasche ab. Yuyan wendet ihren Kopf zur Seite, doch das grelle Licht beißt sich an ihr fest. Plötzlich legt sich ein starker Arm um ihren Hals. Eine Hand drückt auf ihren Kiefer und quetscht ihn so stark, dass Yuyan gezwungen ist, den Mund aufzumachen. Sie hustet, und mit dem Speichel fällt etwas Kleines, Weißliches zu Boden – ein Kondom.

Yuyan muss sich, als Meister Wang sie endlich loslässt, an einem der Stockbetten festhalten. Vor ihrem inneren Auge sieht sie, wie sie wegen der Kampagne gegen geistige Verschmutzung öffentlich an den Pranger gestellt wird. Sie beginnt zu zittern und kauert sich auf den Boden, aber niemand bemerkt es. Es scheint, als hätte sie ihre Rolle in diesem Stück zu Ende gespielt und müsste die Bühne nun den anderen Darstellern überlassen. Die Nachtkommissarin hebt Yuyans Handtasche vom Boden auf. Sie hockt sich hin, greift – mit einem triumphierenden Lächeln – nach dem speichelnassen Kondom und verstaut es in dem luxuriösen Behältnis. Es sieht aus, als hätte ein cleverer Goldsucher ein großes Nugget ausgewaschen.

»Wir nehmen diese Tasche mit. Und du, Cui, wirst uns begleiten«, erklärt Zhuli mit stolz erhobenem Haupt. Sie sieht aus, als hielte sie vor sämtlichen 12 000 Studenten der Universität eine Rede. »Alle anderen verlassen sofort dieses Zimmer. Die Nachtkommission wird sich in den nächsten Tagen bei euch melden.«

Die fünf Studenten verlassen der Reihe nach den Raum. Meister Wang mit der Zangenhand führt den Auszug an, Zhuli überwacht, und der zweite der beiden Sicherheitsmänner bildet den Schluss. Von einer dunklen Ahnung erfüllt, bewegen sich die Studenten unter den blassen Lampen schweigend durch den tristen, schlafstillen Korridor, vorbei an langen Reihen geschlossener Türen. Die Prozession erinnert an das Totenfest, an dem die Toten in der Dämmerung zu den Lebenden zurückkehren und vor den Türen ihrer Verwandten auftauchen. Was hier jedoch fehlt, ist das üppige Essen, das den Toten vor jeder Tür auf vier Tellern serviert werden muss.

Als die Tür des Gebäudes Nr. 16 hinter den Studenten geschlossen wird, ist es bereits zwei Uhr nachts. Cui und die drei Mitglieder der Nachtkommission – sie tragen Yuyans Handtasche und Meimeis Unterhose bei sich – haben denselben Weg. Die vier anderen entfernen sich in unterschiedliche Richtungen und werden schnell von der Nacht verschluckt.

Yuyan geht an der Mensa vorbei und nähert sich dem Gebäude Nr. 3. Dann erinnert sie sich, dass sie, als sie vor einiger Zeit spät nachts von einer Party zurückgekommen ist, das Haus nicht mehr hat betreten können – die Tür wird um Mitternacht abgeschlossen und erst um fünf Uhr früh wieder geöffnet. Sie überlegt kurz, ob sie nach Hause gehen soll. Doch um diese Zeit sind keine Busse mehr unterwegs. Sie würde stundenlang durch die Stadt laufen müssen, um das Haus ihrer Eltern zu erreichen. Einen Moment lang hofft sie, dass Jade sich noch auf dem Gelände der Universität aufhält und in einer dunklen Ecke auf sie wartet. Doch alles ist menschenleer. Überall begegnet sie Plakaten, auf denen die Kampagne gegen geistige Verschmutzung anschaulich illustriert wird. Auf einem der Bilder schlägt eine eiserne Faust auf einen kleinen schrumpeligen Kopf. Aus der Faust fährt ein Blitz in den Schädel und spaltet ihn – er ist voller Exkremente. Auf einem anderen Plakat stehen ein Bauer, ein Arbeiter und ein Soldat in einer Reihe. Sie treten mit einem roten Fuß auf einen Haufen gelber Bücher und zerquetschen die hässlichen Würmer, die in ihnen lauern. Yuyan will die Propaganda ignorieren. Doch die Plakate kommen ihr in der Dunkelheit entgegen und werden vor ihren Augen bedrohlich groß – so als wollten sie sie einwickeln und verschlingen. Yuyan dreht sich ängstlich um. Niemand ist da. Im selben Moment erkennt sie, dass sie den Kirschblütengarten hinter der Mensa erreicht hat. Es ist ein schöner Garten. An sonnigen Tagen ist sie oft hier, um in Ruhe zu lesen. Jetzt, in der Nacht, sehen die kleinen Bäume mit ihren Blütenkronen wie Schirme aus – als wollten sie ihr Schutz anbieten. Yuyan lehnt sich an einen der Bäume und bricht in Schluchzen aus.

Gleich am Nachmittag des nächsten Tages geht Yuyan wieder ins Gebäude Nr. 16. Cui ist nicht da. Da sie weiß, dass er die Wochenenden oft bei seiner Familie verbringt, fährt Yuyan zu deren Wohnung. Cui ist tatsächlich zu Hause. Aber er liegt noch im Bett. Seine Großmutter fragt Yuyan leise, ob Cui unter einer unglücklichen Liebe leide, denn er sei noch nie so schlecht gelaunt gewesen wie heute. Yuyan versucht die alte Frau zu beruhigen und sagt unbestimmt, falls es wirklich Liebeskummer sei, werde er sicher bald vorbei gehen.

Nach einigen Minuten erscheint Cui im Wohnzimmer. Er sagt »hallo« zu Yuyan, ohne sie anzuschauen. Beim Sprechen hält er immer wieder die Hand vor den Mund, als wollte er die Aussage verweigern. So hat Yuyan ihn noch nie reden sehen.

Draußen auf der Straße fragt Yuyan sofort: »Was ist passiert? Du siehst so nervös aus.«

»Du auch«, sagt Cui. Als sie an den übel riechenden Shuzhou-Fluß kommen, drehen sie wieder ab und nehmen eine Straße, die zwischen die Häuser führt, weg von dem Gestank.

»Ich habe das Weinen nicht unterdrücken können. Ich weiß, ich sehe heute schrecklich aus. Aber was ist mit dir los? Ich habe dich fast nicht erkannt, als du aus deinem Zimmer kamst.«

»Ach, eigentlich fehlt mir nur Schlaf. Ich bin erst seit heute Morgen um sieben wieder auf freiem Fuß.«

»Wie bitte? Sie haben dich fünf Stunden lang festgehalten? Das ist doch unmöglich.«

»Tja, so ist unsere liebe Partei. Sie versetzt nicht nur Berge und

Flüsse. Sie macht auch Unmögliches möglich. Das haben wir doch schon in der Schule gelernt.«

»Mir ist im Moment nicht zum Lachen zumute, Cui. Was wollten die denn von dir?«

»Fast nichts. Ich sollte nur verraten, wer der Drahtzieher der Party war.«

»Und?«

»Ich hatte natürlich keine Lust, mich um Kopf und Kragen zu reden.«

»Und haben die Sicherheitsfritzen das akzeptiert?«

»Du solltest nicht so viel fragen, Yuyan. Du warst doch keiner der Initiatoren. Deshalb wirst du auch nicht so viele Schwierigkeiten bekommen wie ich.«

»Da bin ich mir nicht so sicher. Ich denke nicht, dass sie nichts mehr von mir wollen. Sonst hätten sie meine Handtasche nicht mitgenommen. Wir sollten uns auf jeden Fall abstimmen über das, was wir ihnen sagen.«

»Zu spät. Ich habe in der letzten Nacht schon drei schriftliche Selbstbezichtigungen abgeben müssen. Der Witz ist nur, dass die überhaupt nicht miteinander übereinstimmen.«

»Wieso drei? Wieso so viele?«

»Ganz einfach. Ich musste so lange Selbstkritiken schreiben, bis die Sicherheitssäcke zufrieden waren.«

»Was hast du denn geschrieben?«

»Zum Beispiel, wie ich euch alle kennen gelernt habe. In der ersten Fassung habe ich behauptet, dass ich euch alle schon lange kenne. Da haben sie gleich bemängelt, dass die Details fehlen. In der zweiten Fassung habe ich dann angegeben, dass ich den Poeten bei einem Gedichtabend kennen gelernt habe. Aber das hat ihnen immer noch nicht gereicht. Also habe ich in der dritten Fassung geschrieben, dass ich Tingting und Meimei auf der Uni-Party am Nationalfeiertag begegnet bin. Danach haben sie gesagt, ich könnte gehen und auf die Entscheidung der Uni warten.«

»Diese Idioten! Und wenn du dich geweigert hättest, diese Selbstkritiken zu schreiben?«

»Du meinst, ich hätte den Helden spielen sollen?«

»Ich meine nur, dass sie dich doch nicht tagelang hätten festhalten können. Irgendwann hätten sie dich doch freilassen müssen.«

»Sie müssen überhaupt nichts. *Diese* Leute müssen nichts. Sie hätten mich tagelang da behalten können … Oder hätte mich vielleicht jemand von euch rausgeholt?«

»Dass sie dich *so* lange festgehalten haben, das habe ich nicht geahnt«, murmelt Yuyan. Sie geht jetzt so dicht neben ihm, dass ihre Schultern sich immer wieder berühren.

»Und *wenn* du es geahnt hättest?«

»Keine Ahnung … Wahrscheinlich hätte ich dann auch nichts machen können.«

»So seh ich das auch. Heute morgen haben sie mir übrigens noch ihre Erkenntnis mit auf den Weg gegeben, dass ich es war, der die Party organisiert hat. Wahrscheinlich werden sie sich eine schöne Strafe für mich ausdenken.«

»Und für mich gleich mit.«

»Mach dir keine Sorgen. Den Hauptteil krieg auf jeden Fall ich ab.«

Die beiden Studenten sind jetzt am Ufer des Huangpu angekommen. Wie immer wimmelt es hier von Spaziergängern, die den lauen Abend genießen. Schweigend schauen sie ins dunkle Wasser.

»Ich hätte heute Nacht gerne noch ein bisschen länger mit dir getanzt«, sagt Yuyan schließlich.

Cui antwortet nicht.

»Oder bereust du schon alles, was zwischen uns war?« Yuyan schaut ihren Kommilitonen forschend an, aber Cui bleibt stumm.

»Ich muss zurück in die Uni«, sagt Yuyan schließlich.

»Klar, du gehst zurück in die Uni, und ich bleibe jenseits der Uni-Mauer. So wird es passieren«, sagt Cui.

Yuyan überquert die Uferstraße und biegt kurz darauf in die

hell erleuchtete Nanjing Road ein, wo sie Sekunden später im Gewühl der abendlichen Einkäufer verschwindet.

Die Nachtkontrollkommission hat es anscheinend eilig. Am Dienstag, gerade einmal vier Tage nach der verbotenen Dunkelparty, erscheint Zhuli in Yuyans Zimmer und fordert sie auf, mitzukommen.

Es ist kurz nach dem Mittagessen, die acht Studentinnen, die hier wohnen, sitzen noch an ihren Schreibtischen und unterhalten sich lautstark über die letzte Neuigkeit: Die Königin von England will dieses Jahr Shanghai besuchen! Vielleicht kommt sie sogar hierher zu ihnen, denn die Verkehrsuniversität ist eine der berühmtesten Hochschulen des Landes. Alle sind begeistert von der Vorstellung, einmal die britische Königin aus der Nähe zu sehen. Als Zhuli die Tür öffnet, herrscht sofort Stille. Keine der jungen Frauen wagt ein Wort zu sagen, als die Vizepräsidentin des Studentenausschusses Yuyan barsch zum Mitkommen auffordert. Yuyan steht wortlos auf und verlässt mit der Funktionärin das Zimmer.

Schweigend gehen die beiden über den Campus. Nach etwa einer Viertelstunde erreichen sie ein schönes, im westlichen Stil erbautes altes Haus, das Yuyan in den drei Jahren, die sie hier schon studiert, nicht ein einziges Mal betreten hat – ebenso wenig wie eines der drei ähnlichen Gebäude, die sich an das erste anschließen. Alle sind von Bäumen und großzügigen Grünflächen umgeben. Manchmal ist Yuyan bei einem Spaziergang hier vorbeigekommen und hat sich gefragt, ob in einem dieser villenähnlichen Häuser, die wahrscheinlich in den 20er Jahren von reichen Ausländern erbaut worden sind, der Rektor wohl sein Büro hat. Aber an keinem von ihnen hat sie jemals einen Hinweis auf seine Funktion entdeckt – nun weiß sie, warum. Die Sicherheitsabteilung der Universität zieht es vor, im Verborgenen zu arbeiten. Yuyan denkt, dass eines dieser Gebäude die Villa sein muss, in der Cui kürzlich eine Nacht lang verhört worden ist.

Sie wird in ein Zimmer geführt, in dem Meister Wang hinter einem Schreibtisch sitzt. Es scheint sein Arbeitszimmer zu sein. Zhuli erklärt Yuyan kurz, Wang sei der stellvertretende Leiter der Sicherheitsabteilung, er werde ihr ein paar Fragen stellen.

Gleich, nachdem Yuyan eingetreten ist, greift Meister Wang zum Telefon, als hätte er noch schnell etwas zu erledigen. Er ruft die Sanitätsstelle der Universität an, bittet eine Ärztin namens Chen, in sein Büro zu kommen. Yuyan weiß nicht, was sie davon halten soll. Sie betrachtet die Hände des Mannes vor ihr. Sie spürt wieder den Schmerz im Kiefer von seinem Schraubstockgriff. Einen Moment lang stellt sie sich vor, dass dieser Mensch ihren Körper mit bloßen Händen in fünf Stücke zerreißen könnte. Sie wendet ihren Blick ab.

Nach dem Telefonat zeigt Meister Wang mit dem Zeigefinger auf einen kniehohen Hocker, der drei Meter weit vom Schreibtisch entfernt steht. Yuyan setzt sich darauf. Zhuli hat schon an einem kleinen Teetisch zur Linken Platz genommen und ein Notizbuch aufgeschlagen.

Der Sicherheitsbeamte hat, nachdem er mit Zhuli ein paar freundliche Worte gewechselt hat, keine Höflichkeitsfloskeln mehr übrig für Yuyan. Übergangslos stellt er die erste Frage: »Willst du uns sagen, wer dich zu der Dunkelparty eingeladen hat?«

»Das war keine Dunkelparty. Nur der Strom war abgeschaltet, wie immer zu dieser Zeit. Dafür konnten wir nichts. Wir haben dann Kerzen angezündet«, sagt Yuyan.

»Gut. Dann warte ich noch ein bisschen auf die richtige Antwort.«

»Ich habe sie gerade gegeben«, sagt Yuyan. Zhuli schreibt still mit.

»Yuyan, du bist seit drei Jahren an der Universität, in einem Jahr bist du fertig und willst einen ordentlichen Arbeitsplatz bekommen. Du weißt, dass du dafür eine positive Akte vorlegen musst. Bis jetzt sind deine Papiere in Ordnung. Wenn das so bleiben soll, ist es besser, du arbeitest mit uns zusammen. Ich nehme an, wir verstehen uns?«

Yuyan nickt leicht.

»OK. Wie viele Kerzenlichter waren an?«

»Ich habe sie nicht gezählt. Aber es waren nicht wenige.«

»Keine einzige Kerze hat gebrannt, Fräulein Yuyan. Sagst du mir jetzt, wer der Organisator war?«

Yuyan errötet. Ihr Kopf sinkt ein bisschen tiefer. »Sie sind darüber bestimmt viel besser informiert als ich.«

»Wie habt ihr getanzt? Drei Frauen mit zwei Männern?«

»Ich habe auch allein getanzt. Wir haben alle manchmal allein getanzt.«

»Hattest du beim Tanzen sexuelle Kontakte?«

»Nein. Wenn ich tanze, dann tue ich nichts als tanzen.«

»Wir wissen, dass du zu einigen männlichen Studenten ziemlich intensive Kontakte pflegst«, sagt Meister Wang nun.

Yuyan schaut mit verächtlichem Blick zu Zhuli hinüber. Diese Art von Informationen kommen wahrscheinlich von ihr. »Das ist mir neu. Eigentlich dachte ich, ich hätte nur lockere Freundschaften.«

»Wie du willst.« Meister Wang steht abrupt auf und geht ins Nebenzimmer. Zhuli bleibt weiter an ihrem Platz und beäugt Yuyan lauernd. Ihr Blick erinnert an den eines Tigers, der die Bewegungen eines Schafs verfolgt. Nervös schlägt Yuyan die Beine übereinander und reibt sich die Finger, als wasche sie sich vorsichtig die Hände. Als Meister Wang nach ein paar Minuten immer noch nicht wiederkommt, fragt Yuyan Zhuli: »Was ist eigentlich mit meiner Handtasche?«

»Wenn wir sie nicht mehr brauchen, wirst du schon benachrichtigt.«

»Kann ich jetzt gehen?«

»Nein.«

»Ich habe heute nachmittags aber noch Unterricht.«

»Es dauert nicht mehr lange.«

Im Treppenhaus ertönen Schritte. Dann ist nebenan eine weibliche Stimme zu hören. Einige Momente später betritt eine Frau im weißen Arztkittel das Zimmer. Lächelnd begrüßt sie Yuyan, so, als wären sie alte Bekannte.

»Das ist Frau Dr. Chen. Sie möchte dich kurz untersuchen«, sagt Zhuli.

»Wieso untersuchen? Ich bin nicht krank«, erwidert Yuyan.

»Frau Dr. Chen wird dir alles erklären. Los jetzt!«

Yuyan senkt den Kopf und folgt der Ärztin ins Nebenzimmer, wo auf hohen Regalen unzählige vergilbte Akten stehen. Die Ärztin stellt drei Stühle so nebeneinander, dass sie eine Art behelfsmäßiger Liege bilden.

»Zieh die Hose aus und leg dich hin. Ich möchte einmal nachsehen, ob bei dir unten noch alles in Ordnung ist«, sagt die Ärztin in einem Ton, als rede sie von einem Schnupfen oder Husten.

»Wieso das denn?« Yuyan gibt sich Mühe, das Zittern zu verbergen, das sie bei diesen Worten überfällt, aber es gelingt ihr nicht ganz.

»Das fragst du am besten Meister Wang. Es geht ganz schnell, keine Angst. Ziehst du dich jetzt aus?«

»Ich bin nicht krank, mir geht es blendend«, sagt Yuyan mit schwacher Stimme. Sie schielt nach links und rechts, so, als suche sie einen Fluchtweg.

»Ich will nur mal eben nach deinem Jungfernhäutchen sehen. Ich habe die Tür abgeschlossen. Du brauchst keine Angst zu haben, dass jemand hereinkommt.« Die Ärztin zieht einen durchsichtigen Plastikhandschuh an und deutet mit dem Kinn auf die Stühle.

Yuyan rührt sich immer noch nicht. »Es gibt bei mir nichts zu untersuchen.«

»Letztes Jahr hatte ich auch einmal eine Studentin, die sich nicht untersuchen lassen wollte. Ein paar Monate später musste sie die Uni verlassen. Das willst du doch sicher nicht, oder?« Frau Chen schiebt Yuyan sachte zu den Stühlen. »Wer sich nicht untersuchen lässt, gilt als illegal entjungfert, verstehst du?«

»Ich weiß, dass ich noch Jungfrau bin.«

»Dann ist ja alles gut. Nur will Meister Wang es eben auch wissen. Lass uns jetzt anfangen, ja? Es tut nicht weh und ist auch gleich vorbei.« Frau Chen lächelt.

Yuyan zieht ihre Hose herunter. Sie macht dabei ein Gesicht, als ziehe sie ihre eigene Haut ab.

»Verkrampf dich nicht, sonst sehe ich nichts. Kannst du einen Spagat machen? So ist es gut. So, das war es schon.«

Während sich Yuyan anzieht, sagt die Ärztin: »Du hast kein Jungfernhäutchen mehr.«

Yuyan errötet, Tränen schießen ihr in die Augen, als hätte man ihr gerade gesagt, ihre Großmutter sei gestorben. »Sie müssen sich irren! Es liegt vielleicht bei mir ein wenig tiefer als bei anderen. Aber es ist bestimmt da!«

»Du brauchst dich nicht noch mal auszuziehen. Wenn es nicht da ist, find' ich es auch beim zweiten Mal nicht.« Frau Chen streift die Handschuhe ab und geht zur Tür.

Yuyan läuft hinter ihr her, die Hose mit einer Hand festhaltend. »Aber ich bin doch … Gibt es nicht noch eine andere Methode, Jungfräulichkeit nachzuweisen? Gehen Sie nicht, Sie müssen mich noch mal untersuchen!«

Frau Chen lacht. »Wenn du willst, kannst du noch einen Schwangerschaftstest machen. Aber dann musst du zu mir auf die medizinische Station kommen.« Sie macht die Tür auf, wendet sich aber noch einmal um. Ihre Stimme klingt jetzt weicher: »Manche Mädchen verlieren ihr Jungfernhäutchen auch einfach so. Ich werde das Meister Wang sagen.«

Yuyan hält sich am Türpfosten fest und starrt der sich entfernenden Ärztin hinterher. Alles verschwimmt um sie herum. Niemand, der vorbeigeht, achtet auf sie. Als Zhuli sie schließlich anspricht, zuckt sie zusammen: »Du kannst jetzt gehen.«

Yuyan setzt mechanisch ein Bein vor das andere und geht die breiten, marmornen Treppen hinunter. Zhuli schließt die Tür hinter ihr, aber Yuyan achtet nicht darauf. Sie geht aus dem schönen

Haus mit dem Gefühl, immer kleiner zu werden, bis sie nur noch die Größe ihrer Jungfernhaut hat, die in der Dunkelheit auf unerklärliche Weise verschwunden ist.

Draußen in der frischen Luft, das Gezwitscher der Vögel in den Ohren, kommt Yuyan langsam wieder zu sich. Sie hat nur einen Gedanken: Weg von hier! Irgendwohin, wo niemand sie zwingen kann, ihre Beine zu spreizen und wegen einer Kampagne ihre intimste Stelle zu zeigen. Nach Amerika! Zwei aus ihrer Klasse sind schon dort, einer ist nach Japan gegangen. Sie hatten ihr Studium auch noch nicht beendet und sind trotzdem gegangen. Die ganze Klasse war neidisch auf sie, auch sie selbst. Auch sie hat davon geträumt, nach Amerika zu gehen zum Studieren, aber ihre Eltern waren dagegen gewesen. Nun ist es ihr egal, ob die Eltern einverstanden sind oder nicht. Sie wird heimlich versuchen, in Amerika einen Studienplatz zu bekommen.

Im Mai wird Yuyan noch zweimal in die Villa zitiert. Im Juni sogar dreimal. Jedes Mal brennt die Sonne draußen, und jedes Mal hat die Studentin das Gefühl, dass Meister Wangs Zimmer eine Eiskammer ist. Die Fragen des Sicherheitsbeamten kreisen immer wieder um die Teilnehmer der Party und um ihre sexuellen Aktivitäten, so, als gäbe es in ihrem Leben nichts anderes. Yuyan versucht, sich in Schweigen zu hüllen. Aber Meister Wang zwingt sie immer wieder in Situationen, in denen sie sich verteidigen muss. Es ist wie beim ersten Mal, als sie ihren Mund geschlossen halten wollte und er ihr einfach den Unterkiefer herunterdrückte.

Mitte Juni, zwei Tage vor der Klausur in Höherer Mathematik, wird Yuyan zum letzten Mal in die Villa gerufen. Beim Eintreten in das Büro des Meisters fängt sie wieder an zu zittern. Diesmal ist Zhuli nicht dabei. Yuyan und Meister Wang sind allein.

Meister Wang sitzt an seinem Tisch und raucht. Er trägt eine unscheinbare dunkelblaue Kitteljacke. Wenn er so auf der Straße stünde, würde Yuyan ihn für einen einfachen Maschinenarbeiter oder einen Straßenfeger halten. Aber nach den bisherigen Begegnungen empfindet sie nur noch blanke Angst vor diesem Mann. Sie vermeidet es, ihn anzusehen, wenn sie spricht.

Yuyan beteuert, mit niemandem ein Verhältnis zu haben, auch nicht mit Cui.

»Du wurdest zwei Mal gesehen, als du nachts mit ihm allein spazieren gegangen bist. Nach unseren Informationen hattest du illegalen Körperkontakt mit ihm. Dein Präservativ war in erster Linie für ihn gedacht.«

»Es kann ja sein, dass wir zusammen gesehen worden sind, wenn wir abends den gleichen Weg vom Unterrichtsgebäude zum Studentenwohnheim hatten. Aber allein spazieren gegangen sind wir nie«, widerspricht Yuyan.

»Ich habe dich nicht um eine Erklärung gebeten. Auf der Dunkelparty hast du eine Hauptrolle gespielt. Vor Beginn der Party hast du die anderen mehrmals aufgefordert, ihre Kleider aufzuknöpfen. Du hast sogar einen Studenten ermuntert, deine Schuhe auszuziehen und deine Füße anzufassen, als das Licht noch an war. Wir wissen, dass dieser Student später durchs Fenster abgehauen ist. Es hat ihm natürlich nichts genützt.«

Yuyan verstummt vor Entsetzen. Wer hat Meister Wang so ausführlich unterrichtet? Meimei? Die war in der Nacht schon so brav und fügsam gewesen. Jetzt kann auch sie selbst nicht mehr einfach abstreiten, was gewesen ist.

»Wir sind sehr genau im Bilde über dich und deinen Lebenswandel. Nur eines möchte ich jetzt noch wissen. Von deiner Antwort hängt es ab, ob du vielleicht doch noch an der Universität bleiben kannst.«

Yuyan erstarrt. Dass sie wegen ihrer Teilnahme an der Dunkelparty sogar die Uni würde verlassen müssen, hat sie bisher nicht gedacht. Nur noch wie aus weiter Ferne hört sie Meister Wang fragen, wann sie zum ersten Mal intimen Kontakt zu Cui hatte. Ihre Antwort kommt automatisch, wie ohne ihr Zutun: »Wir hatten noch nie intimen Kontakt.«

Der Sicherheitsbeamte steht auf, geht zum Fenster und schaut eine Weile hinaus. Yuyan hat er dabei den Rücken zugewandt. Als er sich schließlich wieder umdreht, mustert er die junge Frau einige Momente lang wortlos, wendet sich wieder ab und sagt: »Wie du willst.«

»Bitte lassen Sie mich an der Universität bleiben«, fleht Yuyan. »Ich werde nie mehr an einer Dunkelparty teilnehmen. Ich schwöre es Ihnen.«

Meister Wang atmet hörbar durch. »Also gut, dann noch einmal: Wann hattet ihr den ersten illegalen Körperkontakt?«

»Ich weiß es nicht. Ich kann mich nicht erinnern. Ich bereue alles. Ich werde den Kontakt zu Cui abbrechen. Ich will eine gute Studentin werden. Bitte lassen Sie mich hierbleiben!« Yuyan schluchzt nur noch.

»Na bitte«, sagt Meister Wang mit Genugtuung, »das klingt doch schon viel besser. Hier ist ein Blatt Papier. Schreib auf, wann und wo du deinen ersten intimen Kontakt mit Cui hattest, dann sehen wir weiter.« Er führt Yuyan in ein kleines Zimmer nebenan und lässt sie allein.

Als er zwei Stunden später wieder hereinkommt, achtet Yuyan nicht auf ihn. Angestrengt und zugleich mit leerem Blick starrt sie vor sich hin und kaut auf den Fingernägeln ihrer linken Hand. Ihre Rechte liegt auf der Tischplatte, die Fingerkuppen sind blutig, und auch das weiße Blatt, das Wang ihr für ihr Geständnis gegeben hat, ist blutverschmiert. Geschrieben ist darauf nichts.

Der Sicherheitsbeamte zögert einen Moment, dann öffnet er die Tür und bedeutet Yuyan mit einer Kopfbewegung, dass sie gehen kann.

Zwei Tage später befindet Yuyan sich immer noch wie in Trance. Sie nimmt an einer Klausur in Höherer Mathematik teil, einem Fach, in dem sie bisher immer gute Noten hatte. Dieses Mal fällt sie durch. Cui, hat sie bemerkt, war bei der Prüfung nicht einmal anwesend.

Mitte Juli, nach dem Ende aller Prüfungen, findet wie üblich die Universitätsversammlung statt. Es ist der letzte Tag vor den Ferien, auf dem Sportplatz stehen einige Tausend Studenten, die ihr vierjähriges Studium absolviert haben. Der Direktor und der Parteichef der Universität gratulieren ihnen und wünschen ihnen einen guten Start ins Berufsleben. Zhuli, die ebenfalls ihr Studium beendet hat, vertritt alle Absolventen und hält eine Dankesrede. Der Parteichef gibt ihr die Hand und gratuliert ihr persönlich dazu, dass sie nun, nach dem Abschluss des Studiums, die Stelle der Vorsitzenden des kommunistischen Jugendverbandes an der Universität einnehmen wird.

Die zweite Hälfte der Versammlung ist der Kampagne gegen geistige Verschmutzung gewidmet. Der zweite stellvertretende Parteichef und die Vizepräsidentin des Studentenausschusses berichten in ihren Reden von dem Verlauf der Kampagne und besonders von der erfolgreichen Beendigung zweier Dunkelpartys, die man für die »Verschmutzung des Geistes« verantwortlich macht und die seit einiger Zeit an der Universität immer beliebter zu werden scheinen.

Als Letzter tritt der fünfte stellvertretende Direktor ans Rednerpult und kündigt Strafmaßnamen gegen Partys ohne Beleuchtung an. Außerdem gibt er bekannt, dass dem Poeten, Yuyan und zwei weiteren Studenten, die ebenfalls an einer Dunkelparty teilgenommen haben sollen, ein Verweis erteilt wird. Cui wird als Initiator vom weiteren Studium ausgeschlossen, sein »unreines und niederträchtiges« Verhalten einigen Studentinnen gegenüber wird verurteilt. Meimei und Tingting werden nicht erwähnt.

Als Yuyan von ihrem Strafmaß hört, fällt ihr ein Stein vom Herzen. Im Gegensatz zu Cui darf sie immerhin weiter studieren. Meister Wang hat seine Drohung doch nicht wahr gemacht. Zu der Mischung aus Angst und Hass, die sie diesem Mann gegenüber empfindet, kommt nun auch ein wenig Dankbarkeit.

Yuyan dreht sich nach Cui um, der nicht weit von ihr entfernt steht. Sein Gesicht ist völlig reglos, so, als hätte er nichts von der Strafe vernommen, die man gegen ihn verhängt hat.

Während sie sich umschaut, spürt sie die kalten, herabwürdigenden Blicke ihrer Kommilitonen. Die Erleichterung, die sie eben noch empfand, weicht einem Gefühl der Erniedrigung. Während sie nach der Versammlung noch unschlüssig auf dem Sportplatz steht und nach Cui Ausschau hält, stürzen die anderen vergnügt in Richtung Mensa. Eine athletisch aussehende Studentin nähert sich Yuyan. Plötzlich bleibt sie vor Yuyan stehen, starrt ihr zwischen die schlanken Beinen und spuckt kräftig vor ihr auf den Boden. Yuyan fährt zusammen.

Als sich der Sportplatz leert, kehrt Yuyan ins Studentenwohnheim zurück. Ihre Mitbewohnerinnen scheinen sich noch in der Mensa aufzuhalten. Yuyan spannt ihr Moskitonetz auf und legt sich ins Bett.

Am Nachmittag herrscht Aufbruchstimmung. Die einen bereiten sich auf die große Party vor, die für den Abend vom Studentenwerk organisiert wurde, andere packen für die Rückreise in die Heimat ihre Sachen zusammen. Es ist ein ständiges Kommen und Gehen, Lachen und Palavern. Doch niemand redet über Yuyan. Ihre Zimmergenossen verlieren kein Wort über das eben gefällte Urteil. Es ist, als existiere sie nicht mehr. Währenddessen unterhalten sich die Studentinnen lebhaft über einen Kommilitonen, der nach den Ferien nicht in die Universität zurückkehren wird, weil er einen Studienplatz in den USA erhalten hat. Bisher war er niemandem besonders aufgefallen, er hatte immer nur durchschnittliche Noten gehabt und sah auch nicht besonders gut aus. Aber seine Verwandten in Los Angeles haben ihm eine Bürgschaft besorgt, die er für das Studium in Amerika braucht, und ihm damit den Weg in die Neue Welt geebnet.

Yuyan liegt eingehüllt und still in ihrem Bett, so, als hätte sie mit alledem nichts zu tun. Auch für sie kommt die Neuigkeit von dem Glück ihres Kommilitonen überraschend. Aber irgendwie macht sie ihr auch Mut. Wenn er den Schritt ins Ausland schafft, dann wird dieser auch ihr gelingen, umso mehr, als ihre Noten deutlich besser sind als seine.

Gegen Abend wird es langsam ruhiger um sie, und irgendwann sind alle Zimmergenossen zur Uni-Party oder zum Feiern zu Freunden gegangen. Nur Yuyan bleibt im Dunkeln zurück. Tränen fließen ihr über das Gesicht.

Je mehr sie weint, desto stärker spürt sie die Sehnsucht, in ein anderes Land zu gehen, weit weg von allen Schmähungen und Anklagen. Auch sie will in die USA. Und sie glaubt fest daran, dass sie ein Stipendium erhalten wird. Dass sie sich ohne die Hilfe ihrer Eltern wird durchschlagen können. Viele andere Studenten haben es bereits geschafft.

Yuyan entschließt sich, von jetzt an nur noch dieses Ziel zu verfolgen: einen Studienplatz in den USA. Als sie sich vorstellt, wie ihr Flugzeug in Shanghai abhebt, um sie in das fremde Land zu tragen, versiegen ihre Tränen. Mit salzigen Augen fällt sie in einen unruhigen Schlaf. Im Traum ist sie vor einem schönen Unbekannten, der an Jade erinnert, auf der Flucht. Sie wacht auf und sucht eine Erklärung dafür. Doch sie kann keine finden.

Du bist der mächtigste Mann unserer Stadt

Auf einem weißen Marmortisch türmen sich frische Meeresfrüchte zu einem Hügel. Um ihn herum sitzen sechs Männer und zwei Frauen, die damit beschäftigt sind, sich die delikaten Bissen mit Stäbchen in den Mund zu schieben. Die meisten von ihnen können dabei kaum die Augen von ihrer Gastgeberin lassen, der Schauspielerin Li Koukou, einer außergewöhnlich schönen Frau in extravaganter Aufmachung.

Vor einer Stunde ist »Koukous Fashionshop« in Xiamen eröffnet worden. In der Abendsonne hat Han Tai, der stellvertretende Bürgermeister der Stadt, das rote Band am Eingang durchgeschnitten und dann der ungeduldig drängelnden Menge Platz gemacht. Während die Besucher in das Geschäft strömten, sind die Prominenten in ihre Autos gestiegen und zum Fünf-Sterne-Hotel »Goldenes Tor« gefahren, um mit Li Koukou die Eröffnung zu feiern. Einer der Gäste, eine Auster schlürfend, fragt in diesem Moment: »Und? Was sind deine Verkaufsschlager?«

Die Augen von Koukou funkeln wie zwei Sterne. »Kommt ganz darauf an, was du meinst. Meine Filme oder die Kosmetikserien? Oder die Kreationen der Gourmet-Köche in meinen Restaurants?« Einige Gäste beginnen zu lachen. »Also, wenn dich Klamotten interessieren, da kann dir meine Geschäftsführerin weiterhelfen ...« Koukou deutet mit dem Kinn auf eine Frau, die ihr gegenüber sitzt.

»In Peking und Shanghai werden uns Tops und Miniröcke regelrecht aus der Hand gerissen«, antwortet diese. »Hier bei euch, schätze ich, werden wir sicher unsere Sommerkollektion gut verkaufen, bei dem tropischen Klima.«

»Also nichts dabei für die Männer?« Han Tais Bemerkung ruft heiteres Gelächter hervor. »Allerdings – unter den Frauen sind auch einige, bei denen man vom bloßen Hingucken Kopfschmerzen bekommen könnte. Diese ganzen Omas, die am hellichten Tag in ihren schlampigen Hausanzügen durch die Gassen schlurfen. Ausländische Touristen gaffen ihnen hinterher, und diese Weiber merken es nicht einmal ...«

»Na, erst sollen mal die Jungen und Schönen noch jünger und schöner werden, irgendwann werde ich dann auch eure Omas herausputzen«, sagt Koukou mit einem siegesgewissen Lächeln. Dann wendet sie sich Han zu: »Sag mal, was ist eigentlich in deinen Finanzamtsleiter gefahren? Der kläfft dauernd wie ein Hund hinter mir her. Er wird von Jahr zu Jahr penetranter. Kannst du diesen Irren nicht mal ein bisschen bremsen?«

Han dreht sich um, sein leeres Glas in der Hand, und versucht, eine Kellnerin zu entdecken. Aber in dem separaten Gastraum ist die Gesellschaft unter sich. Einer der Gäste steht auf und holt einen Kellner heran. Als Hans Glas wieder gefüllt ist, lehnt er sich zurück und zwinkert Koukou zu. »Nun, soweit ich weiß, bellt Sun Suoyi zwar laut, er hat dich doch aber noch nie zwischen seine Zähne gekriegt. Er reibt sich halt ein bisschen an dir.« Han Tai grinst. Einige der Männer lachen vielsagend.

»Das fehlte noch!« Koukou schüttelt sich. »So was Geschmackloses kann auch nur dir einfallen. Na ja, irgendeinen Grund muss es ja haben, dass diese Bande hündischer Typen, die du deine Mitarbeiter nennst, dir so ergeben sind, nicht wahr?«

»Hündisch! Genau! Wie der Protagonist in deinem neuen Film!« erwidert Han. »Der Typ ist doch auch ziemlich hinter dir hergehechelt, nicht ...?«

»Der war doch nur ein besserer Statist. In Koukous Filmen spielt nur eine die Hauptrolle, und das ist Koukou«, fügt ein anderer hinzu.

Jedem am Tisch fällt nun etwas dazu ein. Die Diskussion wird lebhaft, und bald werden Koukou sämtliche Filme und Bühnenauftritte besprochen. Es wird gelacht und gescherzt.

Nach einer Weile steht Han auf und geht zur Toilette. Er ist gerade dabei, sich in einer der Kabinen zu erleichtern, als jemand in die Nachbarkabine tritt und durch den Spalt zwischen Fußboden und Seitenwand einen Teller zu ihm hinüberschiebt. Darauf liegt ein weißer Briefumschlag. Schritte entfernen sich.

Han öffnet den Brief. Ein kleines orangefarbenes Sparbuch rutscht in seine Hand. Jemand hat unter dem Namen seiner Frau Mei Lan ein Konto eröffnet und zwanzigtausend Yuan eingezahlt. Das entspricht etwa drei Jahreslöhnen einer Textilarbeiterin. Zwischen den Seiten liegt ein Zettel. »Saal 6016« steht darauf.

Han, als Kader und Gourmet häufiger Gast bei allerlei Banketten, kennt jeden der prachtvoll ausgestatteten Säle in diesem Hotel. Besonders den Speisesaal 6016, der den distinguiertesten Besuchern vorbehalten ist, hat er noch gut in Erinnerung: Vor drei Jahren wurde seine Ernennung zum zweiten Bürgermeister in eben diesem Saal gefeiert. Als er die Tür aufstößt, ist diesmal allerdings von Feierlichkeit nichts zu spüren. Ein Mann sitzt im Halbdunkel an einem der leeren weißen Marmortische, den Kopf in die Hand gestützt. Als er Han sieht, springt er auf und eilt mit ausgestreckten Armen auf ihn zu.

»Na endlich!« ruft er und schüttelt Hans Hand so kräftig, als wollte er sie abreißen.

Es ist Zhu Zhaohai, der Besitzer des »Goldenen Tors«.

»Jetzt verfolgt ihr mich schon bis zur Toilette.« Han lässt das Sparbuch auf einen Tisch unweit der Tür fallen. Zhu versucht zu lächeln, aber ihm gelingt nur eine Grimasse. »Entschuldige. Ich wusste mir einfach nicht anders zu helfen. Seit Tagen renne ich schon hinter dir her, aber du hast mich nie angehört.« Aus kleinen geröteten Augen wirft er Han einen erschöpften Blick zu. »Mein Bruder«, stößt er dann hervor. »Mein Bruder ist festgenommen worden!« Er sieht Han verzweifelt an.

»Aber bitte, setz dich doch erst mal!« fügt er dann hinzu und schiebt Han einen Stuhl zu.

Han Tai klaubt aus einer roten Schachtel eine Zigarette und wirft die Packung auf den Tisch. »Großes China« steht darauf. Er setzt sich. Zhu zückt eilfertig ein goldenes Feuerzeug und Han Tai nimmt einen tiefen Zug aus der Zigarette. Langsam stößt er den Rauch durch die Nase wieder aus.

»Und was hab ich damit zu tun?« fragt er schließlich.

»Han, lieber Freund, ich brauche dringend deine Hilfe.«

»Warst du nicht vorgestern auch schon bei Oberbürgermeister Gui?«

Zhu nickt und lässt sich auf einen Stuhl sinken. »Schon, aber er ... er hatte Angst. Er wollte mir nicht helfen.«

»Und Sekretär Peng? Hatte der auch Angst?«

Zhu macht ein bitteres Gesicht: »Han Tai, was soll ich dir sagen? Ich war überall, kein Mensch wollte mir helfen. Niemand will sich für meinen Bruder einsetzen.«

»Wenn du so ein Geschrei um die Sache machst, brauchst du dich nicht zu wundern, wenn keiner sich die Finger verbrennen will. Das hättest du eigentlich wissen müssen.«

»Ich hab' die Nerven verloren. Das alles hat mich wie ein Blitz aus heiterem Himmel getroffen.«

Han blickt auf die Hände des jungen Mannes, die nervös an der Tischkante pulen. »Du kannst froh sein, dass wir hier nicht in der Stadtverwaltung sind. Mein Sekretär hätte dir die Tür vor der Nase zugeschlagen.«

»Han.« Zhu ignoriert die letzte Bemerkung und schiebt das Sparbuch über den Tisch. »Du bist der mächtigste Mann unserer Stadt. Du bist der einzige, der ihn noch retten kann.«

Han Tai bläst einen blauen Ring in die Luft und schaut zu dem großen Fenster hinaus. Er sieht ein paar Palmen und das Südmeer. An der Küste gehen Seidenreiher spazieren. Sonst sieht er nur Wasser. Irgendwo dahinter muss Taiwan sein. Doch die sogenannte »abtrünnige Provinz« ist zu weit weg, als dass

Han von hier aus auch nur eine Bergspitze von ihr erblicken könnte.

»Und wie genau hast du dir das vorgestellt?« fragt er dann.

»Du kannst dafür sorgen, dass mein Bruder aus der Haft entlassen und die Sache nicht an die große Glocke gehängt wird. Und wenn mein Bruder wieder auf freiem Fuß ist, je eher, desto besser, werde ich dir einen weiteren Betrag zukommen lassen.«

»Deinem Bruder werden Markenpiraterie, Schmuggel in großem Stil und Schleuserei zur Last gelegt. Er kann zum Tode verurteilt werden. Ist dir das nicht klar?«

»Doch ... Natürlich. Eben drum.« Zhu Zhaohai stöhnt. »Ich kann mir einfach nicht denken, wer ihm das anhängen möchte. Ich glaube, dass einer seiner Konkurrenten ihn aus dem Weg schaffen will.« Zhu steckt sich nun auch eine Zigarette an. Marke »Roter Pagodenberg«.

»Du willst mir also weismachen, dass dein Bruder keine Ahnung hatte von den Computern und Fernsehern – allesamt ohne Logo, wohlgemerkt –, die auf seinen Schiffen gefunden wurden?« fragt Han.

»Das kann doch eine Verschwörung sein!«

»Eine Verschwörung?« Han sieht ihn spöttisch an. »Ich verrate dir noch etwas: Die Behörden da drüben«, er deutet mit der Zigarette aufs Meer, »haben uns mitgeteilt, dass dein Bruder Mitglied einer Schlepperbande ist. Hunderte sollen sie von hier aus nach Taiwan geschleust haben. Aber ich nehme an, dass er von dem mit Flüchtlingen vollgestopften Container auf seinem Schiff auch nichts wusste?«

Zhu Zhaohai streicht sich nervös über die Stirn. »Jemand muss ihn reingelegt haben.«

Han drückt die Zigarette aus, lässt das Sparbuch über den Marmortisch zu Zhu Zhaohai gleiten und steht auf.

»Nein, geh nicht, Bürgermeister Han.« Zhu Zhaohai springt auf und legt Han Tai die Hand auf die Schulter. »Bitte, hilf mir. Denk an das großartige Bankett zu deinem Amtsantritt hier in diesem Saal. Du weißt doch, dass du immer auf mich ...« Zhu bricht ab, als er sieht, dass Han nicht mehr zuhört.

»Na, gut. Was ist schon Wahrheit?!« sagt er schließlich. »Ich will nur, dass mein Bruder so schnell wie möglich rauskommt. Sag mir deinen Preis.«

Han biegt den Daumen seiner rechten Hand nach innen und hält seinem Gegenüber die anderen vier Finger entgegen.

»Vierzigtausend Yuan?«

Han dreht sich um und geht auf die Tür zu.

»Vierhunderttausend!?« Zhu Zhaohai reißt erschrocken die Augen auf.

»Die Sache ist für mich nicht ohne Risiko«, meint Han trocken. »Du hast doch gesehen, dass sich keiner für deinen Bruder zu weit aus dem Fenster lehnen will. Aber wenn du nicht willst ..., mir ist das egal.«

Zhus Gesicht verwandelt sich in eine Grimasse des Schmerzes, als schnitte ihm jemand ein Stück Fleisch aus dem Leib. Aber sie dauert nur einige Sekunden, dann streicht er sich die Wangen glatt und holt tief Luft. »Das ist ein hoher Preis. Aber ich werde ihn zahlen. Ich verlange dafür die Freilassung meines Bruders innerhalb von drei Tagen. Und die Ermittlungen werden eingestellt.«

Han will etwas sagen, aber Zhu spricht hastig weiter. »Ich bin noch nicht fertig. In drei Monaten findet die Messe für Informations- und Kommunikationselektronik statt. Sämtliche Veranstaltungen der Stadtverwaltung während der Messe werden hier stattfinden. Und eure Gäste werden in meinem Hotel übernachten.«

»Übertreib jetzt nicht, ja? Den Zeitpunkt der Freilassung musst du schon mir überlassen. Der Fall hat schon zu weite Kreise gezogen ...«

»Für dich ist das doch eine Kleinigkeit«, erwidert Zhu trotzig.

»Und was die Messe betrifft«, fährt Han unbeirrt fort, »darüber brauchst du dir keine Sorgen zu machen. Ich hatte ohnehin vor, deinen ausgezeichneten Service wieder in Anspruch zu nehmen. Aber ich mache dir einen Vorschlag: Ich werde ein Jahr lang dafür sorgen, dass alle Gäste der Stadtverwaltung hier bei dir untergebracht werden. Bist du damit einverstanden?«

Zhus eben noch finster zusammengezogenen Augenbrauen entspannen sich. Die beiden Männer taxieren sich abwartend. »Einverstanden«, sagt Zhu schließlich und streckt die Hand aus.

Als Han zu seinem Tisch zurückkehrt, steht in einer Ecke ein Gast vor einem Mikrofon. Es ist der Geschäftsführer der Handyfabrik in Xiamen. Er singt. Auf einem Monitor wird der Text des Schlagers eingeblendet, den »Mr. Nokia« gerade in rührendem Tenor zum Besten gibt. Als er Han sieht, haucht er einen Satz ins Mikrofon, der nicht zum Text gehört: »Du gingst in eine falsche Tür hinein und kamst nicht mehr heraus. Und ich dachte, du hast mich vor der Tür vergessen.«

»Och, du armes Häschen«, meint einer der Gäste. »Dann komm doch zu mir, ich werde dich trösten.«

Die anderen lachen und klatschen. Die Stimmung ist bestens.

Koukou zieht einen Schmollmund, als Han sich wieder neben sie setzt. »Wo warst du die ganze Zeit? Hast du jemanden getroffen, dessen Gesellschaft dir lieber ist als die meine?«

»Kann es so jemanden überhaupt geben?« Han sieht auf. »Ich bin und bleibe dir treu«, fügt er lachend hinzu. Koukou verzieht das Gesicht und lacht dann auch.

Nach langem Zureden der Anwesenden steht auch Han schließlich auf und geht zum Mikrofon. Er zwinkert Koukou zu und beginnt zu singen: »Ich bin eine Flamme.« Alle kennen diesen Schlager. Sie klatschen den Takt mit und fallen beim Refrain lautstark mit ein. Es ist ein imposanter Auftritt und Han erhält stürmischen Beifall.

Bald darauf lässt er seinen Chauffeur rufen und verabschiedet sich von den Anwesenden. Koukou steht auf, um ihn zum Eingang des Hotels zu begleiten. Auch die anderen erheben sich jetzt und schlendern gemächlich zur Tür. Als Han und Koukou durch den langen Flur zum Treppenhaus gehen, kommt eine Kellnerin im Laufschritt hinter ihnen her. »Frau Li, die Rechnung!« Li Koukou zieht eine Augenbraue hoch und mustert sie von oben bis unten. »Sie sind wohl Ihren ersten Tag hier, hm?« sagt sie kühl. »Sie sollten eigentlich wissen, dass die Rechnung auf mein Zimmer geht.« Die Kellnerin wird rot, dreht sich um und geht mit eiligen Schritten den Gang zurück. Kurz darauf werden Koukou und Han von einem jungen Mann in einem eleganten Anzug eingeholt.

»Entschuldigen Sie, Frau Li. Ich bin der Geschäftsführer des Restaurants. Dürfte ich Sie einen Moment sprechen?«

»Sprechen?« Koukou ist nun ernstlich verärgert, sie dreht sich abrupt um und sieht dem Mann streitlustig in die Augen. »Sie wollen mich sprechen, ja? Was glauben Sie, wie viele Leute mich ›sprechen‹ wollen, hm?« Sie mustert ihn vom Kopf bis zum Fuß. »Vereinbaren Sie einen Termin mit meinem Manager, wenn Sie mich sprechen wollen. Ist das klar?!«

»Entschuldigen Sie bitte, aber ... die Rechnungen der letzen beiden Jahre sind noch offen«, sagt der Mann schwach und versucht, mit ihr Schritt zu halten. »Könnten Sie nicht wenigstens diese Rechnung sofort begleichen?«

»Die Rechnung geht auf mein Zimmer, wie immer. Wenn Ihnen das nicht passt, wenden Sie sich an den Hotelbesitzer.«

Sie stehen nun vor der Glastür zum Treppenhaus. Schließlich sagt Han Tai zu dem Manager: »Unsere Stadt kann sich glücklich schätzen, einen Gast wie Frau Li empfangen zu dürfen. Tun Sie also, was sie Ihnen gesagt hat.«

Der junge Mann zögert. Dann verbeugt er sich. »Entschuldigen Sie bitte die Störung, Bürgermeister Han.« Er dreht sich um und geht den Gang zurück.

»Dieser unverschämte Tellerträger! Für wen hält der sich?« schimpft Koukou ihm laut hinterher.

Im Treppenhaus sind die beiden allein.

»Han?« Koukou zaubert von irgendwoher ein Lächeln auf ihr Gesicht. »Was ist nun mit Sun Suoyi?«

»Was soll mit ihm sein?«

Sie sieht ihn von der Seite an. »Was mit ihm sein soll? Er soll aufhören, mich mit seinen Steuerforderungen zu nerven! Ich investiere seit acht Jahren in der Stadt und der neue Laden hat mich ein kleines Vermögen gekostet. Das allerdings scheint diesen Bluthund nicht zu interessieren!«

»Na, na – deine Videoläden und der Filmverleih laufen doch gut. Da ist er natürlich scharf auf ein bisschen Gewerbesteuer.«

»Ein bisschen hätte mich auch nicht gejuckt. Ich meine, der Mann kann noch nicht mal rechnen! Er greift irgendeine Zahl aus der Luft, sechs Millionen, um genau zu sein, und rechnet jedes Jahr eine weitere Million dazu. Ich bitte dich! Andere Städte reißen sich um mich. Die hetzen mir nicht die Steuer auf den Hals, die wissen, was sie an mir haben.«

»Koukou! Ich habe schon getan, was ich konnte. Ich kann den Mann nicht ewig hinhalten«.

»Aber er ist doch Parteimitglied. Wer in der Partei ist, frisst seinem Vorgesetzten aus der Hand. Und eins kannst du ihm sagen: Ich hätte sicherlich nicht meinen fünften Laden in dieser Stadt eröffnet, wenn du mir nicht diese Steuervorteile versprochen hättest.«

»Schon gut. Ich versuch' noch mal, mit ihm zu reden.«

»Wirklich? Hältst du ihn noch ein bisschen zurück?« Koukous Lächeln wird noch strahlender als zuvor. »Ich wusste, dass ich mich auf dich verlassen kann.« Sie tritt nah an ihn heran. Zunächst denkt Han, dass sie ihm etwas in die Hemdtasche stecken will, einen zusammengefalteten Scheck vielleicht, und für den Bruchteil einer Sekunde flackert in seinen Augen ein eigentümliches Licht auf. Aber schon im nächsten Augenblick erlöscht es – die zarten Hände von Li Koukou sind leer. Sie umfasst langsam seinen Arm und drückt ihn sanft. Es ist eine zärtliche, fast erotische Berührung. Han begreift, dass dies der einzige Dank für seine Intervention beim Finanzamt sein soll. Mehr wird für ihn nicht dabei herausspringen. Enttäuscht weicht er ein kleines Stück zurück.

Koukou ist das recht. »Ich geh' nicht mit ins Foyer. Du weißt, die Autogrammjäger.« Sie blinzelt ihm zu und dreht sich auf ihren hochhackigen Schuhen um. »Wir sehen uns spätestens auf der Messe! Sie wird bestimmt wieder ein Riesenerfolg.« Dann geht sie mit grazilen Schritten davon.

Drei Tage später gelangt das orangefarbene Sparbuch wieder in Han Tais Hände. Ein neuer Eintrag bestätigt die Einzahlung von einhundertachtzigtausend Yuan. Auf dem Konto ist nun die Hälfte der mit Zhu vereinbarten Summe eingegangen. Han gibt das Büchlein seiner Frau und bittet sie, das Geld in kleinen Mengen bei verschiedenen illegalen Wechselstuben in US-Dollar umzutauschen.

Die Festnahme des Reedereibesitzers Zhu Zhaobang hat unter den Unternehmern in Xiamen für Unruhe gesorgt. Einige werfen der Stadtregierung vor, eine neue Kampagne gegen Privatunternehmen zu lancieren, was diese vehement abstreitet.

Um die weitere Vorgehensweise zu besprechen, trifft sich Han mit Peng Kuaili, dem Sekretär des Parteikomitees von Xiamen. Peng ist der erste Mann der Partei in der Stadt, und Han Tai ist sein Schützling.

Han erklärt seinem Ziehvater, dass die Inhaftierung Zhu Zhaobangs Investoren abschrecken und sie veranlassen werde, ihr Geld anderswo hinzutragen. Dringend benötigte Einnahmen gingen der Stadt auf die Weise verloren. Peng weist daraufhin die Staatsanwaltschaft und die Polizei an, sofort die Freilassung des Reedereibesitzers in die Wege zu leiten. Die Staatsanwaltschaft antwortet umgehend: Noch sei ihr der Fall nicht gemeldet worden, die Verantwortung liege bei der Polizei.

Nach drei Tagen befindet sich Zhu Zhaobang immer noch in Untersuchungshaft. Er habe, so die Polizei, bei den Verhören widersprüchliche Aussagen gemacht, es seien daher weitere Verhöre unerlässlich.

Han Tai wird klar, dass nur Kai Xuan, der neue Leiter der Kriminaldirektion, hinter dieser Verhaftung stecken kann. Offenbar möchte er seine bisher klägliche Bilanz in der Bekämpfung von Wirtschaftskriminalität aufpolieren.

Allzuviel kann er allerdings nicht gegen Zhu Zhaobang in der Hand haben, das weiß Han. Die Razzia am Hafen wurde auf einen anonymen Hinweis hin durchgeführt, und dass Zhu Zhaobang von der Schmuggelware und den Flüchtlingen auf seinen Schiffen wusste, das muss ihm erst noch nachgewiesen werden. Die Durchsuchung der Geschäftsräume hat jedenfalls bisher nichts ergeben.

Han greift zum Telefon. Er setzt sich mit dem Leiter des Kulturressorts in Verbindung. Der wiederum ruft zwei Journalisten an. Am folgenden Tag erscheint in der Lokalzeitung ein Bericht über die Festnahme. Darin heißt es, die Polizei sei Informationen dubioser Herkunft gefolgt und habe Unschuldige festgenommen. Die wahren Verantwortlichen, die Drahtzieher des Schmuggelrings, vermutlich ohnehin Personen aus einer anderen Provinz, seien weiterhin auf freiem Fuß und betrieben ihre Geschäfte unbehelligt über andere Routen weiter. Ein weiterer Artikel erscheint in der Wirtschaftszeitung. Er befasst sich eingehend mit den Verdiensten Zhu Zhaobangs um die Stadt und mit der Bedeutung, die sein Unternehmen für die Region hat. Zhu sei ein redlicher Geschäftsmann. Stehe nicht vielmehr zu vermuten, dass er Opfer einer Verschwörung geworden ist?

Beide Artikel landen auf dem Tisch des Oberbürgermeisters Gui Gu, der gerade von einer Kur zurückgekehrt ist. Er lässt sich sofort mit Kai Xuan verbinden und fordert ihn auf, dieser Sache möglichst schnell ein Ende zu bereiten. Kai jedoch bleibt hartnäckig. Er sei mittlerweile einer Strohfirma auf die Spur gekommen, die mit Zhu Zhaobang in Verbindung stehe. Lasse man den Verdächtigen jetzt wieder laufen, bestünde »Verdunklungsgefahr«.

Drei Tage später wird der stellvertretende Bürgermeister Han frühmorgens vom Klingeln des Telefons aus dem Schlaf gerissen. Am anderen Ende der Leitung ist Zhu Zhaohais heisere Stimme.

Sie sagt: »Ein Schiff meines Bruders ist in der Nacht gestohlen worden.«

»Wie? Von wem?« Han Tai ist sofort hellwach.

»Woher soll ich das wissen? Vermutlich von denjenigen, die auch versuchen, ihm diese Sache da unterzuschieben.«

»Hast du dafür irgendwelche Indizien oder Beweise?«

»Woher, bitte, soll ich Beweise haben? Das Schiff ist weg, oder?« Zhus Stimme klingt gepresst. »Die Hafenpolizei jedenfalls gibt mir keinerlei Auskünfte.«

»Dann nimm doch das Umfeld deines Bruders genauer unter die Lupe, insbesondere seine Manager und Berater!«

»Nur Zhaobang selbst kann verhindern, dass sein Unternehmen gefleddert wird. Das weißt du. Aber er sitzt noch immer im Gefängnis. Seit nunmehr zwei Wochen!« Der Vorwurf in Zhus Stimme ist kaum zu überhören. »Wenn er zum Frühlingsfest noch immer nicht frei ist, ist die Reederei verloren.«

Han antwortet nicht.

»Aber eine andere Nachricht interessiert dich vielleicht noch mehr: Die Restaurationsfirma hat gestern Abend ihr Baugerüst am Tempel des Gottes der Barmherzigkeit abgebaut.«

»Wieso denn das? Die haben doch erst vor einem Monat mit der Restaurierung begonnen!«

»Sie haben Angst, dass sie nicht mehr bezahlt werden. Die Konten meines Bruders sind eingefroren. Und solange er sich in Haft befindet, kann er nicht als Sponsor auftreten. Aber das dürftest du wissen.«

»Das geht nicht! Die Sehenswürdigkeiten müssen während der Messe in bestem Zustand sein! Der alte Tempel ganz besonders.«

Han macht eine kurze Pause. Dann sagt er: »Gut. Halte zwei Millionen Yuan als Kaution bereit. Du wirst heute noch erfahren, wann du deinen Bruder abholen kannst.« Er legt auf und starrt auf das Telefon. Dann wählt er die Privatnummer von Peng Kuaili.

Als Kommissar Kai Xuan an diesem Morgen sein Büro betritt, liegt ein Zettel auf seinem Schreibtisch. Er werde von Parteisekretär Peng in dessen Büro erwartet. Es sei dringend. Kai wirft einen Blick aus dem Fenster. Es ist noch Januar, aber die Sonne strahlt schon hell und weiß über der Stadt. Die Luft ist dick und macht das Atmen schwer. Kai seufzt, verlässt das Büro und geht zurück zu seinem Wagen.

Als er das Büro des Parteisekretärs betritt, ist er überrascht, dort auch den stellvertretenden Bürgermeister anzutreffen. Peng ist der Ranghöchste im Raum, Kai begrüßt ihn daher zuerst, dann geht er auf Han Tai zu. Die Männer schütteln sich die Hand. Als ob er ihm eine Erklärung für seine Anwesenheit schuldig wäre, teilt Han Kai mit, dass Oberbürgermeister Gui sich krank gemeldet habe.

»Hm-hm«, macht Kai.

Peng kommt ohne Umschweife zur Sache: »Es geht um Zhu Zhaobang. Wie lange willst du ihn noch festhalten?«

»Wir stehen erst am Anfang. Noch nicht einmal die Hälfte der Flüchtlinge ist verhört worden. Sind alle stumm wie die Fische. Wie üblich. Aber gestern haben wir jemanden ausfindig gemacht, über den Zhu offenbar die Computer verschiebt. Wer weiß, am Ende können wir vielleicht ein großes kriminelles Netzwerk zerschlagen.«

»Hast du einmal daran gedacht, dass Zhu über tausend Angestellte hat?« fragt Peng ruhig. »Was sollen die deiner Meinung nach tun, wenn sie plötzlich keine Arbeit mehr haben?«

»Was soll's«, erwidert Kai. »Täglich gehen Firmen pleite. Aber es werden auch täglich neue gegründet.«

»So einfach ist es leider nicht mehr«, meint Peng. »Wir müssen das Problem der Arbeitslosigkeit ernster nehmen. Denk nur an die jüngste Flugzeugentführung. Der Entführer wollte nach Taiwan, weil er hier keinen Job mehr gefunden hat. Er hätte fast das Flugzeug samt Passagieren in die Luft gejagt.«

»Das sind doch sowieso meist Leute vom Land. Die Bauern

kommen scharenweise hierher. Wenn sie keine Arbeit finden, lungern sie in den Gassen herum. Und wir müssen sie einsammeln und nach Hause schicken. Unsere Gefängnisse sind zum Bersten voll! Aber wenn du willst, können wir da auch noch härter durchgreifen.«

Peng stößt Luft durch die Nase aus. »Das würde auch nicht viel daran ändern, dass wir immer mehr Arbeitslose hier haben. Und dass die meisten von ihnen nach Taiwan wollen, ist uns auch nicht neu. Es wäre jedenfalls äußerst unklug, jetzt mehr als tausend Menschen mit einem Schlag brotlos zu machen. Vielleicht haben ja einige von diesen Arbeitslosen Zhus Schiff gestohlen und steuern gerade Taiwan an!«

»Dann werde ich die Küstenpatrouillen und die Wachen im Hafen verstärken. Ein Schiff kann doch nicht einfach so verschwinden«, erklärt Kai.

»Hast du eine Ahnung!« meint Peng. »Es wird schlicht umgesprüht. Das schafft eine vierköpfige Familie in einer Nacht.«

»Soll die Polizei jetzt alle privaten Schiffe überwachen? Wie sollen wir da unsere Arbeit schaffen?« Kai Xuan versucht, seinen Ärger zu unterdrücken.

»Jetzt stell dich doch nicht dumm!« mischt sich Han Tai ein. »Du weißt, dass Zhu sich sehr gut selbst um seine Schiffe kümmern kann.« Han Tai klopft dem stämmigen Mann kameradschaftlich auf die Schulter. »Du musst ihn nur freilassen!«

»Also, ihr wollt, dass dieser Mann, der vermutlich Schlepperbanden organisiert und Markenprodukte fälscht, frei herumläuft?« Kai leckt sich über die trockenen Lippen. Die angespannte Atmosphäre im Raum treibt ihm feine Schweißperlen auf die Stirn. Sein Vorgänger wurde vor einem halben Jahr wegen Bestechlichkeit suspendiert. Daraufhin wurde Kai Xuan aus seiner kleinen Heimatstadt hierher versetzt. Er soll verstärkt gegen die Wirtschaftskriminalität vorgehen, so lautete die Anweisung. Erst jetzt wird ihm klar, wie schwierig dies sein wird. Vielleicht gar unmöglich.

»Und wenn er untertaucht?« fragt er matt.

Han Tai lacht laut. »Kai Xuan! Du kapierst es immer noch nicht, hm? Zhu Zhaobang ist ein Geschäftsmann. Er wird nicht ›untertauchen‹, er will *Geschäfte* machen! In zwei Monaten beginnt hier die Messe für Informations- und Kommunikationselektronik, die größte Messe überhaupt in China. Sie bringt der Stadt eine Menge Geld ein. Zhu Zhaobang übernimmt für viele Aussteller den Transport ihrer Waren. Wenn du den Mann nicht freilässt, werden wir Aussteller aus Übersee verlieren. Willst du für diese Einbußen die Verantwortung übernehmen?«

»Wieso *ich*?« erwidert Kai Xuan mürrisch.

»Genosse Xuan«, sagt Peng ungeduldig, »Zhu ist ein angesehener Mann in dieser Stadt. Du lebst noch nicht so lange hier. Aber mit der Zeit wirst du merken, wie wichtig sein Unternehmen für die Stadt ist. Also, lass ihn frei. Heute noch. Von mir aus auch gegen eine Kaution.«

Kai Xuan setzt seine Dienstmütze auf.

»Also dann …«, sagt er und seufzt. »Ihr habt es so gewollt. Da wird die Polizei Gnade walten lassen.«

»Ist ja auch bald Frühlingsfest …« fügt er leise hinzu, als müsste er sich selber trösten.

»Warte noch einen Moment«, sagt Peng und legt Kai eine Hand auf die Schulter. »Wir haben noch eine Aufgabe für dich. In Kürze wird der Oberbürgermeister mit einer Delegation von Wirtschaftsexperten nach Amerika reisen. Wie du weißt, ist seine Gesundheit seit langem schon angeschlagen. Wir dachten, du könntest dich unterwegs etwas um sein Wohl kümmern und haben dich auf die Delegationsliste gesetzt.«

Kai Xuan starrt ihn an. Richter und Staatsanwälte dürfen immer häufiger zum Informationsaustausch nach Europa und Amerika reisen. Für Polizeibeamte sind Dienstreisen ins Ausland offiziell nicht vorgesehen. Kai hat es noch nicht einmal bis nach Singapur geschafft. Fragend sieht er zu Han hinüber. Der zwinkert ihm mit einem Auge zu. »Ja, wir sind jetzt in der Welthandelsorganisation. Wir müssen versuchen, unsere Wirtschaftsbeziehungen zum Ausland zu verbessern ... und vielleicht ein paar Aufträge an Land zu ziehen. Du wirst unterwegs die großen Wirtschaftsbosse unserer Stadt kennen lernen. Vielleicht kannst du sogar ein paar geheime Informationen über Zhu Zhaobang sammeln.«

»Jetzt machst du dich über mich lustig, hm?« erwidert Kai Xuan, noch immer ungläubig. Dann fährt er fort: »Nein, ich werde mich ausschließlich um das Wohl unseres Bürgermeisters kümmern.« Er beginnt langsam zu lächeln, zum ersten Mal, seit er den Raum betreten hat. Beim Abschied schüttelt er den beiden kräftig die Hand, als hätte er mit ihnen einen Friedenspakt geschlossen.

Kurz vor dem Frühlingsfest erhält Han die zweite Hälfte der vereinbarten Summe von Zhu Zhaohai. Gerade kommt er von einem opulenten Geschäftsessen und ist auf dem Weg durch die Eingangshalle des »Goldenen Tores«, da taucht wie aus dem Nichts ein Angestellter des Hotels vor ihm auf und übergibt ihm wortlos einen schweren Schuhkarton. Han öffnet das Paket erst zu Hause. Dicht an dicht liegen Bündel von Scheinen darin. Ohne das Geld zu zählen, übergibt er den Karton seiner Frau.

Zum Frühlingsfest im Februar schenkt Han Tai Parteisekretär Peng eine Tiefkühltruhe, einen Fernseher mit Flachbildschirm und einen DVD-Player. Das Immobilienbüro von Pengs ältestem Sohn beauftragt Han mit dem Verkauf einiger städtischer Grundstücke. Sekretär Peng ist sichtlich erfreut. Er gibt Han zu verstehen, dass er versuchen wird, ihn nächstes Jahr zum ersten Bürgermeister zu befördern.

Das Frühlingsfest feiern die Zwillingsbrüder Zhu demonstrativ mit einem großen Fest im »Goldenen Tor«. Auch Han Tai ist eingeladen, er kommt aber nicht; er hat jetzt andere Sorgen.

Aus der Nachbarprovinz Guangdong treffen immer häufiger beunruhigende Gerüchte über eine bisher unbekannte Lungenkrankheit ein, die sich rasend schnell im Land ausbreiten soll. Den Gerüchten zufolge bekommen die Infizierten innerhalb kurzer Zeit hohes Fieber, Schüttelfrost und heftigen Husten. Es soll bereits erste Todesopfer gegeben haben. Gegenmittel gäbe es nicht.

Von seiner Frau hört Han Geschichten, die auf dem Gemüsemarkt kursieren. So habe eine Frau im nur knapp achthundert Kilometer entfernten Guangzhou sämtliche ihrer Familienangehörigen und Kollegen angesteckt. Insgesamt ließen sich fast sechzig Infektionen allein bis zu dieser einen Frau zurückverfolgen. Sie selbst liege noch im Koma, aber ihre Eltern und einer der sie behandelnden Ärzte seien bereits gestorben.

Ein Parteifreund aus Guangdong berichtet Han, dass zwei seiner Freunde der Krankheit bereits erlegen seien.

Han beschließt, Bankette und Partys vorläufig zu meiden. Und Mei Lan soll das Land erst einmal für eine Weile verlassen.

Ein paar Tage später fliegt sie in die USA, mit einem Koffer voller Dollarnoten. Sie wird in dem Haus wohnen, das Han und sie vor zwei Jahren in der Nähe von Washington gekauft haben. Und sie wird versuchen, ein zweites Haus in New York zu kaufen. Ihren Bekannten erzählen sie, dass Mei ihre Tochter besucht, die in New York studiert.

Nach dem Frühlingsfest geht es Bürgermeister Gui Gu wieder gut. Er fliegt wie geplant Anfang März mit einer achtköpfigen Delegation für vier Wochen nach Amerika.

In der Provinz Guangdong breitet sich währenddessen die Infektion immer weiter aus. An den Verkaufsständen von Weißem Essig, dessen desinfizierende Eigenschaft die Erreger töten soll, kommt es zu Tumulten und Schlägereien, die nur mit einem Großaufgebot der Polizei beendet werden können. Zahlreiche Menschen werden verletzt, Hunderte festgenommen.

All das erfährt Han Tai von seiner Frau, die ihm allabendlich am Telefon eine Zusammenfassung der Berichte aus der chinesischsprachigen Presse in Amerika liefert. Von ihr weiß er auch, dass die Krankheit, die in China als atypische Lungenentzündung bezeichnet wird, im Ausland einen anderen Namen trägt: SARS.

Ein Parteifreund aus Peking erzählt ihm, dass die ominöse Krankheit auch die Hauptstadt bereits erreicht hat. Weißer Essig sei auch dort Mangelware. Die Menschen sprühten Wohnungen und Häuser damit ein, überall rieche es nach Säure. Viele nähmen außerdem noch vor und nach dem Essen einen kräftigen Schluck von dem sauren Zeug, als wäre es ein Zaubertrank.

Die chinesischen Medien erwähnen die Epidemie mit keinem Wort.

Den vertraulichen Rundschreiben der Partei aus Peking ist lediglich zu entnehmen, dass eine seltsame Krankheit in der Provinz Guangdong entdeckt worden ist, dass die Behörden jedoch alles unter Kontrolle haben.

Han beschließt trotzdem, etwas zu unternehmen. Er verfügt die sofortige Überwachung des Bahnhofs, des Flughafens und des Hafens durch die Polizei. Passagiere aus Hongkong, Guangdong und Peking, die krank aussehen oder husten, sollen herausgegriffen und in schnellstens einzurichtenden, provisorischen Quarantänestationen isoliert werden. Ein Transportdienst in die Krankenhäuser ist unverzüglich zu organisieren. Jeder der Isolierten hat für die Quarantänemaßnahmen eine Gebühr von dreitausend Yuan zu zahlen – für die Polizei eine hochwillkommene Einnahmequelle.

Inmitten der hastigen Geschäftigkeit, in die Han durch das Auftauchen der Seuche geraten ist, erfährt er Mitte März, dass Koukous Fashionshop im Stadtzentrum ausgeraubt worden ist. Er stöhnt. Darum kann er sich jetzt nicht auch noch kümmern. Er schickt einige seiner Leute los, die herausfinden sollen, wer hinter der Sache steckt. Die Polizei jedenfalls hat zunächst nur Vermutungen. Am Tatort hat sie kaum verwertbare Spuren sicherstellen können. Aber da die Läden nebenan unbehelligt blieben, nimmt sie an, dass es sich um einen gezielten Anschlag handeln muss.

Am nächsten Tag kommt Li Koukou persönlich in die Stadt.

Das erste, was sie sieht, ist ihr eigenes, überlebensgroßes Konterfei, das ihr auf riesigen Plakaten von jeder zweiten Wand im Flughafengebäude entgegenlacht. Darunter wird in großen Lettern für die Messe im April geworben. Sie lächelt dünn, zieht ihre Sommermütze tief in die Stirn und begibt sich mit gesenktem Kopf auf den Weg zum Taxistand.

Zunächst besichtigt sie ihre ausgeräumte Boutique, dann fährt sie zur Stadtverwaltung. Zu ihrer Überraschung wird ihr der Zutritt zum Gebäude verwehrt. Die Wachposten haben strikte Anweisung, keinerlei Fremde einzulassen.

»Wegen der Seuche, verstehen Sie?« Der Posten zuckt mit den Schultern.

»Wollen Sie damit andeuten, ich sähe krank aus?« Die Empörung lässt Koukous Stimme in eine fast hysterische Tonlage umschlagen. »Ich möchte auf der Stelle Bürgermeister Han sprechen!«

Die beiden Männer, die vor der Tür Wache stehen, wechseln einen kurzen Blick. Ohne eine Miene zu verziehen, dreht sich einer der beiden um und geht in die kleine Portiersloge. Kurz darauf kehrt er zurück.

»Bürgermeister Han ist nicht im Haus«, sagt er.

»Das wird euch noch leid tun!« presst Koukou zwischen den Zähnen hervor und funkelt den Posten böse an. »Richten Sie Ihrem Herrn Bürgermeister aus, dass ich die Stadt morgen wieder verlasse.« Abrupt dreht sie sich um und schleudert mit Schwung ihre an einem langen Lederbändchen befestigte Handtasche über die Schulter. Sie hört noch das klatschende Geräusch, mit dem die Tasche das Gesicht des Postens trifft. Der Mann fasst sich unwillkürlich an die Wange und sieht entgeistert hinter Li Koukou her, die gerade eine Hand hebt und ein Taxi heranwinkt.

Am Abend holt eine Limousine mit abgedunkelten Scheiben Koukou von ihrem Hotel ab. Der Generaldirektor der Volksbank hat sie geschickt. Er möchte Koukou auf seiner Party, die er heute in einem nahegelegenen, kleinen Urlaubsort am Meer gibt, nicht missen.

Koukou kennt diese Partys. Dort wird das Land regiert. Dort, bei Hummer, Champagner und lärmender Musik, entstehen und zerfallen Allianzen, werden Entscheidungen getroffen, wechseln haarsträubend hohe Summen ihre Besitzer. Als Koukou eintrifft, streift ihr Blick suchend durch die Menge. Alles, was Rang und Namen hat in der Provinz, ist anwesend: hohe Amtsträger, Industrielle, Bankiers und Prominente aller Couleur. Selbst aus Peking sind einige angereist. Han allerdings ist nirgends zu sehen.

Während Koukou mit einem Bankier plaudert, von dem sie hofft, einen Kredit zu bekommen, klingelt ihr Handy. Es ist Han. Er wolle ihr nur versichern, dass der Raubüberfall so schnell wie möglich aufgeklärt werde.

Koukou hört kaum hin. »Hast du dich jetzt zu einer Art Provinz-König befördert? Selbst in Peking würde man sich nicht erlauben, so mit mir umzuspringen. Für wen ...«

Sie wird von Hans hastiger Stimme unterbrochen. »Es tut mir leid, Koukou, ich muss Schluss machen, die Sitzung geht weiter, es ist alles äußerst heikel, weißt du, ich melde mich wieder.«

Er hat aufgelegt.

Koukou sieht erst ungläubig das Telefon, dann den Bankier an. Der betrachtet sie aufmerksam und fragt schließlich: »Was Schlimmes?«

»Nun, ich jedenfalls würde die Wiedereinführung der Monarchie durch Mister Han Tai nicht als etwas Positives betrachten!«

Der Bankier lacht belustigt.

Am nächsten Morgen versucht Koukou noch einmal, Han telefonisch zu erreichen, sie wird aber erneut vertröstet. Sobald die Sitzung beendet sei, werde er sie zurückrufen, flötet ihr seine Sekretärin ins Ohr. Während sie auf Hans Rückruf wartet, ruft sie den Geschäftsführer ihrer Boutique an und erteilt ihm die Anweisung, sämtlichen Mitarbeitern zu kündigen und ein neues Team zusammenzustellen. Noch mehrmals versucht sie, Han zu erreichen. Vergebens.

Erst Stunden später, als sie bereits auf dem Weg zum Flughafen ist, meldet er sich. Lis Stimme ist spitz.

»Oh, Eure Majestät persönlich, welche Ehre!«

»Koukou, es tut mir leid. Ich habe zur Zeit eine Unmenge um die Ohren. Gui ist in Amerika. Und wir haben es hier nicht nur mit einer Epidemie, sondern gleich mit zweien zu tun. So eine Krankheit, die durch Katzen übertragen wird, hat mittlerweile schon mehr Menschenleben gefordert als SARS.«

»Jetzt lass mich um Himmels willen mit deinen Krankheiten zufrieden. Und was für Katzen? Mir ist gerade ein Vermögen gestohlen worden! Und zwar in *deiner* sauberen Stadt, in der sich ganz offensichtlich kein Mensch einen Dreck darum schert!«

»Koukou, jetzt übertreib nicht. Ich hatte einfach keine Zeit. Die Sache mit den Epidemien ...« Er hält inne.

»Es tut mir leid.« Hans Tonfall hat sich geändert. »Ich sage sofort dem Leiter des Kulturressorts Bescheid. Er wird sich um dich kümmern. Er wird dich und deine Leute zum Essen einladen.«

»Danke, mir ist der Appetit vergangen. Außerdem bin ich bereits am Flughafen! Und was zum Teufel soll ich mit deinem Kulturleiter? Mir steht im Augenblick nicht der Sinn nach Kultur!«

Koukou wartet auf einen beschwichtigenden Satz von Han Tai, aber er antwortet nicht. Sie hört Stimmen und Gelächter im Hintergrund.

»Han Tai?«

Keine Antwort.

»Han Tai!«

Die Geräusche im Hintergrund werden lauter. Offenbar ist Han nicht allein. »Koukou, ich muss jetzt Schluss machen«, meldet er sich wieder. »Eine Delegation aus Deutschland ist eben eingetroffen. Ich ruf dich heute Abend an.«

Wieder legt er auf, ohne ihre Antwort abzuwarten.

Spät am Abend schließlich klingelt das Telefon in Koukous Pekinger Wohnung. Han klingt müde. »Es tut mir leid, ich habe noch keine Neuigkeiten für dich. Die Beamten tappen noch im Dunkeln.«

»Oh, wie wär's dann mit ein paar Blindenhunden?« Koukou lacht verächtlich. »Dass ihr keine Ahnung habt, das wusste ich gestern schon. Warum rufst du mich also mitten in der Nacht an?«

Gereizt fährt sie fort: »Deine Polizisten sind gestern zuhauf am Flughafen herumgelümmelt. Da haben sie natürlich keine Zeit, sich um solche Kleinigkeiten wie Raubüberfälle zu kümmern. Keiner meiner Mitarbeiter wurde verhört, kein Nachbar befragt! Wie hätte sich da auch das Dunkel in den Köpfen deiner Deppen lichten können.«

Han Tai holt tief Luft. »Jetzt mach mal halblang! Ich weiß, die Kollegen sind zur Zeit etwas überlastet. Das heißt aber noch lange nicht, dass sich keiner um deinen Laden kümmert. Wir bleiben dran. Und ich sage dir Bescheid, sobald ich etwas weiß.«

»Ich gebe dir eine Woche. Dann lieferst du mir diese Leute. Und vor allem meine Waren. Oder meine Plakate für die Messe, die ihr so großzügig klebt, kosten euch das Doppelte! Von meinen Auftritten ganz zu schweigen!« Diesmal ist Koukou diejenige, die als erste das Handy zuklappt.

Han ruft Koukou nicht an, als er zwei Tage später von seinen Informanten erfährt, dass für den Überfall einer der Zwillingsbrüder von Zhu Zhaohai verantwortlich ist. Offenbar wollte der Hotelier Rache üben für die seit Jahren unbezahlten Hotelrechnungen.

Währenddessen werden die Gerüchte um SARS von Tag zu Tag besorgniserregender. Zwar hat die Stadt bisher keinen einzigen SARS-Patienten zu verzeichnen, aber Han lässt dennoch die Kontrolle auf öffentliche Plätze und belebte Stadtviertel ausdehnen. Zahlreiche Personen werden unter Quarantäne gestellt. Die Krankenhäuser sind überfüllt mit sogenannten Verdachtsfällen. Auf Straßen und Plätzen sind jetzt deutlich weniger Menschen unterwegs als sonst.

Han hat Li Koukou schon vergessen, als ihm Ende März ein Mitarbeiter der Abteilung für Öffentlichkeitsarbeit einen Brief von Lis Manager in die Hand drückt. Li verlangt tatsächlich mehr Geld für die Werbung, die die Stadt mit ihr macht. »Das gibt's doch nicht!« murmelt Han. Er greift zum Telefon und ruft Sun Suoyi an.

»Komm in mein Büro. Sofort.«

Der Finanzamtsleiter ist noch nicht ganz zur Tür hereingetreten, da geht Han auf ihn zu und sagt: »Du forderst unverzüglich die überfälligen Steuern von Koukous Unternehmen ein, die sie hier in der Stadt unterhält. Heute noch! Sollte sie sich weigern zu zahlen, leitest du die Zwangsvollstreckung ein.«

Sun traut seinen Ohren kaum. Langsam zieht ein Lächeln über sein Gesicht. »Nichts lieber als das«, erwidert er.

Auf dem Weg zurück zu seinem Gebäude pfeift er die Melodie eines Werbespots von Li Koukou, in dem sie irgendeins ihrer Wässerchen preist. Er tritt in das große Büro neben seinem Amtszimmer und klatscht in die Hände: »Leute, bitte mal herhören: Jetzt geht es Madame Li an den Kragen. Rechnet noch mal sämtliche ihrer Steuerschulden inklusive der Zinsen zusammen. Die Forderung an sie geht heute noch raus.«

Einen Tag später erhält Li Koukou einen Anruf von ihrem Manager. Er liest ihr aus dem Brief des Xiamener Finanzamts vor, den er soeben mit Expresspost erhalten hat. »Wir fordern Sie auf«, hört Li, »innerhalb von vier Wochen, spätestens jedoch bis zum 28.4.2002, die überfälligen Steuern von 8 674 045 Yuan (siehe Anlage) an das Finanzamt Xiamen zu überweisen. Sollte der genannte Betrag bis zu diesem Datum nicht eingegangen sein, sehen wir uns gezwungen, die Zwangsvollstreckung einzuleiten. Hochachtungsvoll.«

Der 28.4.2002 ist der Tag, an dem Li Koukou für einen großen Auftritt bei der Abschlussgala der Messe für Unterhaltungs- und Telekommunikationselektronik gebucht ist.

Anfang April kehrt die Wirtschaftsdelegation aus Amerika zurück. Die Lokalzeitung vermeldet, dass die Delegation Aufträge ausländischer Firmen in Volumen mehrerer Millionen Dollar mitgebracht hat. Im Mittagsprogramm des Fernsehens wird Bürgermeister Gui am Flughafen gezeigt. Er strahlt. Die schwarzen Ringe unter seinen Augen, die im Laufe der Jahre zu einer Art Markenzeichen von ihm geworden waren, sind verschwunden. Er sieht aus wie ein Feldherr nach einer gewonnenen Schlacht.

Am selben Tag passiert etwas Ungewöhnliches in China. Die *Volkszeitung*, die als Sprachrohr der Partei gilt, berichtet lapidar, dass das Zentralkomitee eine offene Berichterstattung über die neue Lungenkrankheit SARS fordert. Experten aus dem Ausland, die im Auftrag der Weltgesundheitsorganisation in die betroffenen Gebiete reisen sollen, um bei der Bekämpfung der Seuche zu helfen, seien willkommen. Die Bestrafung derjenigen, die falsche Statistiken über die Ausbreitung der Krankheit und beschönigende Berichte verbreitet hätten, sei bereits erfolgt. Der Gesundheitsminister sei seines Amtes enthoben worden.

Han sucht sofort Sekretär Peng auf. Gemeinsam versuchen sie, diesen unvermittelt eingetretenen Wandel im Vorgehen Pekings zu deuten.

»Nun, wie es scheint, haben die fortschrittlichen Kräfte in Peking die Oberhand in der Führung gewonnen«, meint Peng.

»Sieht ganz danach aus«, erwidert Han, »fragt sich nur, wie lange die sich halten können. Eine wahrheitsgetreue Berichterstattung! So etwas hat es in der gesamten Parteigeschichte noch nicht gegeben! Stell dir vor, was passiert, wenn das wahre Ausmaß der Seuche bekannt wird! Die Wirtschaft geht den Bach runter, das Volk gerät in Panik und über kurz oder lang wird die alte Riege die Befürworter der neuen Offenheit zu Sündenböcken machen.«

»Sicher, ja ...«, sagt Peng nachdenklich. »Aber so leicht sind die Jüngeren nicht mehr zu verdrängen. Dass sie gerade die vierte Generation in Peking ohne Blutvergießen abgelöst haben, das sagt schon eine Menge über sie aus.«

Nach einigem Für und Wider entscheiden sie, die gegenwärtige Zahl der SARS-Patienten in Xiamen zu veröffentlichen, sich dann aber wieder für eine Weile in Schweigen zu hüllen.

Am nächsten Tag berichtet die Fujian-Tageszeitung, dass von der Gesundheitsbehörde Xiamen zwei SARS-Erkrankungen registriert worden seien. Zwei Fälle unter zwei Millionen Einwohnern – das sei eine Quote von lediglich 0,0001 Prozent! Es bestehe also keinerlei Grund zur Panik.

Kaum sind die neuen Nachrichten veröffentlicht, schlägt die Stimmung in der Bevölkerung um. Angst macht sich breit. Bei strahlendem Sonnenschein sind Straßen und Plätze plötzlich fast leer. Läden und Restaurants liegen da wie ausgestorben. An den großen Verkehrsadern der Insel, auf denen es früher nur so wimmelte von zahllosen Tagelöhnern, die dort auf Arbeit warteten, stehen nun nur noch vereinzelt ein paar Männer herum. Erst nach Einbruch der Dunkelheit füllen sich zögerlich die Straßen, aber es bleibt seltsam still. Fast jeder trägt einen Mundschutz. Alle reden leise, als wollten sie einander nicht erschrecken. Wenn sich Bekannte auf der Straße begegnen, wechseln sie im Abstand von zwei Metern flüchtig ein paar Worte und huschen dann weiter.

Aus Peking werden täglich immer höhere Zahlen von Erkrankten und Toten gemeldet.

Han stöhnt. Die großen Wirtschaftsbosse der Stadt überhäufen ihn mit Beschwerden. Aufträge aus dem Ausland werden storniert. Es trifft eine Branche nach der anderen – zuerst die Lebensmittel, dann die Textilien und Haushaltswaren, jetzt selbst den Export von Maschinen. Man wisse schließlich nichts über diesen Erreger, vielleicht könne er sich ja auch irgendwo in Maschinen einnisten, so die Begründung der einstigen Handelspartner.

Kai Xuan kehrt bereits einen Tag nach seiner Rückkehr aus Amerika wieder an seinen Arbeitsplatz zurück. Er ist ausgesprochen guter Stimmung. Als er jedoch den Bericht seines Stellvertreters hört, verfliegt seine gute Laune zusehends.

Dieser hat während Kais Abwesenheit den Fall Zhu Zhaobang wegen Mangels an Beweisen eingestellt. Selbst die Kaution ist zurückgezahlt worden. Kai ist verärgert. Er wird nicht klein beigeben, nicht jetzt, wo er neue, Zhu Zhaobang belastende Hinweise erhalten hat. Denn während des Besuchs der Wirtschaftsdelegation in Kanada hatte ihm der chinesische Botschafter berichtet, dass die kanadische Polizei vor kurzem wieder illegale Flüchtlinge aus China an der Küste Kanadas aufgegriffen habe. Die Kanadier haben daraufhin die chinesische Regierung aufgefordert, entschlossener gegen die Schlepperbanden in ihrem Land vorzugehen. Darüber hinaus haben sie der chinesischen Botschaft eine Schwarze Liste überreicht, auf der auch der Name Zhu Zhaobangs aus Xiamen auftaucht. Kai hatte dem Botschafter versichert, dass er Zhu das Handwerk legen werde, sollte sich der Verdacht bestätigen.

Nachdem sein Stellvertreter das Büro verlassen hat, greift Kai zum Telefon und wählt die Nummer jener Strohfirma, die seine Kollegen noch vor seiner Abreise ausfindig gemacht haben. Sie ist nicht mehr gültig. Von der Handelskammer erfährt er, dass die Firma vor zwei Wochen dicht gemacht hat. Kai versucht, den Kontaktmann Zhus zu erreichen, auf den die Beamten bei ihren Ermittlungen gestoßen waren. Aber er kann das Blatt, auf dem die Adresse des Mannes notiert war, in der Akte einfach nicht finden. Ungeduldig blättert er hin und her. Schließlich ruft er die Fabrik an, in der der Mann arbeitet. Eine patzige Sekretärin teilt ihm mit, dass Herr Liu Nian vor einem Monat gekündigt habe. Nein, sie wisse nicht, wo er jetzt arbeite. Nein, eine Adresse habe sie auch nicht, auf Wiederhören.

Ein Verdacht beschleicht Kai Xuan. Es kann kaum ein Zufall sein, dass alle Spuren, die zu Zhu Zhaobang führen, plötzlich kalt sind. Kai überlegt. Es sei denn, dass sein Stellvertreter bestochen wurde. Natürlich! So ergibt das alles einen Sinn. Zhu Zhaobang *ist* verwickelt in die Machenschaften dieser Schlepperbande! Entschlossen steht er auf und trommelt seine Kollegen zusammen. Er wird diesen Mann jetzt festnehmen lassen. Zhu Zhaobang ist ein Krimineller, der hinter Gitter gehört!

Der Reeder sitzt in einem japanischen Restaurant und befindet sich in einer Besprechung mit einem Geschäftspartner aus Tokio, als mehrere Polizisten mit vorgehaltener Waffe in den Raum stürmen. Kurze Zeit später sitzt Zhu wieder in einer Zelle des Polizeipräsidiums ein.

Noch am selben Nachmittag erscheint der stellvertretende Bürgermeister Han persönlich im Büro des Polizeichefs. Schweigend stellt er sich vor Kais Schreibtisch und starrt ihn an.

Kai zieht die Nackenmuskeln zusammen, fast hält er den Atem an.

»Du lässt ihn auf der Stelle frei«, sagt Han eisig. Er macht sich nicht die Mühe zu erläutern, wen er meint. »Ich warte«, fügt er hinzu.

Kai steht auf. »Bürgermeister Han. Die kanadische Polizei hat uns vor Zhu Zhaobang gewarnt. Bürgermeister Gui kann dir das bestätigen.«

»Haben jetzt Ausländer hier was zu sagen, oder was?« poltert Han los. »Du hast offensichtlich nichts kapiert, hm? Glaubst du, wir haben dich nach Amerika geschickt, damit du dir von irgendwelchen ausländischen Idioten Flausen in den Kopf setzen lässt? Im übrigen: Gui ist wieder krank. Er ist bereits heute morgen zur Kur gefahren. Er kann also gegenwärtig gar nichts bestätigen.«

Han tritt nah an den Schreibtisch heran. »Ich würde dir stattdessen raten, so bald es dir möglich ist, selbstverständlich, Sekretär Peng anzurufen.« Aus seiner Stimme spricht jetzt Hohn. »Er wartet, weißt du? Er will *dringend* wissen, wann Zhu Zhaobang dein Gebäude verlässt.«

»Aber Zhu hat Dreck am Stecken, er ist ...« der Kommissar stockt.

Han Tai stemmt die Fäuste auf den Tisch und beugt sich zu Kai Xuan: »Du solltest eigentlich wissen, wie das läuft. Das nächste Mal, wenn du jemanden verhaften willst, holst du gefälligst vorher das Einverständnis der Stadtverwaltung ein. Und noch etwas, falls es dir entgangen sein sollte: Wir haben es hier zurzeit mit einer Seuche schlimmster Sorte zu tun. Demgegenüber nehmen sich alle anderen Probleme wie Kinderkram aus. Lass Zhu sofort frei oder du trägst die Verantwortung, falls die größte Messe der Provinz zur größten Pleite der Provinz wird. Und jammere nicht, wenn du dann in irgendeinem Nest Streife gehen darfst!«

Kais Miene verfinstert sich. »Er wird gerade verhört. Das kann noch Stunden dauern.«

»Ich gebe dir genau fünfzehn Minuten.« Han setzt sich auf den Tisch, holt eine Zigarette hervor, steckt sie sich an und bläst Kai Xuan den Rauch ins Gesicht.

Kai ist blass. Kalter Schweiß steht ihm auf der Stirn. Er sinkt auf den Stuhl, steht aber sofort wieder auf und geht mit unsicheren Schritten Richtung Tür. Es sieht aus, als würde er schlafwandeln.

»He, wo willst du hin? Hier ist das Telefon!« Han reißt den Hörer von der Gabel und hält ihn Kai mit ausgestrecktem Arm vors Gesicht.

»Ruf an«, sagt Han. »Und beeil dich, verdammt noch mal, ich habe keine Lust, hier ewig zu warten.«

Kai Xuan nimmt den Hörer in die Hand.

Zehn Minuten später betritt Zhu Zhaobang in Begleitung zweier Polizisten das geräumige Büro des Polizeichefs. Mit einem kaum sichtbaren Wink bedeutet Kai seinen Untergebenen, dass sie gehen sollen. Han geht lächelnd auf Zhu Zhaobang zu, streckt ihm eine Hand entgegen und klopft ihm mit der anderen auf die Schulter: »Es tut mir leid. Ich versichere dir: Das wird nicht noch mal vorkommen.«

Zhu Zhaobang schüttelt Han Tai die Hand und schaut dann zu Kai Xuan hinüber.

»Womit hab ich es nur verdient, dass Sie sich so rührend um mich kümmern, hm?«

Kai Xuan deutet steif eine kaum sichtbare Verbeugung an. »Ich bitte um Entschuldigung. Das Ganze war ein Missverständnis.«

»Ein Missverständis?« Zhu Zhuobang geht auf Kai Xuan zu. »Sie zerstören fast meine Existenz, fuchteln meinen Geschäftspartnern mit der Waffe vor der Nase herum, sperren mich ein und kommen mir jetzt mit Missverständnissen? Wollen Sie mich auf den Arm nehmen?«

Han mischt sich ein: »Jetzt lass doch, es war ein Versehen. Ich gebe dir mein Wort, dass dich die Polizei nicht mehr behelligen wird. Ich bin gekommen, damit du deinen Vertrag mit dem Japaner noch abschließen kannst. Ich habe mit ihm telefoniert. Er hat seinen Rückflug um einige Stunden verschoben und wartet auf dich im Hotel. Ein Dienstwagen der Stadtverwaltung wird dich hinfahren. Du kriegst den Auftrag.«

»Tatsächlich? Ich bin mir da nicht sicher. Warum sollte Toshiba weiterhin seine Geräte von einem wie mir transportieren lassen? Ich wandere doch ständig ins Gefängnis, diesmal sogar direkt vor den Augen des Leiters der Marketing-Abteilung von Toshiba-Tokio!«

Han schiebt Zhu Zhaobang auf den Flur. »Komm jetzt. Der Mann wartet. Wir können es uns nicht leisten, auch nur einen einzigen Aussteller einfach so gehen zu lassen. Sonst können wir die Messe gleich absagen. Los, krall dir den Japaner und lass ihn nicht mehr aus den Fingern, ja? Ich zähl' auf dich!«

Noch minutenlang, nachdem die Männer das Büro verlassen haben, steht Kai Xuan neben seinem Schreibtisch und starrt regungslos auf die offene Tür. »Alle beide gehört ihr in den Knast«, denkt er, und nur seine Augen verraten etwas von dem Hass, den er verspürt.

Zwei Tage vor der Eröffnung der Messe trifft Li Koukou mit ihrem Stab von Assistenten, persönlichen Betreuern und allerlei Mitarbeitern in Xiamen ein. Gleich nach ihrer Ankunft im »Goldenen Tor« versucht sie, Han auf seinem Handy zu erreichen. Statt dessen meldet sich sein erster Sekretär. Nein, Han Tai sei im Augenblick nicht zu sprechen. Er sei gerade dabei, den frisch restaurierten Tempel des Gottes der Barmherzigkeit wieder zu eröffnen. Im Anschluss daran fände eine Pressekonferenz statt und danach habe er einen wichtigen Termin mit einem hochrangigen Kader aus der Provinz. Nein, es sei völlig unmöglich, ihn heute noch zu treffen. In den nächsten drei Tagen im übrigen auch nicht, Han sei wirklich sehr beschäftigt. Ob er vielleicht etwas ausrichten könne?

Verärgert klappt Koukou das Handy zu. Dann fährt sie zu dieser Pressekonferenz. Sie wird Han dort schon irgendwie abpassen.

Die Konferenz findet im roten Saal des Messezentrums statt. Sie hat bereits begonnen, als Li Koukou eintritt. Koukou bleibt hinter der letzten Sitzreihe stehen und blickt durch ihre Sonnenbrille zur Bühne. Oben auf dem Podium steht Han und redet, während unten knapp hundert Journalisten, die meisten angetan mit einem Mundschutz, in ihre Notizbücher kritzeln. Es dauert nicht lange, bis jemand die Schauspielerin entdeckt. Wenige Minuten später ist sie von mehreren Fotografen und zwei Kamerateams umringt. »Koukou, es heißt, Sie haben an viele Städte Steuerschulden zu zahlen. Würden Sie das bestätigen?« fragt ein Journalist. Koukou antwortet nicht. Sie dreht sich um und drängt sich zur Tür hinaus. Die Schar folgt ihr in Richtung Ausgang, während Han oben auf dem Podium hastig seine Rede beendet.

In der Halle eilt Koukou auf zwei Hostessen in roter Uniform zu und lässt sich von ihnen zu einer VIP-Lounge geleiten. Nachdem die Tür hinter ihr zugefallen ist, kramt sie ihr Handy hervor und weist ihre Mitarbeiter an, sie in einer halben Stunde in der Lounge abzuholen. Dann macht sie es sich auf einem der großen, weißen Ledersofas bequem und wartet.

Eine Viertelstunde später öffnet sich die Tür einen Spalt breit. Han schlüpft herein. Lautlos schließt er die Tür hinter sich. Er löst auf einer Seite seinen Mundschutz und lässt ihn an einer Ohrmuschel herunterbaumeln. Koukou, schön und elegant wie immer, sitzt lang ausgestreckt auf dem Sofa und betrachtet das Glas in ihrer Hand.

»Schön, dass du rechtzeitig kommen konntest, Koukou«, beginnt Han Tai. »Leider habe ich nur zehn Minuten für dich. Aber die Vorbereitungen für deinen Auftritt sind in vollem Gange, so weit ich weiß. Und wenn du willst, kannst du dir heute Abend die Bühne schon einmal näher ansehen.«

Koukou schaut endlich auf. »Oha!« sagt sie spöttisch, »jetzt kümmert sich gar schon der Bürgermeister persönlich um die Bühne. Na immerhin, die Betreuung wird immer besser!«

Han ignoriert ihre Bemerkung.

»Einige Sender wollen deinen Auftritt live übertragen. Es fehlt nur noch deine Zusage.«

»Reden wir lieber über die Steuerforderung. Ich habe die schrecklich lange Zahl nicht mehr im Kopf, wieviel, sagtest du, wolltest du von mir haben?«

»Rede bitte mit dem Finanzamt, wenn es um Steuern geht, nicht mit mir.«

»Seit wann denn das? Ich dachte, du bist im Grunde auch irgendwie das Finanzamt?«

Han schüttelt den Kopf. »Eigentlich bin ich gekommen, um dir zu sagen, dass wir in der Sache mit dem Raubüberfall Fortschritte machen. Wir haben jetzt zumindest Fingerabdrücke, und ein Messer ist auch sichergestellt worden.«

»Ich bitte dich, verschon mich mit deinen Trotteln von Polizisten.«

Koukou hält das Glas ein wenig hoch und betrachtet den Saft darin. »Weißt du, was ich tun werde?« sagt sie mit süßlicher Stimme und ohne den Blick von ihrem Glas zu wenden. »Ich werde sämtliche Auftritte platzen lassen. Ich werde überhaupt nicht in der Stadt sein. Ich werde abreisen und ihr könnt zusehen, wie ihr klarkommt.«

Han sucht in den Taschen seines Jacketts nach Zigaretten. Schließlich findet er eine und dreht sie zwischen den Fingern. »Nun«, sagt er schließlich, »letztes Jahr konntest du dich ja wahrlich nicht beklagen, oder? Nach deinem Auftritt hier sind die

Zuschauerzahlen für deinen letzten Film immens in die Höhe geschossen. Und abgesehen davon, wenn ich dich daran erinnern darf: Für die Eröffnungsgala hast du einen Vertrag unterschrieben.«

»Sei nicht albern. Seit wann interessieren ausgerechnet dich Verträge, hm? Nein, dieses Jahr ist SARS der große Star der Messe. Besser, man bleibt ihr fern.«

Han kneift die Augen zusammen. Er kommt sich vor wie in einem von Koukous Filmen, in denen sie triumphiert und ihre Widersacher wie Trottel aussehen lässt. Ihm wird klar, wie sehr er Koukou eigentlich verachtet. Aber er braucht sie jetzt. Für die Messe. »Koukou, so kommen wir nicht weiter«, sagt er. »Ich mach' dir einen Vorschlag. Du zahlst zunächst einen Teil der Summe, wieviel, überlasse ich dir, aber wenigstens ein Viertel. Ich kann das Finanzamt nicht ewig hinhalten. Ist erst einmal ein Teil deiner Steuerschuld beglichen, ist Sun Suoyi für's Erste zufrieden und ich kann ihn dann wieder ein bisschen im Zaum halten. Verstehst du?«

»Deine Stadt muss wirklich auf den Hund gekommen sein.« Koukou hat wieder dieses abfällige Lächeln auf dem Gesicht.

»Was soll das denn jetzt wieder?«

»Nun, offensichtlich geht's euch so schlecht, dass ihr mein Geld dringend braucht. Aber ich kann dir gleich sagen, bei mir ist nichts zu holen. Dieses SARS hat mir den Rest gegeben. Ich bin fast pleite.«

»Sag mal, hast du mir zugehört? Ich will dir *helfen*. Ich habe dir Steuervorteile versprochen und ich habe mein Wort gehalten. Keiner hat gesagt, dass du überhaupt keine Steuern zu zahlen brauchst. Was du hier machst, ist schlicht Steuerhinterziehung! Und das schon seit Jahren.«

»Ach, tatsächlich?«

Graziös steht Koukou vom Sofa auf und geht langsam auf Han zu, das Glas noch immer in der Hand. Er rührt sich nicht, als er jedoch sieht, dass sie nicht stehen bleibt, weicht er langsam zurück. Im nächsten Augenblick klatscht ihm der Inhalt des Glases ins Gesicht. Mit Wucht wirft Koukou das leere Glas an die nächste Wand. Am ganzen Körper bebend steht sie vor Han. »Du Schwein!« stößt sie hervor.

»Du willst mich fertig machen!« Sie schreit fast. »Ich bin die einzige, die du bluten lässt! Kein Mensch zahlt hier Steuern, jedenfalls keiner mit meinem Einkommen. Nur Idioten zahlen Steuern!«

Han zieht ein Taschentuch hervor und wischt sich das Gesicht ab. »Falls du noch weitere Lektionen über das hiesige Steuerrecht parat hast, muss ich dich vertrösten«, sagt er kalt. »Die zehn Minuten sind um.«

Koukou kneift die Augen zusammen. Hasserfüllt sieht sie Han an. »Du willst gehen?« fragt sie. »Na dann, grüß deine Frau von mir!«

»Wieso? Wieso meine Frau?«

»Ach stimmt, sie ist ja gar nicht hier, nicht wahr? Sie ist ja in Wash-ing-ton.« Koukou betont jede Silbe. Sie hat ihre Fassung wiedergewonnen. »Wie lange eigentlich schon? Drei Wochen? Vier?«

Han steht reglos da und starrt zu ihr hinüber. Koukous Gesicht verzieht sich zu einem Grinsen, und zum ersten Mal, seit Han sie kennt, sieht er, dass sie hässlich sein kann.

»Der Direktor der Chinesischen Nationalbank in Hongkong hatte nicht so ein Glück wie deine Frau, nicht wahr? Gerade, als er mit dem Geld der Bank ins Ausland abhauen wollte, haben sie ihn geschnappt und nun fristet er sein Leben im Chingcheng-Gefängnis in Peking.«

»Was für einen Unsinn redest du da!? Was hat meine Frau mit irgendwelchen Bankdirektoren zu tun? Sie ist in Amerika, um unsere Tochter zu besuchen.«

Koukou vollführt eine elegante Drehung um die eigene Achse, als stünde sie auf einer Bühne. »Was werden wohl die in Peking mit dir machen, wenn sie erfahren, dass du haufenweise Geld ins Ausland trägst, hm?« Sie sieht Han herausfordernd an. »Dich einsperren? Hinrichten? Was ist wahrscheinlicher, hm?«

Han Tais Gesicht verfinstert sich. »Du bist wirklich unübertrefflich, wenn es darum geht, Gerüchte über andere in die Welt zu setzen!«

»Gerüchte? Dass ich nicht lache. Aber vielleicht wissen die in Peking ja auch schon, was Gerücht und was Wahrheit ist«, sagt sie in nüchternem Ton. Sie klaubt ihre Handtasche vom Sofa, geht an ihm vorbei und verlässt die Lounge.

Am selben Abend ruft Han seine Frau an. Sie ist nun schon mehr als einen Monat in den USA. Er bittet sie, sofort nach Hause zu kommen. Er könne es ihr jetzt nicht erklären. Mei Lan ist verwundert, willigt aber nach einem kurzen Schweigen ein.

Anschließend setzt er sich mit seinen Parteifreunden in Peking in Verbindung. Er muss herausfinden, ob Peking irgendetwas gegen ihn vorhat. Alles, was er erfährt, ist, dass das Zentralkomitee mit seiner Arbeit und der Entwicklung der Stadt Xiamen äußerst zufrieden sei. Han ist erleichtert. Doch irgendwo in seinem Inneren bleibt ein Zweifel zurück.

Inzwischen hat ihm sein Sekretariat mitgeteilt, dass Li Koukou mitsamt ihrem Stab in einen Kurort in die Wald- und Bergregion der Provinz geflogen sei. Zuvor seien sie noch an der Küste gewesen und Koukou habe ein langes Bad im Meer genommen. Sie sei bester Dinge gewesen. Han fährt sich mit der Hand übers Gesicht und seufzt. Die überfälligen Steuern von einigen Millionen Yuan wird Sun Suoyi früher oder später eintreiben können. Aber sein Star für die Messe, der ist ihm jetzt abhanden gekommen.

Einen Tag vor Messebeginn jagt eine schlechte Nachricht die nächste. Der Wirtschaftsminister, der die Messe eröffnen sollte, hat abgesagt und schickt stattdessen irgendeinen Stellvertreter aus Peking, von dem Han Tai noch nie gehört hat. Der wiederum wäre zwar bereit, die Messe zu eröffnen, nicht aber dazu, an den anschließenden Feierlichkeiten teilzunehmen. Keine zehn Minuten später kommt eine zweite Absage. Der Sekretär des Parteikomitees der Provinz, der den Wirtschaftsminister begleiten und zur Eröffnung gleichfalls eine Rede halten sollte, lässt sich entschuldigen und entsendet ebenfalls einen Vertreter, den niemand kennt. Überdies haben zahlreiche Prominente unter irgendwelchen Vorwänden ihre Zusage für das große Gala-Diner zurückgezogen, das im »Goldenen Tor« stattfinden soll.

Han ruft Zhu Zhaohai selbst an.

»Mein Sekretär hat für morgen drei Säle bei euch reserviert. Die werden wir wohl nicht mehr alle brauchen. Einer wird genügen, denke ich. Es tut mir leid, Zhaohai, es scheint, dass zur Zeit den meisten der Appetit vergangen ist.«

Zhu stößt einen langen Seufzer aus.

»Schon gut, Bürgermeister.«

»Ich werde an dich denken, sobald sich die Zeiten wieder zum Besseren gewendet haben.« Han macht eine kurze Pause. Plötzlich kommt ihm eine Idee: »Sag mal, Zhaohai, könntet ihr, also du und dein Bruder, mir nicht ein paar eurer Angestellten auf die Messe schicken? Sagen wir: tausend? Ihr bekommt natürlich Sondertickets.«

Stille.

»Was sagst du dazu, Zhaohai?«

»Das hört sich an, als wärst du arg in der Klemme«, erwidert Zhu schließlich.

»Das kann man wohl sagen. Die Besucher aus den umliegenden Städten werden dieses Jahr fast alle nicht kommen«, stöhnt Han. »Dieses SARS macht uns alle fertig, bevor wir uns angesteckt haben.«

»Ich kann dir nicht helfen«, sagt Zhu Zhaohai schwach. »Glaubst du, mir geht es besser? Das Hotel ist wie ein Geisterhaus. Ich habe bereits massenweise Leute entlassen müssen.«

»Zhaohai, du bist doch sonst nicht so kurzsichtig. Vielleicht könntest du eines Tages auch auf meine Hilfe angewiesen sein. Zum Beispiel, wenn die Polizei Licht in den Überfall auf Koukous Boutique bringt.«

Zhu Zhaohai schweigt eine Weile. Nur sein schwerer Atem ist zu vernehmen. Dann sagt er ruhig: »Herr Bürgermeister, ich habe nicht vergessen, dass du meinen Bruder zweimal gerettet hast. Und ich bin dir dankbar dafür. Ich gebe dir daher einen Rat. Zwar hast du viele Maßnamen gegen SARS eingeleitet, aber sie waren alle repressiv. Und eine öffentliche Diskussion über die Krankheit hast du niemals erlaubt. Brich das Schweigen! Jetzt. Organisiere eine Ausstellung zum Thema SARS! Lass sie parallel zur Messe in den Nebenräumen des Messezentrums stattfinden. Biete Beratung und Hilfe an. Verkaufe günstige Kombitickets für beide Ausstellungen. So kommen Besucher auf deine Messe.«

Dann verabschiedet er sich höflich und legt auf.

Han geht zum Fenster. Er blickt in die Krone des großen Mistelbaums, der direkt vor seinem Büro steht. In den vergangenen Jahren bogen sich seine Äste unter der Fülle der Früchte, jetzt allerdings sind kaum welche zu sehen. Die Mitarbeiter der Stadtverwaltung pflücken die goldgelben Kugeln und verzehren sie jeden Tag – sie sollen gegen Husten wirken. »Wenn sie jetzt schon auf Bäume steigen …«, denkt Han. Er greift zum Telefon. Zwei Stunden später berichten Radio und Fernsehen, dass im Messezentrum ab morgen, parallel zur Messe der Elektro- und Kommunikationstechnik, eine Ausstellung zum Thema SARS stattfinden wird.

Endlich ist es soweit. Die vierte Messe der Elektro- und der Kommunikationstechnik Fujian wird eröffnet. In den vergangenen drei Jahren war sie stets eine Attraktion in der Gegend. Die gesamte Stadt war daran beteiligt und die Bevölkerung genoss das Spektakel. Kneipen, Restaurants und Bars hatten länger geöffnet und die Theater waren voll. Dieses Jahr jedoch steht sie im Zeichen vom SARS, und schon die ersten Stunden verheißen nichts Gutes. Zur Eröffnung ist der Saal halbleer. Diejenigen, die dennoch gekommen sind, tragen fast ausnahmslos einen Mundschutz. Sie sehen aus wie eine Gruppe verirrter Chirurgen.

Der Tross von Prominenten aus Politik und Wirtschaft, der

nach der Eröffnung durch die Messehallen schlendert, wird von Stunde zu Stunde dünner. Hier und da bleibt einer an einem Stand stehen oder verschwindet zwischen Computern, Digitalkameras, Scannern, Druckern und Hifi-Anlagen. Am Ende des Rundgangs durch das riesige Gelände stehen hinter den Kadern aus Peking und Fuzhou, Sekretär Peng Kuaili und Han Tai gerade noch einige Dutzend Parteimitglieder und drei Kamerateams. Ein Japaner, der zwischen zwei Anlagen von Toshiba herumsteht, blickt stumm zu ihnen herüber.

Der Stellvertreter aus Peking verabschiedet sich und lässt sich geradewegs zum Flughafen bringen. Der stellvertretende Sekretär des Parteikomitees der Provinz begleitet ihn. Eine Weile noch stehen die restlichen Parteimitglieder in Grüppchen herum und verschwinden dann nach und nach ebenfalls. Han Tai und Peng Kuaili kehren in den Kontrollraum des Messezentrums zurück, um sich einen Überblick über die zwanzig Hallen zu verschaffen.

Über die vier Bildschirmen-Reihen an den Wänden ist das gesamte Gelände der Messe einsehbar. An einigen Ständen finden Vorführungen, Shows und andere Veranstaltungen statt, Besucher aber sind nur wenige zu sehen. Bei einer Live-Talkshow für das Fernsehen mit einer bekannten Moderatorin ist gerade mal die Hälfte der Zuschauerreihen besetzt.

Peng sieht Han besorgt an und reibt sich die Stirn.

»Die Provinzverwaltung wird nicht zufrieden sein. Von Peking ganz zu schweigen.«

»Ich habe alles versucht«, beteuert Han, »aber wenn Peking die offiziellen Zahlen der SARS-Fälle jeden Tag unaufhaltsam erhöht, dann ist alles, was ich mache, vergeblich.«

Peng bedeutet Han mit einer Kopfbewegung, in eine Ecke des Raums zu kommen, so dass die Techniker nicht mithören können. »Ich würde dir raten, gleich nach der Messe nach Peking zu fahren«, sagt Peng leise.

Han versteht zuerst nicht. »Wozu?«

»Du musst versuchen, Verbindungen zu den neuen Kadern aufzunehmen, die dort jetzt das Sagen haben. Aber du darfst niemanden aus der alten Riege beleidigen, sonst kriegen wir deine Beförderung nicht durch.«

»Wieso? Einige der Beamten aus der Provinz, die vor SARS gekniffen hatten, haben gerade die Quittung von Peking gekriegt. Ich finde, jetzt ist eigentlich der beste Moment, mich zum ersten Bürgermeister zu ernennen. Der Alte macht sowieso nichts als Urlaub.«

»Aber die Messe wird kaum Erfolge zu vermelden haben. Und unsere Abgabe an Peking wird dieses Jahr auch zu gering ausfallen. Das wird Peking kaum zufrieden stellen. Darum sollst du hinfliegen.« Peng nennt Han noch ein paar Namen von Leuten, die er in Peking aufsuchen soll.

Han Tai nickt. Er wollte ohnehin noch versuchen, herauszufinden, ob er tatsächlich von Peking überwacht wird, wie Koukou ihm angedeutet hatte. »Gut«, sagt er. »Gut.«

Die Ausstellung zu SARS wird erst am späten Nachmittag eröffnet. Zum Teil sieht es noch chaotisch aus in den Hallen. Hier und da liegen Kabel herum, medizinische Geräte werden angeschlossen, die letzten Kisten mit Medikamenten ausgepackt.

Aber bereits eine Stunde vor der Eröffnung hat sich am Eingang eine lange Schlange gebildet. Nachdem Han die Ausstellung endlich freigegeben hat, strömen immer mehr Menschen in die drei Hallen. Sie ziehen den in der Luft schwebenden Arzneigeruch ein, umringen die mit weißen Kitteln bekleideten Ärzte und bestürmen sie mit einer Vielzahl von Fragen. Manche kaufen kiloweise chinesische Medikamente ein. Zur Stärkung der Abwehrkräfte. Nach einer Weile schlendern die ersten hinüber in die Messehallen. Schließlich siegt die Neugier und die Menschen beginnen, sich für die vielen Neuheiten zu interessieren, die da in so großer Menge herumstehen. Sie lassen sich die Geräte erklären, es wird bewundert, probiert und verglichen. Hier und da hört man sogar Gelächter.

Als Han im Kontrollraum sieht, dass das Konzept aufgeht, fällt die Anspannung allmählich von ihm ab und ein Lächeln zieht über sein Gesicht.

Am Abend erscheint Han auf einer Messe-Party, die Nokia-Xiamen im »Goldenen Tor« veranstaltet. Als er Zhu Zhaohai begegnet, klopft er ihm kameradschaftlich auf die Schulter. »Mein Freund, dein Bruder und du, ihr habt viel für die Stadt getan. Euch zu Ehren werde ich ein großes Bankett geben. Ein ebenso schönes Fest wie vor drei Jahren, und natürlich wird es im Saal 6016 stattfinden!«

Zhu Zhaohai strahlt über das ganze Gesicht. »Da sage ich nicht nein.« Sie lachen, stoßen an und leeren ihre Gläser.

Als Han sich wenig später zur Toilette begibt, übergibt ihm im Korridor eine Kellnerin ein Kuvert. »Für Sie, Herr Bürgermeister. Gerade abgegeben«, sagt sie und verschwindet mit einem Tablett in Richtung Saal.

Auf der Toilette öffnet Han das Kuvert. Ein Zettel aus feinem Papier fällt heraus. »Bitte kommen Sie in die Suite 8101«, steht darauf. Die Schrift wirkt zart und weich. Das Papier ist angenehm parfümiert.

Han atmet tief den Duft ein, bevor er den Brief in die Hosentasche steckt. Dann geht er mit gemächlichen Schritten die Treppen hinauf zur Suite 8101.

Der falsche Empfänger

Es ist noch früh am Morgen, als Tang Mingdao von einem lauten, gurgelnden Geräusch geweckt wird. Er öffnet die Augen und sieht, dass die Hochbetten um ihn herum leer sind. Die meisten Zimmergäste sind schon aufgestanden. Nur vier oder fünf Männer schlafen noch. Durch die offenen Fenster weht frische Luft ins Zimmer.

Vorsichtig befühlt Tang seinen Bauch unter der dünnen Decke. Das Papierbündel in der Tasche, die auf der Innenseite seiner langen Unterhose eingenäht ist, raschelt leise unter seinen Fingern. Er setzt sich und öffnet die Stofftasche, die während des Schlafes unter seinem Kopf lag. Ein geöffneter Brief liegt warm zwischen einem Buch. Der Bauer atmet auf. Es ist sechs Uhr morgens. Er steht auf, hängt sich die Tasche schräg über die Schulter und reiht sich ein in die Schlange der Gäste, die sich im Innenhof der Herberge an dem einzigen Wasserhahn erfrischen. Neben ihm steht ein Mann mit einem ähnlich braungebrannten Bauerngesicht wie dem seinen.

»Hallo«, grüßt Tang den Mann, »weißt du vielleicht, ob es heute regnen wird?«

»Regen? Gibt's in dieser Gegend selten. Hier scheint jeden Tag die Sonne.«

»Aha, dann muss ich keinen Schirm für unterwegs mitnehmen.« Während Tang sein Tuch unter dem Wasserhahn wäscht, sucht er nach einem anderen Thema. »Hier ist es ähnlich wie auf dem Land. Alle stehen früh auf.«

»Ja, jetzt ist die Luft noch sehr angenehm, da rennen alle los, um etwas zu erledigen. Gegen Mittag wird es zu heiß, dann legen sich viele aufs Ohr. Ich werde jetzt gleich mit meinem Taxi losfahren.«

»Wie bitte? Du fährst hier Taxi?« Tang kann kaum glauben, dass der Mann mit dem Bauerngesicht tatsächlich als Taxifahrer in einer Stadt voller Hochhäuser arbeitet.

»Was ist daran so ungewöhnlich? Wenn du einen Traktor fahren kannst, hast du auch mit einem Taxi keine Probleme. Du kannst keinen Traktor fahren? So was lernst du schnell. Wenn du willst, kannst du wie ich als Taxifahrer arbeiten. Die Firma, bei der ich arbeite, sucht ständig Fahrer.«

»Aber hast du denn keine Wohnung? Ich meine, lebst du immer hier im Gasthaus?«

»Nein, nein. Das ist nur eine Notlösung. Ich bin erst seit einem Monat hier. Hab erst vor kurzem eine Wohnung gefunden. Übermorgen ziehe ich um, dann komm ich hier raus. Und du? Bist ganz neu in der Stadt, ja?«

»Ich bin gestern erst angekommen. Will jemand besuchen.«

»Ach so. Ich dachte, du willst auch hier arbeiten.« Der Taxifahrer reibt sich mit einem nassen Tuch so kräftig das Gesicht, als hätte er eine Bürste in der Hand.

»Kommst du auch aus der Provinz Jiangxi?« fragt Tang.

»Nein, aus Hunan.«

»Dann sind wir ja immerhin Nachbarn.«

»Freut mich, Nachbar. Vielleicht sehen wir uns später. Wenn du ein paar Tage hier bleibst, kannst du mich in meiner neuen Wohnung besuchen. Also, mach's gut.« Der Mann fährt sich mit dem Tuch noch mal über das Haar, dann ist er fertig mit dem morgendlichen Waschen. Mit dem nass glänzenden Kopf geht er ins Zimmer zurück, hängt sein Tuch auf die Leine, die quer durch das Zimmer gespannt ist, und verlässt die Herberge. Durch das Fenster zur Straße schaut Tang ihm nach, wie er mit entschlossenen Schritten seines Weges geht.

Um das Geld für die Busfahrt zu sparen, marschiert der Bauer zu Fuß durch die Stadt. Die Wärme erinnert ihn, obwohl es erst März ist, an den Sommer in seiner Heimat. Auf den Straßen wimmelt es von jungen Leuten; vielen sieht man ihre Herkunft vom Land an. Tang ist überrascht. Er hat das Gefühl, dass die meisten Stadtbewohner aus Dörfern stammen.

An einer Kreuzung zupft ihn jemand leicht an seiner Stofftasche. Tang dreht sich um. Ein Mann mittleren Alters steht neben dem Haus an der Ecke. An seinen Gesichtszügen glaubt Tang zu erkennen, dass der Mann jahrelang auf dem Feld gearbeitet hat. »Bleib stehen. Da vorn ist eine Razzia«, sagt der Mann leise und deutet mit dem Kinn auf die nächste Kreuzung. Jetzt sieht Tang, dass auch andere stehen geblieben sind. Sie drücken sich an die Hauswand und schauen alle gespannt in die gleiche Richtung.

Zwanzig Meter von ihnen entfernt wartet eine Reihe Polizisten. Hinter ihnen stehen drei Polizeifahrzeuge bereit. Ahnungslose Passanten werden ohne jede Vorwarnung von der Polizei festgehalten, nach hinten gezerrt und nach einem kurzen Wortwechsel unsanft in die Transporter geschoben.

»Was ist da los? Warum werden die alle verhaftet?« fragt Tang beunruhigt.

»Sie haben keinen Ausweis dabei.«

»Was für einen Ausweis?«

Der Mann beäugt Tang skeptisch. »Du bist Tourist, oder? Man braucht in der Sonderwirtschaftszone einen Arbeitsausweis oder eine provisorische Wohnerlaubnis. Wer so was nicht hat, lebt hier illegal.«

Tang stockt der Atem. Er hat zwar eine Sondergenehmigung für die Reise nach Shenzhen in seiner Tasche, ist sich aber nicht sicher, ob diese von der Polizei akzeptiert wird. Ohne lange nachzudenken stellt er sich hinter die anderen Zuschauer und beobachtet das Geschehen. Als einer der Passanten den Polizisten eine Art Kärtchen gezeigt hat, darf er tatsächlich weitergehen. Doch die meisten Passanten müssen sich damit abfinden, in die Polizeitransporter geschoben zu werden.

Tang Mingdao zählt mit. Die Polizei zwängt fünfzehn Personen in einen Wagen. Schließlich ist der Transporter so überfüllt, dass einem der Männer die Tür an den Kopf knallt, als der Polizist den Laderaum schließt.

»Leben die alle schwarz hier?« fragt Tang verdutzt.

»Na, manche haben einfach nur ihren Ausweis zu Hause vergessen«, sagt der Mann, der ihn gewarnt hat. »Sie kommen aber wieder frei, wenn ein Familienmitglied den Ausweis im Polizeirevier vorlegt.«

»Hast du auch keinen Ausweis?«

»Ich? Meine Fabrik hat eine Wohnerlaubnis für mich beantragt. In zwei Wochen bekomme ich sie.«

»Ach so. Aber was passiert mit denjenigen, die keinen Ausweis haben?«

»Die Schwarzarbeiter? Na, was glaubst du wohl? Zuerst werden sie von den Bullen ordentlich vermöbelt, dann müssen sie die Sonderwirtschaftszone verlassen. Vorher müssen sie natürlich noch eine saftige Geldstrafe zahlen. Einer aus meinem Dorf ist letzten Monat nach Hause geschickt worden.« Nach einer Weile fügt der Mann hinzu: »Die Polizei rückt manchmal vier oder fünf Mal im Monat aus. Lass dich also nicht erwischen, selbst wenn du einen richtigen Ausweis dabei hast. Die Bullen finden immer einen Grund, dich fertig zu machen, wenn sie Lust dazu haben.«

»Danke, dass du mir das sagst.« Tang verbeugt sich ein wenig vor dem Mann. Zugleich spürt er, wie ihm kalter Schweiß den Rücken hinab läuft. Nach einer Viertelstunde sind die drei Fahrzeuge voll. Die Polizisten steigen ein und fahren los. Die Kreuzung ist wieder frei. Der Fremde winkt Tang kurz zu und verlässt seine Deckung an der Hauswand. »Die Luft ist rein. Bis dann.« Von diesen Worten ermutigt, geht Tang ebenfalls auf die Kreuzung zu, die eben noch kontrolliert wurde. Niemand überfällt ihn, keiner hält ihn fest – Tang fühlt sich, als habe er einen triumphalen Sieg errungen. Das Leben in der Großstadt ist wunderbar!

Nach anderthalb Stunden kommt Tang ins Schwitzen. Aber er ist noch immer nicht am Ziel. Manchmal rastet er ein paar Minuten an einem Laternenmast, um sich den Schweiß abzuwischen. Dabei liest er die bunten Zettel, die daran befestigt sind. Arbeitskräfte werden gesucht oder Wundersalben angepriesen. Tang spielt mit dem Gedanken, sich vielleicht eine Arbeit auf einer Baustelle oder am Fließband zu suchen. Dann geht er weiter. Erst jetzt wird ihm klar, wie riesig Shenzhen ist. Wenn er die Größe der Stadt mit der eines Menschen vergleicht, dann ist sein Dorf, über tausend Kilometer entfernt, nur so groß wie eine Fingerkuppe.

Gegen halb elf steht Tang vor einem Hochhaus unweit des Hauptbahnhofs. Sein Hemd ist unter den Achseln schweißnass. Er entdeckt im Eingangsbereich eine Wand mit Firmenschildern und beginnt, vor sich hin zu murmeln. Mehrmals wiederholt er den gesuchten Namen, um ihn nicht zu vergessen: »Reederei & Frachtbüro Shenzhen«. Schließlich kramt er aus seiner Stofftasche den geöffneten Brief hervor und vergleicht das Schild an der Wand vorsichtshalber mit der Adresse des Absenders. Dann fährt er mit dem Aufzug in die vierzehnte Etage.

Durch eine halb geöffnete Glastür gelangt Tang in das Frachtbüro. Dort sitzen fünfzehn oder sechzehn Menschen an ihren Schreibtischen. Alle sind jung, sehen jedoch ganz anders aus als die Menschen auf der Straße. Sie wirken gebildet und intelligent. Einige telefonieren, andere starren konzentriert auf Computerbildschirme. Eine dünne Angestellte, die in der Nähe der Tür sitzt, bemerkt den braungebrannten Mann und fragt: »Guten Tag, wen suchen Sie denn?«

»Hallo. Arbeitet bei Ihnen einen Mann namens Tang Mingdao?«

»Der ist letztes Jahr ins Ausland gegangen. Nach Australien.«

»Aha. Haben Sie eine Ahnung, woher Tang stammt?«

Die Frau mustert den Mann von Kopf bis Fuß, scheint dann das

Interesse an ihm zu verlieren. »Haben Sie denn nicht verstanden, was ich gesagt habe? Der Mann ist längst nicht mehr bei uns.«

Eilig entfaltet Tang den Brief, den er noch immer in der Hand hält: »Ich heiße ebenfalls Tang Mingdao. Ich habe einen Brief und einen Scheck von Ihrer Firma bekommen.«

Die Frau beugt sich ein wenig vor und liest: »Herr Tang Mingdao: Zum Dank für Ihre erfolgreiche Arbeit bei unserer Firma senden wir Ihnen eine Jahresprämie von dreitausend Yuan für das segensreiche Jahr 2001 in Form eines Schecks zu. Wir wünschen Ihnen eine glänzende Zukunft. Personalleiter Qian Guihai.« Die dünne Angestellte nimmt dem Bauern den Brief aus der Hand und wendet sich freudestrahlend ihren Kollegen zu: »Hey, hier bringt uns jemand dreitausend Yuan zurück! Damit können wir unsere Neujahrsfeier gleich noch einmal wiederholen!«

Die Mitarbeiter stehen auf und umringen die Frau. Nachdem sie den Brief überflogen haben, schielen sie zu dem Fremden hinüber und versuchen, sich ein Lachen zu verkneifen. Einer prustet los: »So einen Kollegen wie den hatten wir noch nie. Der wäre was fürs kommende Jahr.«

Tang Mingdao wird rot. »Junge Frau, bitte geben Sie mir den Brief zurück.«

»Wozu? *Sie* haben bei uns noch nie gearbeitet. Sie sind eindeutig der falsche Empfänger. Geben Sie mir den Scheck, damit ich ihn an den Personalleiter weiterleiten kann.« Die dünne Frau streckt ihre Hand dem falschen Tang entgegen.

»Nein. Das möchte ich selbst machen.«

Die Frau starrt mit künstlich aufgerissenen Augen Tangs billige, mit Straßenstaub bedeckte Sportschuhe an: »Ich will nur vermeiden, dass Sie bei uns ausrutschen und sich den Knöchel verstauchen.«

»Dann gehe ich eben auf allen Vieren hin.« Kerzengerade baut sich Tang vor der Frau auf und zieht ihr den Brief so vorsichtig wie möglich aus der Hand. Trotzdem reißt das Papier an der Faltstelle ein wenig ein. »Kann mir einer sagen, wo Herr Qian Guihai sitzt?«

»Absolute Sturköpfe, diese Leute vom Land. Aber gut, ich habe es nur nett gemeint!« spottet die Angestellte. Sie stößt verächtlich Luft durch die Nase. Einige der Angestellten kichern.

»Ich bringe Sie hin«, sagt ein junger Mann, der gerade hereingekommen ist, und führt den Besucher eine Etage höher. Dort zeigt er auf eine Tür und verabschiedet sich.

Durch die Glastür erblickt Tang einen gut angezogenen Mann, der allein in seinem Büro sitzt. Er scheint etwas älter zu sein als die Angestellten aus dem unteren Stockwerk. Als Tang an die Tür klopft und sie aufschiebt, wirft der Mann einen flüchtigen Blick auf den Besucher und sagt: »Zur Zeit ist keine Stelle ausgeschrieben.« Kaum hat er den Satz beendet, senkt er schon wieder den Kopf und blättert weiter in dem Papierstapel auf seinem Tisch. Er scheint sehr beschäftigt zu sein.

Tang Mingdao bleibt in der Tür stehen. Er betrachtet den Mann von der Seite. »Ich komme wegen eines Briefs zu Ihnen. Sind Sie Herr Qian Guihai?«

»Ja. Was ist denn?«

»Ich habe Ende letzten Jahres einen Brief von Ihnen erhalten. Seither konnte ich nicht mehr gut schlafen. Verzeihen Sie, ich bin extra aus meiner Heimat hierher gefahren. Ich wollte Ihnen die Jahresprämie zurückbringen.«

Erstaunt blickt der Mann von seinen Papieren auf, erhebt sich und geht auf den Fremden zu. An der Tür angekommen, öffnet er den Brief, den Tang ihm überreicht hat. »Ja, richtig. Das Schreiben ist an unseren Ex-Kollegen Tang Mingdao adressiert. Wie ist er in Ihre Hände gelangt?«

»Genau das wollte ich *Sie* fragen. Sie waren es doch, der meine Adresse und meinen Namen auf den Briefumschlag geschrieben hat. Ich lebe im Dorf Schachbrett.«

»Wie bitte? Sie heißen ebenfalls Tang Mingdao und wohnen genau unter dieser Adresse? Das gibt's doch gar nicht.« Der Personalchef kratzt sich hinter dem Kopf. »Aber wenn ich mich nicht irre, hatte ich wegen des Briefs extra in die Personalakte geschaut.« Qian bittet den Gast einzutreten und deutet mit einer Geste auf den Lederstuhl vor seinem Schreibtisch. Der Bauer weiß nicht genau, wie er diese Handbewegung deuten soll. Er bleibt neben dem Stuhl stehen.

»In meinem Dorf wohnen knapp zweihundert Menschen. Ich allein trage den Namen Tang Mingdao, und zwar seit meiner Geburt.« Der Bauer kramt sein Familienbuch aus der Stofftasche und legt es auf den Tisch. Und er hält seinem Gegenüber einen Identitätsnachweis unter die Nase. Das Dokument wurde vom Vorsteher des Dorfes Schachbrett unterzeichnet und mit einem roten Stempel versehen.

»Tja, dann scheine ich einen Fehler gemacht zu haben.« Qian Guihai verzieht das Gesicht. »Bitte setzen Sie sich doch, Herr ... Tang.« Er schließt den Schrank an der Wand auf, holt eine Akte heraus, setzt sich wieder an seinen Schreibtisch und blättert darin herum. »Aber hier ist doch die gleiche Adresse vermerkt! Eigenartig!«

Tang beugt sich über den Tisch, um einen Blick auf die Akte zu erhaschen. Qian Guihai schiebt seinen Drehstuhl zurück und hält die Akte senkrecht wie eine Mauer zwischen sich und seinen Gast. Er überprüft die verschiedenen Einträge und murmelt: »In den Unterlagen der Shandong Universität sind die gleiche Adresse und der gleiche Name angegeben. Ich habe mich also nicht geirrt. Jetzt verstehe ich gar nichts mehr. Wer ist hier der Doppelgänger von wem?«

Ein Ruck geht durch den Bauern, als hätte er eine Explosion vernommen. »Was sagen Sie da? Die Shandong Universität?«

Das Telefon klingelt. Der Personalchef nimmt den Hörer ab und sagt, er würde in einer halben Stunde zurückrufen. Dann zieht er ein Blatt Papier aus der Akte und deckt es mit zwei leeren Blättern so geschickt ab, dass nur ein Foto zu sehen ist. »Kennen Sie diesen Mann?«

»Nein«, sagt Tang, »den habe ich noch nie gesehen.«

»Das dachte ich mir. Das ist der Tang, der bei uns gearbeitet hat. Der ist vor drei Jahren mit dem Abschlusszeugnis der Shandong Universität zu uns gekommen. Zu der Zeit waren viele gefälschte Zeugnisse im Umlauf. Ist heute ja auch nicht anders. Jedenfalls wollte ich keine Person mit einem gefälschten Zeugnis einstellen und habe die Unterlagen damals direkt von der Uni angefordert. Was ist los mit Ihnen, Herr Tang? Fühlen Sie sich nicht wohl?«

»Schon gut. Sagen Sie mir bitte, in welchem Jahr ist Ihr Tang auf die Universität gegangen?«

»Das war 1992. Vor genau zehn Jahren also. Vier Jahre später hat er sein Betriebswirtschaftsstudium mit dem Bachelor abgeschlossen.«

Erneut läuft dem Bauern ein Schauder über den Rücken. »Wirklich? 1992? Und dann auch noch Betriebswirtschaft?«

»Ja, steht alles in den Akten. Nach dem Studium hat Ihr Namensvetter erst drei Jahre lang bei einer Handelsfirma in Jinan gearbeitet, bis er schließlich zu uns kam. So wie ich die Sache sehe, haben Sie mit dem anderen Tang nichts gemeinsam. Nur die Sache mit der gleichen Adresse ist seltsam … Hallo, Herr Tang, was ist mit ihnen? Kippen Sie mir bitte nicht um!«

»Das kann nicht wahr sein!« Dem Bauern scheint die Luft wegzubleiben. Er atmet schwer. »Dieser Tang ist den Weg gegangen, den ich gehen wollte. 1992 habe ich auf dem Anmeldeformular für die Aufnahmeprüfung zu den Universitäten als erste Wahl das Studienfach BWL an der Shandong Universität angegeben. Aber ich bin bei der Prüfung durchgefallen.«

Ein Mitarbeiter betritt das Büro. Er hat eine Knieoperation hinter sich und möchte einen Zuschuss zum Krankenhausaufenthalt beantragen. Nach einer Viertelstunde ist die Sache erledigt.

Qian Guihai wendet sich wieder Tang Mingdao zu. Ihm ist, als hätte er plötzlich einen anderen Menschen vor sich. Ratlos bewegt sich der Bauer auf seinem Stuhl hin und her und hat seine Fassung noch nicht wiedererlangt. »Ich glaube, Sie haben einen Hitzschlag erlitten. Bleiben Sie ruhig sitzen. Ich hole Ihnen ein

Glas Wasser«, versucht ihn Qian zu beruhigen und verlässt eilig das Zimmer. Als er mit einem Glas und einer Flasche Mineralwasser zurückkehrt, befindet sich die Akte in der Hand des Mannes mit dem dunklen Gesicht und den hohen Wangenknochen. Er blickt nicht zu Qian hoch, sondern scheint wie hypnotisiert von dem Dokument, das er gerade liest. Sein Gesicht glüht, seine Augen funkeln. »Schauen Sie hier: „*Tang* Mingdao, geboren am 25.8.1972 im Kreis Kupferstille, Provinz Jiangxi«, liest der Bauer laut aus dem Abschlusszeugnis vor, das den blutroten Stempel der Universität trägt. »Wieso um alles in der Welt hat Ihr Tang nicht nur dasselbe Geburtsdatum wie ich, sondern stammt wie ich aus dem Kreis Kupferstille?«

Unauffällig wischt sich der Personalchef die Speicheltropfen vom linken Arm, die der Gast beim Sprechen hinterlassen hat. »Ich werde nicht recht schlau aus dieser Akte. Vielleicht sollten Sie bei der Universität nachfragen.« Behutsam löst Qian Guihai die Unterlagen aus Tangs Händen und gibt ihm das volle Glas.

Wie besinnungslos stürzt Tang das Wasser hinunter. »Vielleicht heißt dieser Mann überhaupt nicht Tang Mingdao. Vielleicht hat er nur meinen Namen gestohlen«, sagt er.

Der Personalleiter hebt den Blick. Schweigend blickt er den Bauern an, dann nimmt er das Familienbuch in die Hand und vergleicht die Angaben mit denen in seiner Akte. Schließlich fragt er: »Und warum hat er Ihren Namen verwendet? Warum hat er sich ausgerechnet Sie herausgesucht? Im übrigen: Ihr Namensvetter hat hier gute Arbeit geleistet. Wir hätten ihn also auch unter einem anderen Namen eingestellt, und eines kann ich Ihnen versichern: Unsere guten Geschäftsbeziehungen nach Australien verdanken wir ihm.« Der Personalleiter überlegt kurz. »Warten Sie mal ... auf einem der Formulare sind die Adressen seiner Angehörigen vermerkt. Vielleicht Sind Sie ja doch mit ihm verwandt?«

Plötzlich steht eine junge Frau in der offenen Bürotür. Qian geht zur Tür und begrüßt sie herzlich. Er sagt ihr, dass ihr Arbeitszeugnis zwar im Computer gespeichert, aber noch nicht ausgedruckt worden sei. In einer Viertelstunde könne er sich darum kümmern. Die Frau entfernt sich. Als der Personalleiter zu seinem Stuhl zurückkehrt, hat der Bauer erneut die Akte in seiner Hand.

»Da schau an!« ruft der Bauer so laut, dass dem Personalchef ein Schrecken in die Glieder fährt. Unwillkürlich weicht er mit seinem Drehstuhl ein wenig zurück, was Tang aber nicht bemerkt. Ihm entgeht auch, dass der Personalchef leicht die Nase rümpft, weil ein penetranter Schweißgeruch in der Luft hängt. Ein vergilbtes Formular erfordert Tangs ganze Aufmerksamkeit. »Sehen Sie sich das an: Auf diesem Papier hat er meine Eltern zu seinen und meine Schwester zu seiner gemacht. Aber von dieser Tante und diesem Onkel hier habe ich mein Lebtag noch nicht gehört. Sie müssen seine wahren Verwandten sein!«

Eine hübsche junge Frau tritt ins Zimmer. Sie wird gleich zum Hafen Schlangenmaul fahren und braucht dafür Qians Stempel, um vor Ort einige Formalitäten erledigen zu können. Heute werden zwei neue Autos aus dem Speicher der Firma am Hafen gefahren und auf ein Schiff verladen, das morgen nach Shanghai fährt. Qian Guihai, der auch für die Finanzen der Firma zuständig ist, gibt der Frau mit ein paar scherzhaften Bemerkungen seinen Stempelkasten.

Währenddessen blättert Tang durch die Akte und sucht fieberhaft nach weiteren Informationen. Qian blickt auf seine Armbanduhr. Halb eins. »Herr Tang, es tut mir leid, aber ich habe noch einen Termin.«

Tang scheint ihn nicht zu hören. Er zeigt mit dem Finger auf eine andere Stelle in der Akte. Der Personalleiter ignoriert dies und zieht dem Bauern behutsam die Akte aus den Händen. Demonstrativ klappt er sie zusammen. »Herr Tang, Sie sind hier an der falschen Adresse. Das ist eine Sache zwischen Ihnen und Ihrem Namensvetter, unsere Firma hat damit nichts zu tun. Unser früherer Kollege hat uns zwar keine Adresse in Australien hinterlassen, aber ich kann Ihnen eine Kopie seiner Zeugnisse ausstellen und Ihnen die Adresse seiner Verwandten geben.«

Tang verstummt.

Der Personalchef schreibt eine Zeile auf einen Zettel und setzt seine Unterschrift darauf. Er überreicht ihn seinem Besucher: »Herr Tang, ich möchte mich für Ihre Ehrlichkeit bedanken. Bitte nehmen Sie diese dreihundert Yuan als Zuschuss zu Ihren Reisekosten. Das Geld wird Ihnen unsere Buchhalterin eine Etage tiefer aushändigen.«

Umständlich kramt Tang den Scheck über dreitausend Yuan aus seiner Hosentasche und legt ihn auf den Tisch. Sein Blickt irrt um den Personalchef herum, als wüsste er nicht mehr, wer ihm gegenüber steht.

»Herr Tang«, Qian räuspert sich, »ich habe eine Bitte an Sie: Falls Sie herausfinden, dass der andere Tang tatsächlich Ihre Identität angenommen hat, dann lassen Sie es mich doch wissen. Mich interessiert, was hier passiert ist.«

Tang nickt dem anderen mechanisch zu.

Als er die Firma verlässt, hat er das Gefühl, eine unsichtbare Hand würde ihm den Boden unter den Füßen wegziehen.

Mit siebzehn hatte Tang bei seinem Lehrer in der *Volkszeitung* zufällig einen Bericht über die Shangdong Universität in der Stadt Jinan gelesen. Auf seine Bitte hin überließ ihm der Lehrer die entsprechende Seite. Nach mehrmaliger Lektüre stand Tangs Plan fest: Er wollte sich an der Shangdong Universität, der zweitältesten Universität des Landes, einen Studienplatz erkämpfen, um so nach Jinan zu kommen. Dazu blieb ihm nur eine einzige Möglichkeit. Er musste die nationale Aufnahmeprüfung der Universitäten bestehen. Als Student durfte er in der Stadt wohnen, und nach dem Studium hätte er dort vielleicht Arbeit gefunden.

Mit achtzehn Jahren nahm Tang zum ersten Mal an der großen Aufnahmeprüfung teil. Er scheiterte knapp. Ein Jahr später wiederholte er die Prüfung und schnitt viel besser ab. Da es allerdings mehr Bewerber gegeben hatte als ein Jahr zuvor, hatten die Universitäten die Zulassungsbedingungen verschärft. Tang verfehlte das Ziel erneut, gab aber nicht auf. Gewissenhaft bereitete er sich wieder ein ganzes Jahr vor und wagte 1992 den dritten Anlauf. Nach der Prüfung war er sich sicher, dass er seinem Dorf auf immer würde »Lebewohl« sagen können.

Anfang September machten sich zwei ehemalige Mitschüler aus Nachbardörfern mit strahlenden Gesichtern auf den Weg zu ihren Fachhochschulen. Der 20jährige Tang aber wartete noch immer auf den heiß ersehnten Aufnahmebescheid der Shandong Universität. Vergeblich. Auch die zweite und dritte Universität, die er bei der Prüfung als Alternativen angegeben hatte, meldeten sich nicht. Nachdem auch der Oktober ohne Nachricht verstrichen war, wurde ihm klar, dass ihm keine Universität einen Studienplatz anbieten würde.

Drei Jahre lang hatte er nur für die Prüfungen gelebt. Dieses Mal schien den Prüfern sogar die Lust vergangen zu sein, ihm den Ablehnungsbescheid zuzuschicken. Er schämte sich zutiefst und erzählte niemand von seinem Unglück.

In einer Novembernacht entschloss er sich, seinen Herzenswunsch endgültig zu begraben. Er wurde ein schweigsamer Mann, heiratete, bekam eine Tochter. Er blieb dort, wo seine Vorfahren seit Generationen gelebt hatten.

Neun Jahre später erreichte ihn dann der rätselhafte Brief aus Shenzhen. Niemals hatte er sich auch nur hundert Kilometer weit von seinem Dorf entfernt. Dennoch lieh er sich Geld, um eine Fahrt in den Süden zu unternehmen.

Jetzt, nachdem er den Absender besucht und dabei das Foto eines anderen Tang erblickt hat, wird er das Gefühl nicht los, dass jemand ein böses Spiel mit ihm treibt. Noch einmal reist er mit der Eisenbahn, diesmal in den kalten Norden. Nach über dreitausend Kilometern und mehrmaligem Umsteigen erreicht er Jinan, die Hauptstadt der Provinz Shangdong.

Die Stadt liegt am Unterlauf des Gelben Flusses. Sie wird überragt vom Berg der tausend Buddhas, früher ein heiliger Ort für gläubige Pilger. Die Stadt selbst ist seit Jahrtausenden für ihre wohltuenden Quellen bekannt. Dichter aus verschiedenen Dynastien haben die Quellen gepriesen, die noch heute viele Touristen in die Stadt locken. Doch was Tang Mingdao sieht, verwundert und schockiert ihn zugleich.

Aus der Ferne wirkt Jinan wie eine moderne Stadt. Glänzende Hochhäuser bilden mächtige Gebäudekomplexe. Doch als der Zug den Gelben Fluss überquert, ist kein einziger Tropfen im Flussbett zu sehen. Tiefschwarze Furchen verraten, dass das Gewässer bereits vor langem ausgetrocknet ist.

Während Tang umherirrt, um den richtigen Bus zur Shangdong Universität zu finden, sieht er ein bisschen mehr von dieser Stadt. Straßennamen erinnern an Persönlichkeiten und bekannte Quellen. Doch von den berühmten Bächen und von den Traditionen der alten Stadt ist kaum etwas zu sehen. Im Zentrum entdeckt der Bauer auf einem Plakat den Aufruf: »Bekämpft die Dürre und die Trockenheit! Pflanzt Bäume!« Tang wird klar, dass die einstige Quellenstadt ausgetrocknet ist.

Die Shangdong Universität liegt im Osten von Jinan. Die hundert Jahre alte Universität scheint eine Stadt für sich zu sein. Sie sieht weitläufig und schön aus. Tang lässt sich den Weg zum Archiv zeigen. Schon betritt er einen prächtigen Altbau im traditionellen chinesischen Stil.

Der Innenraum erinnert an eine Bibliothek. Eine hohe Theke trennt den Archivar von den Besuchern, die eine kleine Schlange bilden. Als Tang sich hinten anstellt, stehen fünf junge Menschen vor ihm. Vier von ihnen brauchen Kopien ihrer Leistungsscheine. Nachdem der Beamte hinter der Theke die gewünschten Seiten aus dem Archiv kopiert und die Kopie mit dem Stempel der Universität versehen hat, verlangt er zwanzig Yuan pro Formular.

Die Frau, die direkt vor Tang steht, wirkt sehr jung. Sie braucht eine Studienbescheinigung und eine Liste der Seminarscheine. Tang versteht nicht, worum es geht, und während der Archivar hinten in einem Regal nach den Akten sucht, fragt der Bauer die junge Frau leise, wozu sie die Nachweise braucht. Sie erzählt, dass sie sich an einer ausländischen Universität bewerben will. Jetzt begreift Tang, was all die jungen Menschen hier wollen.

Als er endlich an der Reihe ist, kann der Archivar mit der Bitte des Besuchers zunächst nichts anfangen.

»Ich möchte wissen, ob ein Mann namens Tang Mingdao 1992 hier studiert und meine Adresse angegeben hat.« Tang legt sein Familienbuch vor.

»Sie dürfen hier nicht die persönlichen Unterlagen anderer Studenten einsehen«, erwidert der Archivar kurz angebunden.

»Aber dieser Ex-Student hat meinen Namen, meine Adresse und mein Geburtsdatum angenommen. Das müssen Sie doch überprüfen!« Tang zeigt dem Mann hinter der Theke eine Kopie des Abschlusszeugnisses des anderen Tang Mingdaos, auf dem das Foto einigermaßen klar zu sehen ist.

Grummelnd verschwindet der Angestellte hinter den Regalen. Ein paar Minuten später kehrt er mit leeren Händen zurück. »1992 wurde hier ein Mann namens Tang Mingdao aufgenommen. 1996 hat er sein Studium beendet und die Universität wieder verlassen. Seine Akte belegt dies einwandfrei.«

»Moment mal! Was für ein Tang wurde aufgenommen? Kam er etwa aus dem Dorf Schachbrett? Wurde er am 25. August 1972 geboren? Überprüfen Sie doch diese Angaben bitte noch einmal.«

»Nicht nötig. Ich rede von genau dem Tang aus Schachbrett. Wohnhaft Unter den Ulmen 3, geboren am 25. August 1972.«

Tang Mingdao schwankt und muss sich an der hohen Theke festhalten. Das Blut schießt ihm in den Kopf, er atmet schwer. »Ich ... ich kann es nicht glauben ... ich hab's also doch geschafft. Die Universität hat mich aufgenommen!«

»An Ihrer Stelle würde ich schnellstens die Sanitätsstelle aufsuchen.«

»Nein, nein. Verstehen Sie doch: Wenn die Universität vor zehn Jahren einen Tang aus Schachbrett aufgenommen hat, dann war ich damit gemeint! In diesem Dorf gibt es seit dreißig Jahren nur einen Tang Mingdao, und das bin ich!«

Die hinter Tang stehenden Studenten fangen an zu tuscheln. Es klingt, als brodelte es im Raum.

Der Archivar nimmt das Familienbuch, das immer noch auf der Theke liegt, und prüft pedantisch jede Seite. »Sie machen Spaß! Viele Menschen tragen denselben Namen. Und es gibt genug Städte und Dörfer, die gleich heißen. Wieso also sind Sie sich so sicher, dass unser Student – der zufällig so heißt wie Sie – aus Ihrem Dorf stammen sollte? Außerdem können Sie sich noch nicht einmal zuverlässig ausweisen. Kommen Sie nächstes Mal mit einer notariell beglaubigten Geburtsurkunde und einem Personalausweis, dann sehen wir weiter.« Schwungvoll wirft er das dunkelrote Buch quer über die Theke zu Tang. Dann wendet er sich dem nächsten Besucher zu.

»Aber wir vom Dorf haben alle nur ein Familienbuch. Wir besitzen keine Ausweise«, erwidert Tang. Seine Worte bleiben unerwidert. Ohne ihn weiter zu beachten, geht der Archivar nach hinten, um eine andere Akte zu suchen.

Als der Angestellte wieder an der Theke erscheint, steht Tang immer noch da. »Hören Sie: Im Kreis Kupferstille gibt es nur ein Dorf, das Schachbrett heißt. Und das ist mein Dorf«, erklärt er. Der andere behandelt ihn wie Luft.

Tang nimmt seine Reisetasche vom Boden und verlässt das Gebäude.

Auf dem langen Flur lässt der Bauer den Kopf hängen. Es sieht aus, als trüge er eine schwere Last auf den Schultern. Eine Studentin, die die Szene mit dem Archivar beobachtet hat, folgt ihm bis vor die Tür. Sie gibt ihm den Ratschlag, den Dekan des Fachbereichs aufzusuchen, an dem der andere Tang eingeschrieben war. Sie zeigt ihm den Weg zum Gebäude des Fachinstituts für Betriebswirtschaftslehre.

Der Dekan sei beim Unterricht, erklärt man Tang im Sekretariat. Außerdem sei er erst seit drei Jahren im Amt. Den früheren Dekan habe man nach Peking berufen. Allerdings befände sich der ehemalige Betreuer der Klasse des Studenten Tang, ein Mann namens Dai Lun, soeben in seinem Büro.

Dai taxiert den Besucher lange und blinzelt dann mit den Augen. Den Ex-Studenten Tang Mingdao hat er nur noch vage in Erinnerung. Der sei nicht auffällig gewesen, seine Leistungen mittelmäßig. Er begleitet den Bauern wieder zurück ins Archivhaus. Diesmal aber muss sich Tang nicht an der Theke anstellen, sondern wird von Dai in ein kleines Empfangszimmer geführt. Der ehemalige Studienbetreuer lässt sich die Akte des anderen Tang bringen.

Er begutachtet die Akte mehrere Minuten lang und entdeckt dann etwas Ungewöhnliches: Auf dem Anmeldeformular für die Staatliche Aufnahmeprüfung klebt ein Foto, das einen Jugendlichen mit hohen Wangenknochen und dicken Lippen zeigt. Auf dem Abschlusszeugnis des Studenten Tang sind diese beiden Merkmale nicht zu erkennen. Der Bauer Tang aber, der dem ehemaligen Betreuer jetzt gegenübersitzt, hat das Gesicht, das auf dem ersten Photo zu erkennen ist. Außerdem fällt dem Dozenten auf, dass die Schrift des Prüfungsteilnehmers Tang anders ist als die des Ex-Studenten Tang. Zweifellos hat der eine Tang die Aufnahmeprüfung absolviert – und der andere das Studium.

Dai kratzt sich verlegen am Kinn. Damals hatte er den gesamten Schriftverkehr in Tangs Akte gesammelt, einige der Dokumente wurden sogar von ihm selbst verfasst. Während der falsche Tang studierte, dokumentierte er dessen Fortschritte regelmäßig in der Akte. Da er aber drei Klassen mit insgesamt 110 Studenten zu betreuen hatte, war ihm offensichtlich nicht aufgefallen, dass bei einem seiner Studenten das Foto nicht stimmte.

»Angenommen, die Zulassung wurde tatsächlich von einem anderen abgefangen. Aber die Namen derer, die die Prüfung bestanden haben, werden doch jedes Jahr in der Provinzzeitung aufgelistet«, fragte Dai. »Haben Sie das nicht gesehen?«

»In meinem Dorf bekomme ich keine Zeitung«, sagt Tang. Seine Stimme klingt, als habe man ihm die Luft abgedreht. »Mir kam auch gar nicht in den Sinn, dort nachzuschauen. Ich dachte, dass ich die entsprechende Benachrichtigung auf jeden Fall erhalten würde.«

»Gut. Selbst wenn Sie geglaubt haben, Sie wären durchgefallen, hätten Sie zumindest einen Ablehnungsbescheid kriegen müssen. Den haben Sie aber nicht bekommen. Warum haben Sie bei der Prüfungsstelle nicht nachgefragt?«

»Ich war dumm ... ich dachte, dass die Prüfungsstelle keine Lust mehr hat, mir zum dritten Mal eine Absage zu schicken.«

»Aber ich habe den Eltern meiner Studenten jedes Jahr ein Schreiben geschickt, um sie über den aktuellen Notenstand zu informieren. Ihre Eltern müssen diese Briefe doch bekommen haben?!«

»Ich wohne bei meinen Eltern. Wenn sie Post bekommen hätten, hätte ich es erfahren.«

»Das würde bedeuten, dass Ihr Doppelgänger all Ihre Briefe rechtzeitig abfangen konnte!« Dai schnalzt mit der Zunge.

»Was für ein Mensch?! Wer ist das?!«

Dai weiß keine Antwort.

Tang Mingdao presst die Hände auf die Augen. Die Vergangenheit wird wieder lebendig, der aussichtslose Kampf auf dem Reisfeld gegen die Trockenheit und die Dürre. Zehn Jahre Arbeit als Bauer, die ihn Tag für Tag ärmer gemacht haben. Unzählige Tage, an denen er mit nagendem Hunger zu Bett ging – und weder heute noch morgen wird sich daran etwas ändern. Weil die Reisbauern aufgrund des vom Staat festgesetzten Verkaufspreises so gut wie nichts verdienen, wachsen ihre Schulden ununterbrochen.

Jetzt weiß Tang, dass er das bittere Leben auf dem Land hätte gar nicht führen müssen. Er hätte vor zehn Jahren ein Studium beginnen können, hätte in einem modernen Büro in Shenzhen arbeiten und später vielleicht sogar ins Ausland gehen können. Doch ein anderer hat das Leben gelebt, das ihm zustand, hat die Chance genutzt, die er sich erarbeitet hatte.

Der Präsident der Universität wird umgehend von dem Fall unterrichtet. Tang Mingdao darf im Gästehaus übernachten. Am nächsten Tag sucht Dai Lun den Bauern in seinem Zimmer auf, um ihn über die Entscheidung der Universität zu informieren: Der ihm zugesprochene Studienplatz sei regulär in Anspruch genommen worden. Der andere Tang habe statt seiner alle erforderlichen Leistungen erbracht. Daher könne dem früheren Studenten Tang der Titel nicht aberkannt werden. Was den eigentlichen Tang betrifft, vermag ihm die Uni derzeit nichts anzubieten, genau genommen könne sie gar nichts für ihn tun. Eines aber stünde unwiderruflich fest: Sollte der betrogene Tang noch immer hier studieren wollen, müsse er noch einmal die Hürde der Nationalen Aufnahmeprüfung nehmen. Wenn er der Universität allerdings 150,000 Yuan bezahlen könnte, bekäme er garantiert einen Studienplatz. Gleich im September.

Als Tang Mingdao die Stadt im Norden verlässt, sieht er aus wie ein alter Mann.

Drei Tage später trifft der Bauer in Nanchang, der Hauptstadt seiner Provinz, ein. Sie liegt zwischen Shenzhen und Jinan. Von hier aus hatte er die große Reise begonnen. Nun ist er wieder zurück. Um zu seiner Frau und seiner Tochter heimzukehren, muss er drei Busse nehmen. Und da die Fahrpläne nicht aufeinander abgestimmt sind, ist er gezwungen, unterwegs einmal zu übernachten. Erst am nächsten Mittag wird er sein Dorf erreichen.

Noch aber löst er keine Fahrkarte. Er möchte in Nanchang jemanden besuchen. Eine Frau namens Fang Jie arbeitet und wohnt in der Siedlung der Dieselmotorenfabrik. Es ist die Tante des falschen Tang.

Zuerst sucht Tang das Amtsgericht auf, um sich offiziell zu beschweren. Der zuständige Beamte erteilt ihm an Ort und Stelle eine Lektion. Das Gericht habe Wichtigeres zu tun als sich um solche Lappalien zu kümmern. Außerdem befinde sich derjenige, der angezeigt werden solle, im Ausland. Ein Prozess sei also vollkommen aussichtslos. Für den Fall, dass Tang trotzdem Anzeige erstatten wolle, müsse er einen Rechtsanwalt beauftragen, der bei Gericht eine Eingabe macht.

Fünf Minuten später steht Tang wieder auf der Straße. Seine Augen sind klein geworden. Sie haben ihren Glanz verloren. Er fühlt sich wie ein Straßenköter, der von Passanten angespuckt und fortgejagt wurde.

Am Nachmittag erreicht Tang Mingdao das Wohnviertel der Motorenfabrik. Fang Jie ist nicht zu Hause. Aber Nachbarn erzählen ihm, dass Fang und ihr Mann einen Sohn haben, der vor einigen Monaten nach Australien gegangen ist. Man nennt ihn Fang Rong. Ja, der Junge habe an der Shangdong Universität studiert.

Den Produktionsbereich der Fabrik darf Tang nicht betreten. Also wartet er im Wohnviertel, bis es dunkel wird. Schließlich geht eine Frau in einer glatt gebügelten Hose auf die Tür der Familie Fang zu. Während sie die Tür aufschließt, taucht Tang plötzlich neben ihr auf. Mit gebrochener Stimme fragt er die Frau: »Guten Abend. Sind Sie die Mutter von Fang Rong?«

Die Frau dreht sich um und mustert den Fremden. »Ja. Was wünschen Sie?« Sie lächelt Tang an.

»Ich suche einen gewissen Tang Mingdao, der hier wohnen soll. Nachbarn sagen, Ihr Sohn hat diesen Namen manchmal angenommen.«

Das Lächeln der Frau weicht einem skeptischen Blick. Er bleibt an der schwarzen Hose des Fremden hängen, die an den Knien ausgebeult und fast zerschlissen ist. »Woher kennen Sie meinen Sohn?«

»Ihr Sohn hat sich etwas von mir geliehen.«

»Ach ja? Was denn?« Frau Fang wird ungeduldig.

Einige Nachbarn stehen vor ihren Türen und lauschen.

»Meinen Namen! Meine Adresse! Meinen Studienplatz!« ereifert sich Tang. »Ihr Sohn hat mein Leben geraubt!«

Das Gesicht der Frau wird weiß wie eine Wand. In ihren Augen glimmt ein kaltes, schwarzes Licht. »Verschwinden Sie. Mit Verrückten will ich nichts zu tun haben!« Sie hastet in ihre Wohnung und knallt die Tür ins Schloss.

In erhöhter Lautstärke spricht Tang vor der geschlossenen Tür unbeirrt weiter. Er scheint eine Kundgebung abzuhalten. »Alle mal herhören! Die Familie Fang hat vor zehn Jahren meinen Studienplatz gestohlen! Was ich mir durch harte Prüfung verdient habe, hat mir der Sohn dieser Familie genommen! Es ist eine schamlose Familie, die …«

Noch bevor er seinen Satz beenden kann, wird die Tür geöffnet. Aus einer großen Schüssel schwappt eine Ladung Wasser auf ihn herab. Für einen Moment ist er mit einer schwarzen Brühe bedeckt, die schließlich Rinnsale bildet. Dann schlägt die Tür wieder zu.

Eine alte Frau winkt Tang zu sich in die Wohnung und reicht ihm ein Handtuch. Sie empfiehlt ihm, den Parteichef der Fabrik aufzusuchen. Frau Fang zähle zur Führungsebene der Fabrik. Sie würde sich nur einem Vorgesetzten beugen.

Parteisekretär Song Shangyi isst gerade mit seiner Familie zu Abend. Er unterbricht sofort das Essen und bittet seinen schmutzigen Besucher in ein Nebenzimmer. Diese kleine Geste rührt den Bauern so sehr, dass seine Augen feucht werden. Nach all den Zurückweisungen, die ihm auf seiner Reise widerfahren sind, wird er hier wie ein Mensch behandelt.

Eine halbe Stunde später sitzen die beiden Männer bei Frau Fang. Als man ihr eine Kopie des Abschlusszeugnisses der Shangdong Universität vorlegt, auf dem deutlich ein Bild ihres Sohnes zu erkennen ist, fängt sie an zu schluchzen.

»Fang Jie, wieso trägt Ihr Sohn auf diesem Zeugnis hier einen anderen Namen?« fragt der Parteisekretär Song, der deutlich jünger aussieht als seine Kollegin.

»Ich erinnere mich nicht mehr.«

»Dies ist ein wichtiges Dokument. Eine Mutter vergisst doch nicht, weshalb ihr Sohn auf diesem Zeugnis einen falschen Namen trägt. Außerdem fragt man sich in der Fabrik schon lange, warum Ihr Sohn Briefe auf einen anderslautenden Namen entgegengenommen hat. So wie Herr Tang mir die Angelegenheit beschrieben hat, bin ich davon überzeugt, dass Sie und ihr Sohn ihn um die Zulassung zur Universität betrogen haben.«

Die Frau reckt den Hals nach vorn, hüllt sich in Schweigen.

»Also gut, dann muss ich wohl deutlicher werden: Was Sie getan haben, ist kriminell«, erklärt der Parteisekretär. »Ab jetzt wird von Ihrem Gehalt die Hälfte einbehalten, um Herrn Tang damit zu entschädigen. Ihre Funktion in der Fabrik werden Sie vorläufig nicht mehr ausüben. Morgen werde ich eine Sondersitzung des Parteigremiums einberufen. Ich rate Ihnen, dabei zu sein.« Song erhebt sich. Zögernd folgt ihm Tang zur Tür.

»Einen Moment bitte. Ich war durcheinander.« Frau Fang keucht und reibt sich die Augen, als weinte sie. »Bitte behalten Sie mein Gehalt nicht ein. Ich erzähle Ihnen alles.« Nach einer kleinen Pause fährt sie fort: »Die Briefe aus den anderen Provinzen treffen ja alle erst einmal hier in Nanchang ein.«

»Und?« erwidert der Parteisekretär.

»Bitte schließen Sie die Tür. Gehen Sie noch nicht. Früher hatten wir eine gute Beziehung zu einem der Postbeamten. Er war bereit, einen Zulassungsbrief für uns abzufangen.«

»Aber warum gerade meinen Brief?« fragt Tang Mingdao in erhöhter Lautstärke.

»Wir haben nach einem Kandidaten gesucht, der sich über die Prüfungsergebnisse schlecht informieren konnte. Und da Sie in einem kleinen, abgelegenen Kaff wohnen …«

»Und dieser Postbeamte hat auch später alle Briefe abgepasst, nicht wahr?« fragt Song.

»Ja, bis mein Sohn ins Ausland ging.«

»Aber wo zum Teufel haben Sie die Namen meiner Eltern und Verwandten her?« fragt Tang.

»Das war eine Kleinigkeit. Mit ein bisschen Geschick konnte ich Ihre Unterlagen beim Prüfungsamt einsehen.« In der Stimme der Frau schwingt kaum verhohlener Stolz mit.

Tang spuckt der Frau mit aller Kraft ins Gesicht. Als diese wie eine Schildkröte den Kopf einzieht, spuckt er ihr in das wellige Haar. »Zum Teufel mit dir, du gemeine Hexe!« brüllt er.

Der Parteileiter muss schmunzeln, als seine Kollegin sich zuerst unter den Tisch, dann unter das Bett rettet. Tang holt eine Schüssel Wasser und gießt sie unter das Bett, doch die Frau gibt keinen Ton von sich. Sie kriecht auch nicht aus ihrem Versteck. Als Tang eine zweite Schüssel Wasser holen will, versperrt ihm der Parteifunktionär den Weg. »Das ist keine Lösung«, sagt er leise. Er nimmt Tang die Schüssel aus den verkrampften Händen.

Mechanisch schaut sich der Bauer im Zimmer um, als wollte er sich das, was er sieht, genau einprägen. Doch sein Blick ist leer. Steif wie ein Betonblock bewegt er sich zur Tür. Als ihn Song beim Namen ruft, werden seine Schritte schneller. Da die Rufe nicht enden, beginnt er zu laufen, als müsse er fliehen. Draußen, auf einer dunklen Straße, weit weg von der Motorenfabrik, fließen ihm die Tränen über die Wangen in den Mund. Lautlos schluckt er sie hinunter.

Die tausend Yuan, die Tang sich für die Reise geliehen hat, sind fast aufgebraucht. Er muss zwei Jahre arbeiten, um diesen Betrag zu verdienen. Wenn er jetzt nach Hause fährt, wird er jahrelang schwer schuften müssen und die Schulden dennoch nicht abzahlen können.

Nachts in der Herberge schreibt Tang einen Brief an seine Frau und an seine Eltern: »Soviel ist mir jetzt klar geworden: Ich habe vor zehn Jahren nicht versagt. Und ich weiß, dass das Leben auf dem Land hoffnungslos ist. Meine Sondergenehmigung für die Reise nach Shenzhen ist noch gültig. Ich werde versuchen, dort Arbeit zu finden. Eine Arbeitsstelle in einem Büro werde ich zwar nicht bekommen, aber es gibt Arbeiten anderer Art. Ein Bauer, mit dem ich mich angefreundet habe, verdient dort sein Geld als Taxifahrer. Ich kann fürs erste bei ihm wohnen. Sorgt euch nicht um mich. Ich werde euch Geld schicken.«

Du fliegst jetzt für meinen Sohn aus dem fünften Stock!

Die untergehende Sonne färbt die Landschaft dunkelrot, als Wang Mang die Gärtnerei verlässt. Mit einem Dreirad fährt er auf das kleine Dorf »Chinesischer Weißdorn« zu. Sein nackter Oberkörper, von der Sonne gebräunt, lässt ihn wie einen Braunbären aussehen. Der frische Fahrtwind, der an seinem Gesicht vorbeirauscht, gibt ihm das Gefühl zu fliegen.

Chinesischer Weißdorn hat knapp hundert Einwohner. Sie alle wohnen entlang der einzigen Straße des Ortes. Als Mang die Straße erreicht, sieht er ein rotes Auto vor dem Haus des Dorfvorstehers stehen. Der Bauer hält abrupt an und dreht das Rad um. Er fährt über einen Feldweg nach Hause.

Mangs Mutter sitzt vor dem einstöckigen Haus der Familie und mahlt mit einer dicken Eisenscheibe rote Peperoni. Die Luft um sie herum riecht scharf. Sie dreht den Kopf immer wieder zur Seite, um sich mit einem Taschentuch die tropfende Nase zu wischen. Die Straße beachtet die alte Frau kaum.

Nur Mangs achtjährige Tochter Wang Xiaohong streckt den Kopf aus der Tür, um nach dem Vater Ausschau zu halten. Vor einer halben Stunde hat sie im großen Herd Feuer gemacht. Im großen Wok der Familie beginnt schon das Wasser zu dampfen. Aber der Vater ist auf der Straße nirgendwo zu sehen. Als das Mädchen die Schweine hinten im Stall grunzen hört, läuft sie quer durch das Haus in den Hof. Ihr Vater steht am Stalleingang und wirft den Schweinen Gemüseblätter hin. Xiaohong lacht und läuft auf das Dreirad zu. Es ist mit Gemüse vollgeladen.

Der Vater wendet sich ihr zu. »War jemand bei uns?«

»Nein.«

»Wo ist Xiaozi?«

»Sie ist zum Teich gegangen und holt die Enten nach Hause.«

»Hör zu«, sagt der Bauer in beschwörendem Ton zu seiner Tochter, »du weißt nicht, wo deine Mama ist! Vergiss das nicht, egal, wer fragt! Und jetzt geh und hol' deine Schwester nach Hause. Sie soll sich heute nicht mehr draußen rumtreiben.«

Xiaohong nickt und läuft los.

Mang trägt einen Eimer Chinakohl vor das Haus und begrüßt seine Mutter. Durch eine Außentür betritt er die Küche und beginnt damit, Schweinefutter zuzubereiten. Er hält einen Chinakohl über den Wok und zerschneidet ihn schnell mit einem Messer. Stück für Stück fällt ins Wasser, und allmählich füllt sich der Wok.

Als zwei Männer vor seinem Haus auftauchen, schwingt der Bauer noch immer das Messer über seiner Hand – so, als wäre diese ein unverletzbares Holzbrett.

»Mang, wir haben Besuch«, ruft seine Mutter ins Haus. Sie räumt rasch ihre Sachen weg.

Vor der Küchentür steht der Dorfvorsteher. »Wang Mang, Genosse Zhao von der Familienplanungskommission ist wieder hier.«

Mang lässt alles liegen und geht zur Tür. Die Luft, die aus der Küche strömt, riecht warm nach salzlosem Gemüse. Genosse Zhao rümpft angeekelt die Nase und tritt einen Schritt hinter den Dorfvorsteher zurück. Mang strahlt über das ganze Gesicht, als er den schlanken und blassen Genossen Zhao erblickt. Es sieht so aus, als hätte der Bauer den Mann vor sich, der seiner Familie das Leben gerettet hat. Er verbeugt sich leicht. »Genosse Zhao, Sie sind ein seltener Gast! Kommen Sie in mein Haus und ruhen Sie Ihre Füße ein wenig aus.«

Die drei Männer gehen ins Wohnzimmer. Ma Zhiwen, der Dorfvorsteher, erkundigt sich nach Mangs Vater. Mang sagt, an dessen Situation habe sich nichts geändert. Ma steht auf und geht durch eine Seitentür zu Wangs Vater – so, als wäre er hier zu Hause. Nach kurzer Zeit kehrt der Dorfvorsteher zurück und setzt sich wieder an den Tisch. Mas zerfurchte, etwas geschrumpfte Haut zeigt deutlich, dass er einer anderen Generation angehört als Wang Mang und der Genosse Zhao.

Zhao trägt ein kurzärmliges weißes Hemd aus Dacron, das faltenfrei über seinen Hosenbund fällt. Er ist zwar im gleichen Alter wie Mang, doch an seiner Haut, seinen Gesichtszügen und seinem gesamten Auftreten erkennt man zweifelsfrei, dass der Bauer und er in verschiedenen Welten leben. Während sich Mang in einer Zimmerecke ein weißes T-Shirt überzieht, das mit alten Schweißflecken bedeckt ist, bewegt sich Zhao nicht von der Stelle. Sein Blick schweift durch den großen Raum, von dem vier Zimmer abgehen. Im Hinterhof grunzen zwei Schweine im Duett. Ein leichter Wind trägt immer wieder den Stallgeruch in das offene Wohnzimmer. Mang holt eine Schachtel Zigaretten aus dem Schrank, öffnet sie und hält sie dem Mann von der Familienplanungskommission hin. Zhao lehnt ab.

»Seit wir uns zum letzten Mal gesehen haben, ist ein Monat vergangen«, beginnt der Genosse Zhao zu sprechen. »Heute gehe ich nicht eher, als bis ich deine Frau gesehen habe.« Zhao redet betont ruhig. So, als würde er über eine Lappalie sprechen.

Mang stellt eine Thermoskanne auf den Tisch. »Ich mache Ihnen erst mal einen Tee. Die Fahrt über den Berg hat Sie gewiss durstig gemacht.« Er dreht sich um und scheint nach der Kanne zu suchen. Mangs Mutter betritt das Zimmer und schenkt lautlos drei Tassen Tee ein. Die alten Keramiktassen zeigen um den Griff herum dunkelbraune Spuren. Genosse Zhao wirft einen kurzen Blick darauf und sagt dann zu Mang: »Ich bin nicht gekommen, um Tee zu trinken! Ich will deine Frau sehen!«

Mangs Mutter hebt einen grünen Knoblauch vom Boden auf

und bewegt sich wie ein Schatten aus dem Zimmer. Hinter dem Haus beschäftigt sie sich mit dem Gemüse, das in dem Korb auf Mangs Dreirad liegt. Ein Verwandter des Bauern soll es morgen auf dem Markt verkaufen. Eine Weile beobachtet der Dorfvorsteher, wie die alte Frau das Gemüse in kleine Bündel aufteilt und mit gelbem Stroh zusammenbindet. Dieses Gemüse ist grüner und saftiger als das in meinem Garten, denkt der Mann mit dem graumelierten Haar.

Mang schaut seinen Besucher bekümmert an. »Wenn ich nur wüsste, wo sie ist ...«

Der Wind trägt Entengeschnatter ins Zimmer. Gleich darauf wackelt eine Schar weißer Enten eilig von hinten durch das Wohnzimmer und strömt vorne wieder hinaus, als erwartete sie dort ein Bach voller Fische und Frösche. Zwei bezopfte Mädchen treiben die Tiere mit lauten Rufen an. Als beide die Türschwelle erreichen, verstummen sie. Xiaohong, das ältere der beiden Mädchen, starrt auf den Fremden. Der Genosse Zhao trägt schwarze Lederschuhe. Ihr Vater nur Plastiksandalen.

»Was tut ihr da? Die Enten gehören ins Entenhaus!« schimpft Mang. »Stattdessen treibt ihr sie quer durchs Wohnzimmer! Mädchen sind wirklich Taugenichtse!« erregt er sich. »Was steht ihr noch rum und macht Kuhaugen? Geht in die Küche, kocht das Futter für die Schweine fertig!«

Die Mädchen laufen schnell durch den Hauseingang nach vorn und verschwinden auf der linken Seite.

»Wang Mang, vor ein paar Tagen hat jemand nachts deine Frau gesehen«, meint nun der Dorfvorsteher. »Das hat sich herumgesprochen, auch in der Stadt beim Genossen Zhao. Du kannst deine Frau nicht immer verstecken. Und denk dran: Frau Tang am Dorfkopf hat auch dann noch abgetrieben, als sie bereits im neunten Monat war.«

»Wer immer meine Frau gesehen hat, muss sich geirrt haben. Wahrscheinlich war es meine Mutter mit einem Haufen Wäsche auf dem Arm. Meine Frau lebt bereits seit drei Monaten bei ihrer Mutter.« Mangs Schwiegermutter wohnt in einem anderen Dorf.

»Wang Mang«, sagt Genosse Zhao, »du hast mich ständig angelogen. Diesmal kannst du dir deine Ausreden ersparen. Unsere Leute waren zweimal im Haus deiner Schwiegermutter – deine Frau war nicht dort.«

»Hm …«, meint Mang zögernd, »dann ist sie wahrscheinlich zu ihrer Tante in die Sonderwirtschaftszone gezogen. Sie hat früher mal erwähnt, dass sie dorthin fahren will.«

»Gib mir die Adresse und die Telefonnummer dieser Tante!«

»Die hab' ich nicht. Ich muss meine Schwiegermutter fragen.«

»So so. Deine Frau ist also im achten Monat schwanger, und du hast noch nicht mal ihre Adresse.«

»Genosse Zhao, bitte verstehen Sie meine Lage. Ich habe mit meiner Gärtnerei so viel zu tun, ich kann nicht ständig hinter meiner Frau herlaufen, um sie nach Hause zurückzuholen. Sonst verhungert meine Familie.«

»Mit einem Wort: Du willst deine Frau auch weiter verstecken!«

»Genosse Zhao, wie können Sie so etwas sagen?! Ich bin Gemüsebauer. Seit meine Frau weg ist, muss ich die doppelte Arbeit machen. Ich bin von Sonnenaufgang bis Sonnenuntergang auf meinen Äckern unterwegs. Und ich habe keine Ahnung, wo sich meine Frau aufhält.«

Plötzlich schlägt der Genosse Zhao mit der geballten Faust auf den Tisch. Der Tee schwappt über. »Hör auf, mir diesen Unsinn zu erzählen! Der eigene Ehemann weiß nicht, wo sich seine schwangere Frau herumtreibt! Ha, das kannst du vielleicht deinen Schweinen weismachen, aber nicht mir! Ich war geduldig mit dir, Genosse Wang. Aber ich sage dir jetzt klar und deutlich: Dein Sohn darf nicht geboren werden! Und jetzt hol deine Frau her, oder ich durchsuche das Haus!«

»Um Himmels willen«, stammelt der Bauer, »nehmen Sie eine Zigarette und beruhigen Sie sich!« Doch der Genosse Zhao dreht dem Bauern den Rücken zu. Mang wirft einen flehenden Blick zum Dorfvorsteher. Aber dieser beobachtet nur wachsam das Gesicht des Genossen Zhao, das vor Wut rot angelaufen ist.

Schließlich dreht der Dorfvorsteher sich zu dem Bauern um. »Wang Mang, deine Töchter sind dir bereits jetzt sehr behilflich. Wenn sie größer werden, werden sie noch wertvoller für dich sein. Und denk daran: Du hast bereits zwei Kinder. In der Stadt dürfen die Männer nur einmal Vater werden. Du darfst einfach keinen Sohn mehr bekommen, verstehst du? Das ist von ganz oben angeordnet!«

»Wenn ich herausfinde, wo meine Frau ist, werde ich der Kommission sofort ...«

»Wang Mang, der Genosse Zhao ist wirklich sehr nachsichtig mit dir. Vor ein paar Monaten hast du ihm versprochen, du würdest mit deiner Frau in die Stadt fahren, um eine Abtreibung durchführen zu lassen. Ihr habt es nicht getan. Dann ist der Genosse Zhao zweimal hierher gekommen, um deine Frau ins Stadtkrankenhaus zu bringen. Vergeblich. Jetzt kommt er zum dritten Mal, und deine Frau ist wieder nicht da. Du kannst die Sache nicht ewig verschieben.«

»Ich weiß. Zwei Stunden Fahrt über das Gebirge und wieder zurück, das ist sehr anstrengend für den Genossen Zhao. Wenn meine Frau hier wäre, dann hätte ich sie ihm natürlich mitgegeben.«

»Du solltest nicht zu waghalsig sein, Wang Mang. Denk an deinen Vater und daran, wie er in jeder Situation stets einen kühlen Kopf bewahrt hat. Leider ist er schon seit langem krank«, seufzt der Dorfvorsteher, »sonst wäre die Sache bestimmt nicht so festgefahren. Du weißt, dass der Genosse Zhao nicht nur für unser Dorf zuständig ist, sondern auch für viele andere. Im Dorf Bergfuß, 50 Kilometer von hier entfernt, hat ein Mann seine Frau in einer Berghöhle versteckt. Eines Tages hat man das Schlafzimmer des Paares leer geräumt. Die Frau blieb in ihrer Höhle. Dann kamen zwei Polizisten, die den Mann unter Hausarrest stellten. Die

Frau war fast verhungert und hat sich schließlich in der dritten Nacht nach Hause geschleppt. Wenige Tage vor der Geburt hat sie dann abgetrieben.«

»Meine Frau hat bereits einmal abgetrieben.«

»Das zählt nicht, Wang Mang. Ihr dürft einfach kein drittes Kind kriegen.«

Mang schaut durch den Dorfvorsteher hindurch, als schaute er durch eine Glaswand in die Ferne. Auf seiner Stirn formen sich die Muskeln zu einem dreifachen Riegel, als sollte dieser das Gehirn verstecken.

»Reden ist hier sinnlos«, meint Genosse Zhao in einem trockenen Ton zum Dorfvorsteher. Dann wendet er sich dem Bauern zu: »Wang Mang, mach sofort alle Türen auf!« Ohne auf eine Reaktion zu warten, geht er bereits auf eines der Zimmer zu und öffnet selbst die Tür. Mang und der Dorfvorsteher folgen ihm rasch. Auch Mangs Mutter kommt lautlos hinterher.

Einige Dorfbewohner haben beim Vorübergehen durch die offene Tür Mangs Besucher aus der Stadt gesehen. Sie sind in der Nähe stehen geblieben und haben das Geschehen verfolgt. Als Mang, der Dorfvorsteher und der Genosse Zhao in dem Zimmer verschwinden, treten sie neugierig in das Wohnzimmer des Bauern und versuchen einen Blick auf das zu erhaschen, was im Inneren des Hauses passiert.

Der Genosse Zhao öffnet alles, was eine Tür oder einen Deckel hat. Er steckt seine Hand bis zum Boden in den Reis- und in den Sesambehälter. Er durchsucht jedes Zimmer und verschont auch nicht den Raum, in dem der Großvater krank in seinem Bett liegt. Der alte Mann keucht schwer. Er hebt mühsam den Kopf, um zu erfassen, was geschieht. Doch sein Blick bleibt irgendwo in der Luft hängen, als wäre es ihm nicht mehr möglich, die Bewegungen um ihn herum zu verfolgen. »Bitte regen Sie meinen Vater nicht auf!« fleht Wang Mang. »Ich habe nicht vor, ihn umzudrehen«, erwidert der Genosse Zhao.

Je tiefer sich Zhao in das verschachtelte Haus hineinarbeitet, desto unklarer wird ihm, wo sich die Außenmauer befindet. Fünf Generationen haben das Gebäude durch Um- und Anbauten zu einem Labyrinth gemacht. Wenn Zhao denkt, er kehre in einen Bereich zurück, den er bereits kontrolliert hat, stellt sich heraus, dass es sich um einen staubigen, noch unberührten Raum handelt. Zhao meint, zwischen Mangs Schlafzimmer und dem Zimmer von dessen Vater müsse sich noch eine kleine Kammer befinden. Dort steht aber nur eine massive Wand. Neun Zimmer durchstöbert der Genosse Zhao und findet am Ende doch nur die Wäsche der Bauersfrau, die nach frischer Luft und Seife riecht.

Mit zusammengepressten Lippen kehrt Zhao in das Wohnzimmer zurück. Die kleine Menschenansammlung, die der Genosse wie einen Schwanz hinter sich herzieht, verteilt sich im Eingangsbereich und im Hinterhof. Anscheinend erwarten die Beobachter, dass es nun mit dem Genossen aus der Stadt zu einer entscheidenden Auseinandersetzung kommt. Zhao hat das Gefühl, dass Wang Mang sich hinter seinem Rücken über ihn lustig macht. Und nicht nur Wang Mang, nein, all diese neugierigen Bauern scheinen ihn und seine Autorität zu verhöhnen. Plötzlich brüllt er im Befehlston: »Wang Mang, ich warne dich zum letzten Mal! Deine Frau darf das Kind nicht bekommen! Ich gebe dir noch zwei Wochen Zeit. Wenn deine Frau sich bis dahin noch immer nicht bei mir gemeldet hat, wirst du eine Menge Schwierigkeiten bekommen!« Er zieht ein silbernes Etui aus seiner Hosentasche und nimmt eine Visitenkarte heraus. Mit einer kraftvollen Bewegung wirft Zhao die Karte auf den Tisch, als wäre sie sein Trumpf beim Kartenspiel. Kaum hat die Karte den Tisch erreicht, da bewegt sich der Genosse Zhao bereits mit raschem Schritt auf die Haustür zu.

Der Dorfvorsteher schiebt Wang Mang, der seit mehreren Minuten kein Wort mehr gesagt hat, in Richtung Zhao. »Wang Mang, du kannst den Genossen Zhao nicht so gehen lassen! Sei vernünftig. Wenn du nicht mit den Behörden zusammenarbeitest, musst du für Reis und Getreide normale Marktpreise bezahlen.

Und du wirst im nächsten Jahr kein Kontingent mehr für das chemische Düngemittel erhalten. Sei nicht dumm und bitte den Genossen Zhao sofort um Verzeihung!«

Der rote Toyota des Genossen Zhao steht vor Mangs Haus. Als der Chauffeur sieht, dass Zhao das Gebäude verlässt, steigt er schnell aus dem Wagen. Die Bauernkinder, die neugierig neben dem Auto stehen, hüpfen ihm aus dem Weg. Der Fahrer geht um das Auto herum und öffnet für den Genossen Zhao die Beifahrertür.

Mang scheint aus einer Lethargie zu erwachen. »Warten Sie«, ruft er Zhao hinterher, »warten Sie noch, Genosse Zhao!« Er beugt sich zum Boden hinab und greift nach einer Ente, die aus einem Napf am Hauseingang Wasser trinkt. Sie zappelt mit den Flügeln und spritzt Mang mit Wasser voll, kann seinem Griff aber nicht entkommen. Die anderen Enten flattern zur Seite. Als Mang mit dem Federvieh unter dem Arm zum Auto des Genossen Zhao läuft, gackern sie hinter ihm her, als hätte Mang die Ober-Ente ergriffen. Es klingt, als wäre die gesamte Dorfstraße von Enten überfüllt.

»Genosse Zhao, nehmen Sie die Ente. Und haben Sie Erbarmung mit uns Bauern.« Mang reicht das Tier durch das offene Fenster ins Auto, wo es im Schoss des Genossen Zhao landet. Zhao packt das Tier und wirft es mit einer rabiaten Bewegung aus dem Wagen. Die Ente prallt auf dem Boden auf und nimmt gackernd Reißaus. »Versuch bloß nicht, mich zu bestechen!« schreit Zhao zornig. Dann befiehlt er dem Fahrer: »Abfahren!«

Der Wagen des Genossen Zhao entfernt sich schnell. Auf der holprigen Straße aus festgepresster Erde zieht der Toyota eine lange Staubfahne hinter sich her. Während der Staub noch durch die Luft wirbelt, ist das Auto bereits verschwunden.

Der Dorfvorsteher starrt dem Wagen nach und schlägt seine Hände vor Wut auf die Schenkel: »Du verdammter Idiot! Du hast rein gar nichts von deinem Vater geerbt!«

Mang schiebt sein Kinn trotzig nach vorn: »Dieser Städter ist kein Tiger. Er kann mich nicht auffressen.«

»Wenn du dem Genossen Zhao entkommen möchtest, dann verschwinde mit deiner Familie. Am besten für ein halbes Jahr!«

Zwei Wochen später. Mang rechnet täglich mit einem Blitzbesuch des Genossen Zhao. Doch auch nach weiteren zehn Tagen ist von Zhao nichts zu sehen. Mang wird unruhig. Eines Tages unterbricht er plötzlich die Feldarbeit und rennt so schnell er kann nach Hause. Er glaubt, der Genosse Zhao sitze mit übergeschlagenen Beinen in seinem Wohnzimmer und schaue genüsslich dabei zu, wie zwei bewaffnete Polizisten seine Frau aus ihrem Versteck zerren. Aber zu Hause ist alles in Ordnung.

Abends besucht Mang den Dorfvorsteher. Der alte Mann erzählt ihm, der Genosse Zhao sei operiert worden und liege jetzt mit einem halben Magen im Krankenhaus der Bezirkshauptstadt.

Ende Mai setzt starker Regen ein. Nach drei Tagen gleicht die Dorfstraße einem aufgeschlitzten Darm, aus dem der Kot quillt. Bauern, die sechzig Kilometer weit nach Shanggao gefahren sind, um dort ihre Produkte zu verkaufen, erzählen, man habe ihnen das Getreide fast aus der Hand gerissen. Denn Shanggao, die Stadt am Jing-Fluss, stehe bereits zur Hälfte unter Wasser, und die einzige Betonbrücke der Stadt sei für Fahrzeuge aller Art gesperrt. Alle Männer in der Stadt seien aufgefordert, die Deiche mit Sandsäcken zu befestigen. Einige der Dorfbewohner erzählen von toten Tieren, die im aufgewühlten Wasser treiben. Doch Wang Mang kann auf diese Details verzichten. Das Hochwasser hinter den Bergen hat ein Lächeln auf sein Gesicht gezaubert.

Mitte Juni, noch während der Regenzeit, bringt Mangs Frau einen Sohn auf die Welt. Drei Tage später besucht der Bauer den Dorfvorsteher. Es ist bereits dunkel, als er dem alten Mann drei Bündel frisches Gemüse und ein Kilo Schweinefleisch bringt.

»Eine seltene Spezialität zu dieser Jahreszeit«, sagt der Dorfvorsteher. Er starrt mit Wolfsaugen auf das weiße und rote Fleisch, als wollte er es gleich roh verspeisen.

»Ja. Sehr selten zu dieser Zeit«, bestätigt Mang.

Der Dorfvorsteher bereitet für seinen Gast einen grünen Tee zu. Im Zimmer duftet es nach grünen Blättern. »Du bist reich geworden, was? Dein Gemüse lässt sich jeden Tag gut verkaufen – anders als mein Tee, der nur viermal jährlich Saison hat.«

»Reich bin ich noch lange nicht. Aber der viele Regen war natürlich gut für das Gemüse.«

»Aha, deshalb also hast du das Schwein geschlachtet. Das tust du doch sonst nur einmal im Jahr.«

»Meinem Vater geht es seit ein paar Tagen besser. Ein paar Mal hat er sogar sein Bett verlassen. Und er hat gesagt, er würde gern Fleisch essen.«

»Dann hab ich wohl was Falsches gehört. Im Dorf erzählt man sich nämlich, dass in deinem Haus Katzengeschrei zu hören war.«

»Ah ja? Hm ... das muss dieser Kater sein, der bei mir in den hohlen Wänden lebt. Den höre ich nachts manchmal auch.«

»Ein Kater? Hohle Wände? Sehr schön ...«, meint der Dorfvorsteher. Nach einer kurzen Pause fragt er Mang: »Willst du nicht für eine Weile abhauen? Du brauchst mir nicht zu verraten, wohin.«

»Ich kann nur hier leben, auf meinem Land. Wenn wir flüchten, dann haben wir nichts mehr zu essen.«

Der Dorfvorsteher lässt die Luft durch seine Zahnlücken pfeifen. »Du bist nicht besonders klug, Wang Mang. Du glaubst, wenn du den Kopf in den Sand steckst, kannst du die schlechten Zeiten überleben.«

»Wo soll ich hingehen? Ich bin nur ein Bauer.«

»Du hast vielleicht den Genossen Zhao vergessen – er dich mit Sicherheit nicht. Wenn er zu dir kommen will, dann wird er kommen, und wenn er über zwanzig Berge klettern muss. Ich kann nichts für dich tun.«

»Es ist Erntezeit. Städter werden in die Dörfer geschickt, um den Bauern bei der Ernte zu helfen.«

Der Dorfvorsteher lässt erneut die Luft durch seine schwarzen Zähne zischen: »Zhao hat heute bereits angerufen und nach dir gefragt. Du kannst dir gar nicht vorstellen, wie sehr er sich auf den Tag freut, an dem es dir an den Kragen geht.«

»Zhao war achtmal im Dorf. Die letzten dreimal hat er meine Frau nicht zu Gesicht bekommen. Und wenn er das nächste Mal kommt, wird er sie wieder nicht sehen. Da kann er mein Haus auf den Kopf stellen, so oft er will.«

»Als Freund deines Vaters helfe ich dir gern, aber als Dorfvorsteher darf ich dir noch nicht mal raten, dass du von hier flüchten sollst. Viele sind neidisch auf dich. Und die Gerüchte über dich verbreiten sich in Windeseile. Die erreichen noch am selben Tag die Bezirkshauptstadt. In der Familienkommission gilt dein Fall als der schwerwiegendste des Jahres. Tut mir leid, ich kann dich nicht schützen.«

Ende Juni taucht der Genosse Zhao wieder im Dorf auf. Fast zwei Monate sind seit seinem letzten Besuch vergangen.

Zhao kommt in der Regel abends ins Dorf. Dann kann er die Bauern nach Feierabend zum einen über Verhütungsmethoden informieren und zum anderen gleich den Verhütungserfolg kontrollieren. Diesmal aber kommt er zur Mittagszeit. Fast alle Bauern arbeiten auf dem Feld, als der Genosse – der nach seiner Krankheit sichtlich an Gewicht verloren hat – das Dorf erreicht.

Mang hackt mit zwei Hilfskräften das Feld, als ein Junge zu ihm läuft und ruft: »Onkel Wang, der Genosse Zhao ist im Dorf!« Der Bauer fährt zusammen. Er lässt die Hacke fallen und rennt Hals über Kopf nach Hause.

Unweit von ihrem Haus plaudert Mangs Mutter mit einigen alten Dorfbewohnern. Sie unterbricht das Gespräch und geht auf ihren Sohn zu, als dieser sich keuchend nähert. »Zhao sitzt noch bei der alten Witwe Hu Huifang. Die hat ihm gerade Tee gemacht«, sagt die Mutter leise zu Mang und geht mit ihm gemeinsam ins Haus.

Mang atmet auf. Die Witwe wohnt ein paar Häuser weiter. Wenn Zhao von Haus zu Haus geht, wird es noch eine Weile dauern, bis er bei ihnen erscheint. »Mutter, ich guck mal nach, ob alles in Ordnung ist. Kehr den Boden vor der Haustür. Pass gut auf, wenn der Genosse Zhao zu uns kommt. Und gib mir sofort ein Zeichen.« Dann geht Wang in sein Schlafzimmer und rückt einen großen Reisbehälter ein wenig von der Wand zur Seite. Eine große Bodenklappe wird sichtbar. Mang nimmt eine Baumwolldecke aus einem Schrank, klemmt sie sich unter den Arm und hebt die Klappe an. Langsam klettert er in die dunkle Höhle hinab.

Er braucht kein Licht, um in der Enge jene zweite Leiter zu finden, die wieder aufwärts führt. Der flinke Bauer gelangt in eine winzige Kammer, die direkt hinter seinem Schlafzimmer liegt und die kein Fenster und keine Tür hat. Nur eine kleine Glasscheibe an der Decke lässt etwas Sonnenlicht in den engen Raum, der nicht viel größer ist als das Bett, das man darin untergebracht hat. Auf diesem Bett sitzt eine Frau und ist damit beschäftigt, in einer Schüssel nach halbleeren Kürbiskernen zu suchen. Sie sieht auf. Ihr Gesicht ist verquollen, das Haar nicht gekämmt. Neben ihr schläft ein Baby.

»Mutter hat bereits Klopfzeichen gegeben. Warum kommst du noch hierher?« fragt die Frau.

»Zhao ist im Dorf! Sei jetzt besonders vorsichtig und lass Dongdong nicht ein einziges Mal schreien!« flüstert Mang. »Und deck die Bodenklappe mit dieser Decke ab, damit man drüben keine Geräusche hört.« Er gibt der Frau die Decke, wirft einen kurzen Blick auf seinen Sohn und steigt dann wieder in die Erde hinab.

Im Schlafzimmer rückt Mang den Reisbehälter an seine alte Stelle zurück und wischt mit seinen Füßen die Spuren auf den Boden weg. Er hält kurz inne, nimmt sich eine schmutzige Hose und geht mit ihr in den Schweinestall. Dort drückt er eines der Hosenbeine in das stinkende schwarze Wasser auf dem schlammigen Boden. Dann geht er wieder zurück ins Schlafzimmer und wirft die Hose zusammen mit anderer Schmutzwäsche quer über den Reisbehälter. Der Raum stinkt nun erbärmlich nach Jauche. Mang geht zufrieden aus dem Zimmer.

Xiaohong, die ältere Tochter des Bauern, ist noch in der Schule. Ihre kleine Schwester Xiaozi spielt irgendwo im Dorf mit anderen Kindern. Mang sitzt vor seinem Haus und repariert einen großen Bambuskorb, als plötzlich ein Bulldozer ins Dorf rollt. Das schwere Fahrzeug stoppt am Rand der Dorfstraße. Mang ist erstaunt. Will jemand sein Haus abreißen? Mang fällt nicht ein, wer das sein könnte. Oder will der Dorfvorsteher mit dem Bau eines neuen Speichers beginnen? Bei der letzten Dorfversammlung hat er doch erklärt, dass das Geld dafür noch nicht reicht. Der Bauer grübelt noch darüber nach, wer die schwere Maschine bestellt haben könnte, als der Genosse Zhao auf ihn zukommt. Er trägt ein hellblaues Hemd, sein Gesicht ist finster. Der Toyota rollt wie ein Schatten ein paar Schritte hinter ihm her.

»Guten Tag, Genosse Zhao.« Wang Mang lächelt so breit, als wollte er sich die Mundwinkel bis zu den Ohren aufreißen.

Zhao ignoriert die ausgestreckte Hand des Bauern. »Du warst nicht bei mir. Deine Frau ist also noch immer nicht zurückgekehrt?«

»Genosse Zhao, kommen Sie in mein Haus und trinken Sie einen Schluck Wasser! Ich habe nicht viel zu bieten, aber Wasser haben wir genug.«

Zhao macht eine Handbewegung in Richtung Straße. Anscheinend winkt er jemanden herbei. Irritiert versucht Mang zu erkennen, was auf der Straße vor sich geht. In einiger Entfernung unterhalten sich zwei alte Männer unter einer Ulme. Sie scheinen sich nur für ihr Gespräch zu interessieren. Weiter hinten klettern einige Dorfkinder auf einer Leiter bis zum Dachvorsprung eines Hauses, um Fledermäuse aufzuscheuchen. Die quietschenden Laute der Fledermausbabys und die Freudenschreie der Kinder sind bis hierher zu hören. All diesen Dorfbewohnern kann die Handbewegung des Genossen Zhao nicht gegolten haben. Plötzlich beginnt der Bulldozer, der in der Nähe der Kinder steht, zu rollen und nähert sich Mangs Haus. Vom goldenen Sonnenlicht bestrahlt, sieht er wie ein gepanzerter Riese aus, der an einem Tag das ganze Dorf dem Boden gleichmachen könnte. Die Kinder klettern von der Leiter und laufen jubelnd hinter der Maschine her.

Mang kneift die Augen zusammen. Das Ungeheuer, das auf ihn zurollt, wird größer und größer. Plötzlich überkommt ihn ein beklemmendes Gefühl. Für einen Augenblick glaubt er, diese Maschine wäre die Reinkarnation des bösen Drachens, der jedes Jahr ein wütendes Hochwasser im Land hervorruft.

»Genosse Zhao, haben Sie ... haben Sie den Bulldozer hier herbestellt?«

»Ja. Du vermisst deine Frau? Ich grabe sie für dich aus!«

»Genosse Zhao, was soll denn der Bulldozer hier? Mein Haus ist doch nicht meine Frau!« Mang klemmt sich den großen Bambuskorb vor die Brust, als wäre der löchrige Korb eine eiserne Rüstung, mit der er sich gegen die Gefahr wappnen könnte.

Der Bulldozer wendet vor Mangs Haus und bleibt neben den beiden Männern stehen. Sein Motor dröhnt wie ein endloser Donner. Die Schaufel der schweren Maschine berührt fast den Dachvorsprung, als könnte sie ihren Einsatz kaum erwarten. Die Luft riecht nach verbranntem Diesel, die Erde zittert. Irgendwo bellen ein paar Dorfhunde.

Plötzlich dringt ein Babyschrei aus Mangs Haus und mischt sich unter die anderen Geräusche. Die Augenlider des Genossen Zhao heben sich. Sein Blick springt von Wang Mang zur Fassade des Bauernhauses. Der Babyschrei ist verstummt, als hätte es ihn nie gegeben. Dafür brüllt nun Wang Mang. »Geht weg von meinem Haus! Weg!«

Der Genosse Zhao streckt die Hand aus und deutet mit seinem Zeigefinger auf eine Stelle an der Hausfassade. Die Schaufel des Bulldozers richtet sich auf. Der Genosse Zhao schwingt mit einer triumphierenden Bewegung den Arm nach unten, als wäre er ein General, der seiner Armee den Befehl zum Angriff gibt. »Ich bringe dir deine Frau zurück. Du vermisst sie doch Tag und Nacht, nicht wahr?« brüllt Zhao zurück.

»Aber Sie können doch nicht ...« Mang kann den Satz nicht beenden. Die schwere Schaufel des Bulldozers kracht mitten in die Fassade und bringt das ganze Haus zum Wackeln. In der Wand bilden sich schwarze Risse. Die Kinder und Alten, die sich um das Jahrhunderte alte Haus versammelt haben, suchen in Panik das Weite. Schreie und Rufe schwirren durch die Luft. Mangs Mutter rennt aus dem Haus. Sie zieht ihren Sohn zur Seite weg. Kaum haben sie sich von der Haustür entfernt, reißt der Bulldozer ein Stück Mauer aus der Fassade. Gelber Staub quillt aus dem Loch und verdunkelt den Himmel. Hinter dem Loch zeigt sich ein Bild der Verwüstung. Der schrille Hilfeschrei einer Frau dringt aus der Öffnung, begleitet von dem Weinen des Babys. Die beiden Stimmen gehen in einen schweren Husten über.

Mang bemerkt nicht, dass Genosse Zhao zu seinem Auto gegangen ist, das in der Nähe am Straßenrand geparkt ist. Er schaut wild um sich, sucht nach einem Gegenstand, findet nur den Wassernapf für die Enten. Er schleudert ihn auf den Bulldozer. Das Keramikgefäß prallt gegen die Tür der Fahrerkabine und zerbricht in tausend Stücke.

Unbeeindruckt wühlen sich die Stahlzähne des Bulldozers weiter ins Haus hinein und reißen das halbe Dach weg. Es folgt ein ohrenbetäubender Krach. Die Fassade bricht in sich zusammen und begräbt die hölzerne Haustür unter sich.

»Nein! Nein! Mein Sohn muss leben!« brüllt Mang aus voller Kehle. Aber der Staub, der durch die Luft wirbelt, erstickt seinen Schrei. Er kann nichts mehr sehen. Schon gar nicht, dass der Genosse Zhao dem Bulldozerfahrer einen Wink gibt und dann mit seinem Auto davon fährt. Ein Regen aus Staub und Trümmern hüllt den Bauern ein und nimmt ihm jede Orientierung. Dorfbewohner laufen herbei, einige versammeln sich auf dem Feld hinter dem Haus.

Mang stürmt auf den Bulldozer zu und schmettert alles, was er in die Hand bekommt, gegen den Riesen. Doch der stählerne Koloss nimmt keine Notiz vom ihm. Stattdessen zieht er seine riesige Schaufel ein und rollt zurück auf die Dorfstraße. Mang stürzt in die Trümmer. Während er zu wühlen beginnt, schreit er: »Haixia? Dongdong? Wo seid ihr? Meldet euch doch!«

Die Straße, auf der sich eben noch die Dorfbewohner die Hälse ausrenkten, leert sich abrupt. Nur der Bulldozer donnert über den breiten Weg. Kinder schreien. Doch bald schon ist die Maschine verschwunden.

Langsam wagen sich die Menschen wieder aus ihren Häusern. Sie wühlen mit Mang in den Trümmern und finden drei Leichen: den alten Vater, die Frau und den neun Tage alten Sohn des Bauern. Anscheinend wurde der Kopf des kleinen Dongdong von mehreren schweren Ziegelsteinen getroffen. Die Stirn ist zertrümmert, die zarte Nase wurde nach innen gedrückt. Als der Vater das noch warme Baby in seinem Arm hält, heult er wie ein Wolf zum Himmel hinauf.

Am Nachmittag ruft der Dorfvorsteher alle Bauern auf, die Arbeit früher zu beenden und Mang und seiner Familie zu helfen, und als die Dunkelheit einbricht, ist der Trümmerhaufen beiseite geräumt. Zwei Zimmer des Hauses sind noch bewohnbar, nur einige der Dachziegel fehlen. Sterne scheinen ins Zimmer.

Mang will nicht bei einem der Nachbarn übernachten. Er und seine Kinder bleiben im Haus ihrer Vorfahren.

Doch in der Nacht findet der Bauer keinen Schlaf. Während seine Töchter und seine Mutter im Nebenzimmer schlafen, steht er leise auf.

Nebenan liegt das Wohnzimmer, nun ohne Fassade und Dach. Hier sind die drei Leichen aufgebahrt. Im Mondlicht trottet ein Dorfhund auf menschenleerer Straße vorbei. Er späht ins Zimmer hinein und kommt näher. Ein paar Schritte vor dem Haus beginnt er zu bellen. Mang wirft einen Hocker nach ihm. Das Tier flüchtet.

Mang hebt das Tuch, das die Bahre bedeckt, ein Stückchen hoch. Im trüben Lichtschein neigt er sich tief zu den Toten hinab, als wollte er mit der Nase prüfen, ob in den reglosen Körpern nicht noch Leben ist. Heiße Tränen tropfen auf Dongdong, doch den winzigen Körper erwärmen sie nicht mehr. Lautlos geht der Bauer auf und ab. Es ist, als besuchte er das Land der schlafenden Geister und wollte die Toten in die irdische Welt zurückschmuggeln. Doch Mang kennt das magische Zauberwort nicht, das die Toten wieder lebendig macht.

Am Himmel verlöschen langsam die Sterne. Doch es dämmert noch nicht. Zwei Gemüsebauern gehen die Dorfstraße entlang, um den Frühmarkt in der nächsten Kleinstadt nicht zu verpassen. Ihr Gemüse tragen sie mit einer Tragestange auf den Schultern. Als sie an dem Haus vorbeigehen, das in der Mitte nur noch aus einem Loch besteht, glauben sie, sie sähen ein Gespenst zwischen den schwarzen Säulen herumgehen. Einer der Bauern legt ein Bündel frischer chinesischer Grünblätter vor die Haustür, die nun keine Tür mehr ist. Dann entfernen sich die beiden geräuschlos.

Kurz danach verlässt Mang die Toten. Er dreht sich auf der Straße noch einmal um, dann geht er gebückt aus dem Dorf. Er möchte nicht gesehen werden. Auf der Landstraße klettert er heimlich auf die Ladefläche eines Lastwagens, legt sich auf die Fracht – die aus Birnen besteht – und wartet, bis der Wagen abfährt und die Bezirkshauptstadt Shanggao erreicht. Am Stadtrand springt Mang aus seinem Versteck und geht zu Fuß in die Stadt.

Die Gebäude der örtlichen Behörden befinden sich an einer breiten Straße im Zentrum der Stadt. Die Familienplanungskommission sitzt im Haupthaus in der fünften Etage. Vor drei Jahren waren Mang und seine Frau – die damals im Stadtkrankenhaus ihre dritte Tochter abgetrieben hatte – einmal dort. Damals war noch nicht der Genosse Zhao, sondern eine Frau für ihre Belange zuständig.

Eine lange weiße Mauer läuft um das Regierungsviertel herum. An ihrem Fuß zeichnet sich ein handbreiter Streifen getrockneter Schlamm ab, den das Hochwasser hinterlassen hat. In der Nähe des Haupteingangs dient die Mauer als Anschlagfläche für öffentliche Bekanntmachungen. Dort kleben fünf weiße Plakate, alle mit quadratischen Schriftzeichen bedeckt. Zwei der Plakate verkünden neue Verordnungen. Die drei anderen fallen besonders auf: Sie zeigen schwarz geschriebene Namen, die mit roter Farbe ausgekreuzt worden sind. Damit wird die Vollstreckung dreier Todesurteile angekündigt. Passanten bewegen sich hastig an den durchgestrichenen Namen vorbei. Nur Mang bleibt vor der Mauer stehen, um mühsam die Namen zu entziffern. Einen Moment lang glaubt er, dort stünde auch sein eigener Name. Doch als er genauer hinsieht, bemerkt er, dass der zum Tod verurteilte Mann nur den gleichen Nachnamen wie er trägt. Anscheinend handelt es sich um einen Triebtäter, während die beiden anderen Delinquenten als Räuber und als Anführer einer illegalen Terrororganisation bezeichnet werden. Wie sehen die drei Todeskandidaten aus? Jung? Kräftig? Sind es Bauern oder Städter? Doch es ist kein Foto beigefügt.

Vor dem Haupteingang der Bezirksregierung stehen zwei junge Soldaten. Der Bauer stellt sich auf die andere Straßenseite und beobacht lange das Treiben vor dem mit dem Staatswappen geschmückten Tor. Frauen gehen mit gefüllten Gemüsekörben hinein, Schüler kommen heraus und gehen zur Schule, gut angezogene Männer gehen ein und aus. Niemand wird von der Wache zurückgehalten. Und die Person, die Mang sucht, hat das Tor bislang weder in der einen noch in der anderen Richtung passiert. In den Autos, die durch das Tor fahren, ist der Mann, den Mang sucht, ebenfalls nicht zu sehen. Mittlerweile beginnt der Bauer zu glauben, dass der Genosse Zhao auch wie viele andere Beamte im Regierungsviertel wohnt.

Gegen zehn Uhr wird es ruhiger vor dem Tor. Doch eine Stunde später gehen plötzlich wieder mehr Menschen in das Gebäude. Mang nutzt die Chance. Zusammen mit den anderen geht er durchs Tor.

»He, du da, komm mal her!« ruft einer der Posten. Mang bleibt stehen. Dann geht er zur Wache zurück.

»Was machst du hier?« fragt der zweite Wächter.

»Ich bin ein Verwandter des Kindermädchens im Haus der Lehrerin Li. Ich soll ihr ausrichten, ihre Mutter sei schwer krank«, sagt Mang.

»Li gibt es hier viele. Welche Frau Li soll das denn sein?«

»Den genauen Namen habe ich vergessen. Ich weiß nur, die Familie wohnt hinten links im drittem Reihenhaus«, sagt Mang.

»Du schleichst schon seit Stunden hier herum. Hast du einen Ausweis dabei? Nein? Kein Ausweis! Dann rufst du deine Bekannte von hier aus an.«

»Ich habe keine Telefonnummer.«

Inzwischen hat der zweite Wächter ein Adressbuch aus dem Wachhaus geholt. Nachdem er das Buch mehrmals durchgeblättert hat, klappt er es geräuschvoll zu. »Hinten links in der dritten Reihe gibt's niemanden mit dem Namen Li. Also: Was suchst du hier?«

»Vielleicht wohnt sie auch in der vierten Reihe. So genau weiß ich's nicht mehr.«

Zwei chinesische Männer in westlichen Anzügen kommen aus dem Hauptgebäude und nähern sich dem Tor. Einer der beiden Wächter schiebt Wang Mang mehrere Schritte nach hinten weg und versteckt ihn hinter seinem Körper. Der andere marschiert aufrecht zur anderen Seite des Tors. Die beiden Soldaten salutieren vor den Männern, als diese das Tor passieren.

Der Wächter dreht sich zu Wang Mang um und sieht ihn warnend an. »Was zappelst du hinter mir rum? Bist du blind oder was? Das war der Bezirksvorsteher.«

»Dieser Typ kennt doch nur seine Hühner und Schweine«, sagt der andere Wächter verächtlich. Und zu Wang Mang: »Und jetzt hau ab. Du störst uns bloß bei der Arbeit. Warte da drüben auf der Straße. Das tust du ja eh schon die ganze Zeit. Und wenn du einen Bekannten siehst, kannst du mit ihm zusammen reingehen.« Er fächelt mit der Hand demonstrativ die Luft vor seiner Nase weg, als wäre diese von einem Furz verpestet.

Mang zieht sich, wenn auch unfreiwillig, zurück. Hinter seinem Rücken hört er die Soldaten lachen. Der eine ruft extra laut: »Für einen Bauerntrampel wie den haben wir hier keinen Platz. Der sollte sich in seinem Kuhstall verstecken.«

Von der Sonne beschienen, hat sich der Jing-Fluss in eine silberne Fläche verwandelt. Ein sanfter Wind glättet und faltet die Oberfläche des grünen Wassers, so dass sie immer in Bewegung bleibt. Wang Mang wäscht sich das Gesicht und trinkt aus seinen Händen Wasser. Er starrt lange auf den Fluss, ehe er in die Stadt zurückkehrt.

In der Einkaufsstraße kauft der Bauer zwei salzige Ölgebäckstangen und isst sie mit heißem Hunger auf. Er kehrt zur Mauer des Regierungsviertels zurück, bleibt aber dem Haupteingang fern. Mang läuft an der Mauer entlang und sucht eine Stelle, wo er unbemerkt hinüberklettern kann. Nach einer Viertelstunde erreicht er eine Gittertür. Sie ist angelehnt und wird nicht bewacht. Mang zögert keinen Augenblick. Er kann es kaum fassen: Jetzt befindet er sich mitten im Regierungsviertel, und niemand hält ihn.

Vorsichtig nähert er sich dem Hauptgebäude. Mit gesenktem Kopf geht er hinein. Als er die fünfte Etage erreicht hat, wagt er kaum noch zu atmen. Menschen unterhalten sich auf dem Korridor, andere gehen aus dem einen Büro ins andere. Alle Türen sind offen, und es gibt mehr als zwanzig davon. Die Büros der Familienplanungskommission müssen ungefähr in der Mitte des Korridors sein. Es ist unmöglich, unbemerkt an all diesen Türen vorbei zu schleichen. Leise geht Mang wieder die Treppen hinab.

Hinter dem Hauptgebäude liegt ein zweites Verwaltungsgebäude, das nur drei Stockwerke hoch ist und etwas älter aussieht. Mang geht hinein und findet in der dritten Etage eine Toilette. Dort schließt er sich in eine Kabine ein und öffnet das Fenster einen Spalt breit. So kann er das gegenüberliegende Gebäude beobachten.

Dort stehen alle Fenster offen. Mang sieht Menschen, die an die Fensteröffnung treten und nach draußen schauen – doch den Genossen Zhao sieht er nicht. Der Gedanke, dass Zhao heute vielleicht gar nicht in der Stadt sein könnte, macht ihn rasend. Aber Mang denkt gar nicht daran, aufzugeben.

Auch die Hintertür und einer der Seiteneingänge des Hauptgebäudes liegen in Mangs Blickfeld. Dieser Eingang wird von vielen Mitarbeitern benutzt, denn von hier aus haben sie einen kürzeren Weg zu ihren Wohnungen.

Gegen halb eins verlassen viele Beamte das Hauptgebäude und bewegen sich in den hinteren Bereich des Regierungsviertels, wo die Wohnhäuser sind. Als Wang Mang das dürre Gesicht des Genossen Zhao entdeckt, schlägt sein Herz so laut, dass er erschrickt. Er läuft eilig in den Hof hinunter und folgt dem Genossen Zhao in einiger Entfernung bis zu einem dreistöckigen Wohnhaus. Dann verlässt Mang das Regierungsviertel. An der versteckten Pforte begegnet er einigen Schulkindern, die zum Mittagessen nach Hause kommen. Ihm wird klar, dass diese Seitentür dazu dient, den Schulkindern aus dem Regierungsviertel den Weg in die Schule abzukürzen.

Im Park am Flussufer schläft er eine Stunde unter einem Holunderbaum. Dann kehrt er ins Regierungsviertel zurück. In der glühenden Mittagssonne ist der Verwaltungsbereich menschenleer. Mang inspiziert zuerst die fünfte Etage im Hauptgebäude. Dann versteckt er sich wieder im Nebengebäude. Er trinkt mehrmals aus dem Wasserhahn am Waschbecken in der Toilette, doch die Hitze treibt ihm das Wasser schneller aus den Poren, als er trinken kann. Er hat ständig Durst.

Gegen halb drei füllt sich der asphaltierte Weg vor dem Hauptgebäude wieder mit Menschen. Das Regierungsviertel erwacht aus dem Mittagsschlaf. Endlich erscheint auch der Genosse Zhao. Er fährt sich mit einer Hand mehrmals durchs Haar und wirkt schläfrig. Mang schätzt, dass höchstens die Hälfte der Beamten in das Regierungsgebäude zurückgekehrt sind. Er beschließt, seinen Plan jetzt auszuführen.

Tatsächlich sind im fünften Stock des Hauptgebäudes noch

viele Türen geschlossen. Doch in der Mitte des Flurs fällt aus drei Türen Licht in den Korridor. Lautlos schleicht Mang an den geschlossenen Türen vorbei, als er den Genossen Zhao allein in einem großen Büroraum entdeckt. Er telefoniert mit dem Rücken zur Tür. An der Decke summt ein großer Ventilator.

Ohne zu zögern geht Wang Mang auf den Genossen Zhao zu. Der Beamte spürt jemanden in seinem Rücken und dreht sich um. Er erkennt Mang. »Was hast du hier …« schreit er los, den Hörer noch in der Hand. Doch bevor er den Satz beenden kann, schlägt ihm Mang mit der rechten Faust ins Gesicht. Der Stuhl unter Zhaos Hintern quietscht und fällt zur Seite weg. Während Zhao benommen durch den Raum taumelt, packt Mang den schmächtigen Mann am Gürtel und schleudert ihn hoch über seinen Kopf, als wäre es nur ein Bündel Stroh. Mit wenigen Schritten ist der Bauer am Fenster.

»Du fliegst jetzt für meinen Sohn aus dem fünften Stock!«

Mit voller Kraft katapultiert der Bauer sein zappelndes Opfer zum Fenster hinaus. Die Finger des Genossen Zhao treffen auf den oberen Rahmen des Fensters und verkrallen sich im Holz. Seine Füße befinden sich schon außerhalb des Fensters, nun pendeln sie zurück und prallen von außen gegen die Mauer.

»Hilfe!« brüllt der Genosse Zhao. Doch bevor er seine Beine einziehen und ins Zimmer zurück kann, versetzt ihm Mang von innen einen heftigen Stoß. Zhaos Hände lösen sich vom Fensterrahmen, sein Körper wird nach oben geschleudert, als wollte er in den Himmel fliegen.

Eine Sekretärin kommt ins Büro gelaufen und sieht mit weit aufgerissenen Augen, wie Zhaos Körper vor dem Fenster schwebt. Dann fällt er. Ein langes »Ahhhhh« durchschneidet die Luft. Der Schrei wird von einem dumpfen Aufprall beendet. Dann endlich herrscht Stille.

Mang beugt sich aus dem Fenster und starrt auf die Überreste des Genossen Zhao. In dem zerschmetterten Körper ist ein leichtes Zucken erkennbar.

In allen Etagen des Bürogebäudes erscheinen nun Köpfe am Fenster. »Jemand ist aus dem Fenster gesprungen!« ruft einer aus der dritten Etage.

Die Frau, die neben Mang steht, schaut aus dem anderen Fenster hinaus. Als ihr Blick auf den Körper des Genossen Zhao fällt, brüllt sie: »Ein Mörder! In der fünften Etage!«

Zwei Schreibtische stehen zwischen der Frau und Mang. Der Bauer geht schnell um die Tische herum und schneidet der Frau, die zur Tür läuft, den Weg ab. Er packt sie unter den Armen und zieht sie wie einen leichten Baumwollsack zum Fenster. Dann schleudert er sie gleichfalls hinaus. Ein schriller Schrei gellt durch die Luft. Die Frau prallt auf dem harten Betonboden auf. Der Schrei bricht ab.

Ein Mann, der gerade vorbeikommt, rennt durch den begrünten Vorhof zum Haupttor, um die Wachsoldaten zu alarmieren. Er dreht sich um und sieht einen dritten Körper, der aus dem Fenster fällt und sekundenlang durch die Luft saust. Dann prallt er mit dem Kopf voran auf den Boden.

In diesem Augenblick läutet das Telefon in der Wachstube. Der stellvertretende Bezirksvorsteher ist am Apparat. Er schreit den Soldaten an, der den Hörer abgenommen hat: »Banditen sind eingedrungen und werfen Beamte aus dem Fenster! Ihr müsst sofort herkommen!«

In der fünften Etage herrscht eine merkwürdige Stille, so, als wäre das Gebäude evakuiert worden. Ein Beamter, der den Sturz des dritten Kollegen mitverfolgt hat, entfernt sich so schnell und so leise wie möglich von der Tür des Genossen Zhao.

Mang ist nun allein im Büro. Er spuckt aus dem Fenster und geht zum Korridor. Köpfe zucken zurück. Bürotüren, eben noch offen, fallen blitzschnell ins Schloss. Schon ist der gesamte Korridor nur noch ein finsterer Tunnel.

Im Treppenhaus stürmen Menschen panisch nach unten, als sie das regungslose Bauerngesicht erblicken. Frauen verbarrikadieren sich unter Schreibtischen. Eine schreit hysterisch: »Der Kerl will uns alle runterschmeißen!«

Als Mang aus dem Gebäude tritt, stürzen sich die Wachsoldaten von hinten auf ihn und werfen ihn zu Boden. Bevor der Bauer Widerstand leisten kann, treten sie ihm mehrmals mit voller Kraft auf den Kopf. Einer der Soldaten zertrümmert ihm mit dem Gewehrkolben beide Handgelenke. Der Bauer beißt sich die Lippen blutig. Kein Schrei ist zu hören.

Danksagung

Ich bedanke mich herzlich bei Ralf Hammerthaler, Axel Kassing, Dr. Mona Körte, Heike Matthiesen, Christopher Muth, Silvia Rebbelmund, Katharina Triebe, Dieter Vieß und Michael Wildenhain für Anregungen und freundliche Unterstützung.

Mein bester Dank gilt auch Thorsten Becker, Larissa Boehning, Tim Kurtz, Ulla Lenze, E. A. Markmiller, Sebastian Orlac und Jana Scheerer, den Teilnehmern der Autorenwerkstatt Prosa 2002 im Literarischen Colloquium Berlin (LCB), und insbesondere unseren Dozenten Thomas Geiger und Dr. Dieter Stolz. Bei den Gesprächen über unsere Manuskripte haben sie mir nicht nur Anregungen gegeben, sondern mir auch Mut gemacht, weiter zu schreiben.

Meinen aufrichtigen Dank erweise ich Jürgen Veile. Er hat meine Arbeit jahrelang begleitet und mir immer wieder gezeigt, wie man einen deutschen Text kürzen und vereinfachen kann.

Eine tiefe, innige Dankbarkeit empfinde ich für Martin Frech. Von Anfang an, als ich 1996 die erste Erzählung ›Ein zarter Bambusspross‹ auf Deutsch verfasste, war er dabei und hat mich entschieden unterstützt. Im Lauf der Jahre hat er mir nicht nur die Feinheiten der deutschen Sprache erschlossen, sondern mir auch mit vielfältigen Anregungen und konstruktiver Kritik bei der Entwicklung einiger Figuren in diesem Buch geholfen.

Ohne die Stipendien des Berliner Senats, des LCB und der Stiftung Künstlerdorf Schöppingen wäre ich nicht in der Lage gewesen, dieses Buch in Ruhe zu konzipieren, zu verfassen und mehrmals zu verbessern. Dafür bedanke ich mich herzlich bei den drei Institutionen.

Luo Lingyuan
Berlin, Oktober 2006